사피엔스 한국문학 | 전상국
중·단편소설 | 우상의 눈물
18 | 아베의 가족

「사피엔스²¹」

사피엔스 한국문학 중·단편소설 18
전상국 우상의 눈물

초판 1쇄 펴낸날 2012년 7월 6일
초판 5쇄 펴낸날 2019년 3월 11일

지은이 전상국
엮은이 김준우
펴낸이 최병호
본문 일러스트 이경하
펴낸곳 (주)사피엔스21
주소 10403 경기도 고양시 일산동구 중앙로 1233 현대타운빌 205
전화 031)902-5770(代) **팩스** 031)902-5772
출판등록 제22-3070호
ISBN 978-89-6588-140-7 44810
ISBN 978-89-6588-072-1 (세트)

* 파본은 교환해 드립니다.
* 이 책에 실린 모든 내용에 대한 권리는 (주)사피엔스21에 있으므로 무단으로 전재하거나 복제, 배포할 수 없습니다.

전상국

- 우상의 눈물
- 아베의 가족

사피엔스 한국문학 중·단편소설 18 | 엮은이 · 김준우

사피엔스 한국문학 - 중·단편소설을 펴내며

　『사피엔스 한국문학』은 청소년과 일반 성인이 한국 문학을 대표하는 작가들의 대표 작품을 편하게 읽으면서도 한국 현대 문학의 흐름을 이해하는 데 다소라도 도움이 되도록 기획한 선집(選集)입니다. 이미 다수의 한국 문학 선집이 시중에 출간되어 있으나, 이번 선집은 몇 가지 점에서 이전 선집들과의 차별화를 시도하였습니다.

　첫째, 안정되고 정확한 텍스트를 독자에게 제공하는 데 주안점을 두었습니다. 문학 작품은 말 그대로 언어라는 실로 짠 화려한 양탄자입니다. 더군다나 한국 문학을 대표하는 작가들의 대표 작품들이라면 두말할 나위가 없겠지요. 이들 작품을 감상하는 데 있어서 정확하면서도 편안한 텍스트를 제공하는 것은 선집이 지녀야 할 핵심 덕목이라고 할 수 있습니다. 그래서 이번 선집은 각 작품의 최초 발표본과 작가 생애 최후의 판본, 그리고 가장 최근에 발간된 비판적 판본(critical version) 등을 참조하여 텍스트에 정확성을 최대한 기하되, 현대인이 읽기 쉽도록 표기를 다듬었습니다. 또한 낯설거나 어려운 낱말에 대한 풀이를 두어서 작품 감상의 흐름이 끊어지지 않고 작품에 자연스럽게 몰입할 수 있도록 편집하는 데 많은 노력을 기울였습니다.

둘째, 선집에 포함될 작가와 작품을 선정하는 데 고심에 고심을 기울였습니다. 물론 기존 문학 선집들의 경우에도 작가 및 작품 선정에 그 나름의 고심을 기울였을 것입니다. 하지만 문학 선집이라는 것은 시대의 흐름과 독자의 취향, 현대적 문제의식 등을 종합적으로 고려해야 하는 것이어서, 시간이 지나고 세상이 바뀌면 작가 및 작품의 선정 기준과 원칙도 달라질 수밖에 없습니다. 이번 선집은 이러한 점들을 고려하여 작가와 작품을 엄선하되, 오늘을 살아가는 청소년과 일반 성인들이 갖고 있는 문제의식 및 취향에 부합할 수 있도록 노력하였습니다.

셋째, 청소년을 위한 최선의 한국 문학 선집이 될 수 있도록 하였습니다. 오늘날 세상은 디지털 문명으로 매우 빠르게 흘러가고, 우리 청소년들은 입시의 중압감과 온갖 뉴미디어의 홍수 속에서 자칫 마음을 키우고 생각을 넓히는 데 소홀해지기 쉽습니다. 이러한 정보의 홍수와 경쟁의 급류 속에서 문학은 자칫 잃기 쉬운 성찰의 기회를 제공해 줍니다. 시대와 호흡하면서 인간의 삶이 제기하는 다양한 문제를 다채롭게 형상화한 작품을 읽으며, 그 작품 속에 그려진 세상과 인물에 공감하면서 때로는 충격을 받고, 때로는 고민에 휩싸이며, 그 속에서 새로운 자아를 발견하는 과정을 통해 청소년들이 깊은 생각과 넓은 마음을 키울 수 있을 것이라 확신합니다. 작품별로 자세한 해설을 달고 그 해설에서 문학 교육의 핵심 내용을 비중 있게 다룬 것 또한 청소년 독자를 위한 배려에서 비롯된 것입니다.

　문학 선집을 엮는 일은 두렵고도 설레는 일입니다. 감히 작가와 작품을 고른다는 것도 두려운 일이었거니와, 이 선집을 시대가 요구하는 최고의 선집으로 만들어야겠다는 사명감도 이번 문학 선집을 엮는 과정에서 저희 엮은이들과 편집자들의 어깨를 짓누르는 한편 가슴 벅찬 기대를 품게 만들었습니다. 부디 이 선집으로 많은 이들이 한국 문학의 정수(精髓)를 만끽하길 바랍니다. 그리고 날카로운 질책과 따스한 성원을 아울러 기대합니다.

　끝으로 이 자리를 빌려 물심양면으로 선집의 출간을 뒷받침해 주신 (주)사피엔스21의 권일경 대표 이사님 이하 편집부 직원 모두에게 감사를 드립니다. 또한 이 선집을 위해 작품의 출간을 허락하신 작가들과 저작권을 위임받아 여러 편의를 제공해 준 한국문예학술저작권협회 측에도 감사의 말을 전합니다.

엮은이 대표 _ 신두원

일러두기

●

1. 수록 작품은 최초 발표본과 작가 생애 최후의 판본, 그리고 가장 최근에 발간된 비판적 판본(critical version) 등을 참조하여 텍스트를 확정했습니다. 참조한 판본은 작품 뒤에 밝혔습니다.
2. 한 작가의 작품 배열은 청소년들의 눈높이와 문학사적인 지명도를 고려하여 그 순서를 정하였습니다.
3. 뜻풀이가 필요하다고 판단되는 낱말과 문장은 본문 아래쪽에 그 풀이를 달았습니다.
4. 표기는 원문에 충실히 따르는 것을 원칙으로 하되, 맞춤법과 띄어쓰기는 최대한 현행 표기법을 따랐습니다. 단, 해당 작가만의 개성이 묻어 있는 말이나 방언, 속어, 고어 등은 최대한 원문대로 살려 놓았습니다.
5. 위의 원칙들은 작가에 따라, 지문과 대화에 따라, 문체에 따라, 문맥에 따라 적용의 정도가 달라질 수 있습니다.

차례

간행사 4

우상의 눈물 10
아베의 가족 74

작가 소개 226

우상의 눈물

여기 반 친구들을 괴롭히는 한 학생이 있습니다. 그리고 그 학생을 길들이고자 하는 담임 교사와 그 교사를 돕는 반장이 있습니다. 그들이 그려 내는 폭력과 권력의 이야기를 한번 들여다볼까요?

학교 강당 뒤편 으슥한 곳에 끌려가 머리에 털 나고 처음인 그런 무서운 린치를 당했다. 끽소리 한 번 못한 채 고스란히 당해야만 했다. 설사 소리를 내질렀다고 하더라도 누구 한 사람 쫓아와 그 공포로부터 나를 건져 올리지 못했을 것이다. 토요일 늦은 오후였고 도서실에서 강당까지 끌려가는 동안 나는 교정에 단 한 사람도 얼씬거리는 걸 보지 못했다. 더욱이 강당은 본관에서 운동장을 가로질러 아주 까마아득 멀리 떨어져 있었다. 재수파들은 모두 일곱 명이었다. 그들은 무언극을 하듯 말을 아꼈다. 그러나 민첩하고 분명하게 움직였다. 기표가 웃옷을 벗어 던진 다음 바른손에 거머쥐고 있던 사이다 병을 담벽에 깼다.

린치(lynch) 정당한 법적 수속에 의하지 아니하고 잔인한 폭력을 가하는 일.
재수파(再修派) 재수한 학생들의 패거리. 입학시험에 낙방하여 남들보다 늦게 입학한 학생들만이 아니라, 성적이 나빠서 상위 학년으로 진급하지 못한 학생들도 이에 포함됨. 여기에서는 문맥상 주로 후자를 의미함.
무언극(無言劇) 대사 없이 표정과 몸짓만으로 내용을 전달하는 연극.

깨어져 나간 사이다 병의 날카로운 유리 조각을 그의 걷어 올린 팔뚝에 사악사악 그어 갔다. 금 간 살갗에서 검붉은 피가 꽃망울처럼 터져 올랐다. 기표가 그 팔뚝을 내 눈앞에 들이댔다. 핥아! 기표 아닌 다른 애가 말했다. 내가 고개를 옆으로 비키자 곁에 둘러선 서너 명의 구두 끝이 정강이에 조인트를 먹였다.* 진득한 액체가 혀끝에 닿자 구역질이 났다. 오장이 뒤집히듯 역한 것이 치밀었다. 나는 비로소 온몸을 와들와들 떨기 시작했다. 나 자신도 헤아릴 길 없는 거센 공포로 해서 나는 그 자리에 무릎을 꿇고 앉아 두 손을 비벼 댔다. 그들이 나를 일으켜 세웠다. 내 바지에서 혁대가 풀려 나간 다음 벗겨져 맨살이 드러난 허벅지에 칼끝이 박히는 것 같은 아픔이 왔다. 나는 그들에게 양쪽 겨드랑이를 잡힌 채 몸부림쳤다. 도저히 견딜 수 없는 고통이었다. 칼끝은 상당히 오랜 시간 허벅지에 박혀 있는 것 같았다. 나는 내 살 타는 냄새를 맡았다. 칼침이 아니라 그들은 담뱃불로 내 허벅지 다섯 군데나 지짐질을 했던 것이다. 소리 질러 봐, 죽여 버릴 거니, 한 놈이 귓가에 속삭였다. 나는 드디어 허물어져

✽ 조인트를 먹였다 '조인트(joint)'는 본래 기계·기재 따위의 접합이나 이은 자리를 의미한다. 여기에서는 '조인트(를) 까다'와 마찬가지로 '구둣발로 정강이뼈를 걷어차다'는 의미의 속된 표현이다.
진득하다 잘 끊어지지 아니할 정도로 눅진하고 차지다.
오장(五臟) 간장, 심장, 비장, 폐장, 신장의 다섯 가지 내장을 통틀어 이르는 말.
역하다(逆--) 구역질이 날 듯 속이 메슥메슥하다.
혁대(革帶) 가죽으로 만든 띠.
칼침(-鍼) 칼로 남을 찌르거나 남의 칼에 찔리는 것을 이르는 말.
지짐질 불에 달군 물건 따위를 다른 물체에 대어 약간 태우거나 눋게 하는 일.

우상의 눈물

내리듯 의식을 잃어 갔다. 그런 몽롱한 의식 속에서 기표가 씨불여 댄 한마디 말소릴 놓치지 않았다.
— 메시껍게 놀지 마!
어처구니없게도 그들이 내게 린치를 가한 이유란 단지 그것이었다. 이 학년 재수파들이 나를 첫 표적으로 삼은 것은 내가 그들 눈에 메스껍게 보였기 때문이다.
"유대야, 너 그대로 참을 거냐?"
분식집에서 만난 형우가 슬쩍 내 심중을 떠보고 있었다. 내가 입 한 번 벙긋하지 않았는데도 그 소문은 파다했다. 소문이 쉬쉬 떠도는 며칠 동안 나는 심한 공포에 휩싸였다. 그 소문이 학교 선생들에게 알려져 문제가 생길 경우 십중팔구 나는 결딴이 나고 말 것이다. 기표는 그런 일을 충분히 해낼 수 있는 아이였다.
"그 새낀 악마다."
형우가 동정 어린 눈으로 나를 충동질했다. 그러나 나는 대답 없이 빙그레 웃어 보였을 뿐이다. 누구에게나 그렇게 해 보였다. 그것은 이미 겪은 우월감 같은 오만감이었다. 나는 나를 충동질하는 형우의 눈에서 자기도 미지에 당해야 하는 두려움과

씨불이다 주책없이 함부로 실없는 말을 하다.
메시껍다 메스껍다. 태도나 행동 따위가 비위에 거슬리게 몹시 아니꼽다.
표적(標的) 목표로 삼는 물건.
심중(心中) 마음속.
우월감(優越感) 남보다 낫다고 여기는 생각이나 느낌.
오만감(傲慢感) 태도나 행동이 건방지거나 거만하다고 느끼는 생각이나 느낌.
미지(未知) 아직 알지 못함. 여기에서는 '아직 언제인지 알지 못하는 미래의 어떤 때'를 의미함.

아울러 나에 대한 선망이 깔려 있음을 놓치지 않았다.* 형우가 기표에게 당할 것은 너무나 당연했다. 그것은 기표와 같은 배에 오른 우리들의 공동 운명이었던 것이다.

그날 편반이 끝나고 키 크기에 따른 각자의 번호와 교실 좌석까지 다 정해졌을 때 새 담임이 된 김 선생이 입을 열었다.
"이제부터 육십육 명이 운명을 함께하는 역사적 출항을 선언한다. 목적지에 이를 때까지 단 한 사람의 낙오자나 이탈자가 없기를 진심으로 기원한다. 아울러 이 시간 분명히 밝혀 둘 것은 우리들의 항해를 방해하는 자, 배의 순탄한 진로를 헷갈리게 하는 놈은 용서하지 않을 것이다. 우리가 나무를 전정할 때 역행 가지를 잘라 버려야 하듯 여러분의 항해에 역행하는 놈은 여러분 스스로가 엄단할 수 있어야 한다. 더 중요한 것은 일 년간의 일사불란한 항해를 위해서는 서로 사랑과

선망(羨望) 부러워하여 바람.
✲ 그것은 이미 겪은 우월감 같은 ~ 깔려 있음을 놓치지 않았다 '나(유대)'와 형우는 반 학생들이 누구나 한 번은 기표에게 봉변을 당하게 될 것이라 생각한다. 그러므로 이미 그 일을 당한 '나'는 더 이상 그런 일을 당하지 않을 것이기에 오히려 안심할 수 있고, 그래서 일종의 우월감을 느끼고 있다. 마찬가지 이유로 아직 그 일을 당하지 않은 형우는 언제 당할지 모른다는 두려움에 떨면서 '나'의 처지를 오히려 부러워하는 것이다.
편반(編班) 반 편성.
전정하다(剪定-- / 翦定--) 가지치기하나.
역행(逆行) 보통의 방향과 반대 방향으로 거슬러 나아감.
엄단하다(嚴斷--) 엄중히 처단하다.
일사불란하다(一絲不亂--) 질서가 정연하여 조금도 흐트러지지 아니한 상태이다. '한 오리 실도 엉키지 아니하다'라는 뜻에서 나온 말이다.

신뢰로써 반을 하나로 결속하는 슬기를 보이는 일이다."

새 담임 선생은 과학 교사답지 않게 적절한 비유로써 자기가 맡은 반 아이들에게 뭔가 불어넣으려 애쓰고 있는 것 같았다. 그에게 중요한 것은 무사안일 속의 일 년이었던 것이다.

"고삐는 여러분 손에 쥐어져 있다. 필요하다고 생각할 때 그 고삐를 당겨 여러분 스스로를 제어해 주기 바란다. 내가 가장 우려하는 바는 여러분 스스로가 내 손에 그 고삐를 쥐어 주는 일이다. 나는 자율이라는 낱말을 좋아한다."

담임 선생님은 자율이라는 낱말로 요술을 부려 우리들을 묶고 있었다. 어느 연극 잡지에서 완숙한 연출가는 배우 스스로가 연출하도록 유도하는 비결을 가지고 있다는 것을 읽은 것이 생각났다. 대단한 담임을 만났다는 기대로 아이들은 가슴을 부풀리며 앉아 있었다. 열네 개 반에서 네댓 명씩 떨어져 나와 새로이 편성된 새 반의 분위기는 사뭇 숙연했다. 나는 문득 이런 숙연한 분위기가 우습게 생각되었다. 단 며칠 못 가 형편없이 허물어질 아이들이 목에 잔뜩 힘을 주고 앉아 담임 선생의 말을 경청하고 있는 게 우습게 보였던 것이다. 이들의 긴장을 풀어 주고 싶은 충동을 받았다.

무사안일(無事安逸) 큰 탈이 없이 편안하고 한가로움. 또는 그런 상태만을 유지하려는 태도.
제어하다(制御--/ 制馭--) 감정, 충동, 생각 따위를 막거나 누르다.
완숙하다(完熟--) 재주나 기술 따위가 아주 능숙하다.
숙연하다(肅然--) 고요하고 엄숙하다.
경청하다(傾聽--) 귀를 기울여 듣다.

"선생님, 우리가 탄 이 배의 선장은 누굽니까?"

내가 불쑥 일어나서 말했다. 선장은 도대체 누구란 말인가. 자율이라는 낱말로 우리를 묶으면서도 실상 우리들 머리 위에 군왕처럼 군림하고*싶은 그의 저의*를 찔러 주고 싶었던 것이다.*

아이들이 내 느닷없는 질문에 부스럭부스럭 굳은 몸을 풀고 있었다.

"이 배의 선장이 누구냐, 그렇게 묻고 있는 사람의 번호와 이름은?"

담임이 얼굴 가득 미소를 잡으며 여유 있게 나를 훑었다. 반격을 당한 나는 얼굴을 붉히며 엉거주춤 다시 일어나야 했다.

"삼십오 번 이유댑니다."

"예수를 판 유단*가, 이스라엘 유댄*가?"

아이들이 와하하 웃음을 터뜨렸다.

"오얏 리, 옥 유, 큰 대 자, 이유댑니다."

"좋았어. 이유대 군이 오늘 이 시간부터 일주일간 이 학년 십삼 반의 임시 선장이다. 물론 일주일 뒤에는 새 선장을 뽑겠

군림하다(君臨--) 어떤 분야에서 절대적인 세력을 가지고 남을 압도하다. '임금으로서 나라를 거느려 다스리다'라는 본래의 뜻에서 나온 비유적 의미.
저의(底意) 겉으로 드러나지 아니한, 속에 품은 생각.
✤ 선장은 도대체 누구란 말인가. ~ 찔러 주고 싶었던 것이다 '결국 모든 것을 결정하는 선장 역할은 담임 자신이 할 것 아닌가. 그런데 무슨 자율을 말하는가.' 하는 뜻을 담은 문제 제기이다.
유다(← Judas) 예수의 제자 12사도의 한 사람. 가룟 유다라고도 하며, 예수를 제사장들에게 은화 30냥에 팔아넘겼으나, 뒤에 예수가 재판에서 사형을 선고받자 후회하여 자살하였다.
유대(← Judea) 유다 왕국.

다. 다시 한 번 강조해 두겠다. 이 배의 주인은 여러분 자신이다. 이유대 선장, 내 말의 뜻을 알겠나?"

아이들이 와하하 웃으며 박수를 쳤다. 반장 하고 싶어 몸살 난 애라구요. 그렇게 소리 지르는 놈도 있었다. 실로 난처한 입장이 돼 버렸다. 한낱 농으로 시작한 일이 담임의 임기응변에 의해 꼼짝없이 임시 반장 감투를 쓰게 되었다. 꽁무닐 빼고 어쩌고 할 기회를 주지 않은 채 담임은 첫 만남을 끝냈다. 이렇게 해서 된 임시 반장이 기표의 비위를 사납게 하는 결정적인 이유가 됐을 것이다.

"어떤가, 약 일주일간 반장을 하면서 느낀 우리 반에 대한 소감은?"

담임 선생이 가정 방문을 나왔다. 학교에서 만나는 선생과 집에서 만나는 선생의 이미지는 전연 다르게 마련이다. 학교에서보다 훨씬 부드럽게 대해 주는데도 공연히 거북스럽고 몸이 짜부라진다. 그래서 우리들이 경험한 바에 의하면 담임 선생에게 가정 방문을 당한 뒤로는 독 빠진 뱀처럼 맥을 쓸 수 없게 된다. 가정 방문을 나온 담임 선생은 대개 여러 가지 정보를 얻어 내

농(弄) 농담.
임기응변(臨機應變) 그때그때 처한 사태에 맞추어 즉각 그 자리에서 결정하거나 처리함.
감투 벼슬이나 직위를 속되게 이르는 말.
비위(脾胃) 아니꼽고 싫은 것을 견디어 내는 성미.
전연(全然) 전혀.

려 부심하게 된다.

"얘네 반 아이들이 좋은 담임 선생님을 만났다고 좋아들 한답니다."

곁에서 엄마가 의례적인 아부의 말을 했고 담임은 내 얼굴에서 눈을 떼지 않은 채 못 들은 척했다. 사실 아이들은 좋은 선생이 어떤 사람인가를 알았다. 좋은 선생이란 조건 없이 아이들의 입장을 이해한 다음 그것을 가볍게 입 밖으로 내지 않는 사람이었던 것이다.

"어때, 유대가 그대로 반장을 맡는 게?"

이번에는 담임이 엄마의 귀를 겨냥한 말을 했다.

"아닙니다. 전 그런 일이 적성에 맞지 않습니다."

내가 단호한 어조로 말했고 엄마가 거들었다.

"그래요 선생님, 얜 반장 하는 게 죽어두 싫다는군요."

뭔가 아쉬워하면서도 엄마는 내 뜻을 따라 주었다. 반장을 하면 성적이 떨어지게 마련이란 내 생각을 잊지 않고 있었던 것이다. 남 앞에 나서는 일, 남들보다 한 발짝 높은 데 선다는 일이 얼마나 외롭고 번거로운 일인가를 나는 엄마의 극성에 의해 중학교 삼 년간 반장을 하면서 절실히 체득했던 것이다. 그것은 내게 무서운 구속이었다. 남을 다스리는 그런 자유보다 남에게

부심하다(腐心--) 어떤 문제를 해결하기 위한 방안을 생각해 내느라고 몹시 애쓰다.
의례적(儀禮的) 형식이나 격식만을 갖춘.
체득하다(體得--) 몸소 체험하여 알다.

다스림 받는 데서 얻는 마음의 안일*이 내게는 더 좋았다. 나는 고독하기를 바라지 않는다. 기표 같은 애들이 누리는 지배욕 그 안쪽에 몸을 뒤틀고 있는 고독의 그림자*를 나는 어렴풋하게나마 본 것 같았다.

"맞습니다. 사실 유대는 반장을 하는 것보다 공부에 달라붙는 게 더 좋을 겝니다. 아깝지만 유대를 위해서 제가 양보할 수밖에요."

우리의 담임 선생은 일을 요령 있게 풀어 나가 재치 있게 마무리하는 명수*였다. 아무튼 나는 굴레*에서 벗어났고 담임 선생의 논리대로라면 누군가 나 대신 희생이 되어야 한다.

"임형우, 걔가 반장으론 괜찮지?"

일주일 동안 그는 우리들을 상당히 깊게 파악한 것처럼 보였다. 그의 안목*은 대단했다. 반장이 되고 싶어 하는 아이를 알고 있는 담임이었다.

"형우라면 틀림없습니다."

내 말의 꼬리를 잡아 엄마가 끼어들었다.

"형우라니? 오매, 형우하고 또 한 반이 됐냐? 선생님, 애하고

안일(安逸) 편하고 한가로움. 또는 편안함만을 누리려는 태도.
✤ 지배욕 그 안쪽에 몸을 뒤틀고 있는 고독의 그림자 '나'는 지배와 피지배를 각각 고독과 마음의 안일에 연결 짓고 있는데, 지배하는 자는 외로울 수밖에 없다는 것이다. 따라서 이 구절은 지배하는 자가 느끼는 외로움을 말하는 것으로 이해할 수 있다.
명수(名手) 기능이나 기술 따위에서 소질과 솜씨가 뛰어난 사람.
굴레 부자연스럽게 얽매이는 일을 비유적으로 이르는 말.
안목(眼目) 사물을 보고 분별하는 능력.

형우는 중학교 때부터 친구랍니다. 걔하고 늘 전교에서 일이 등을 다퉜는걸요. 그룹 과외도 같은 데서 죽 함께해 왔고…… 우리 유대가 늘 앞선 편이긴 했지만…… 그래요, 걘 반장 같은 건 잘할 거예요. 애가 통솔력이 보통이 아녜요."

중학교 삼 년 동안 아들에게서 위대한 통솔력이 나타나 주기를 고대했던 엄마의 푸념이 깃든 말대로 형우는 반장이 될 만한 여건을 많이 갖추고 있었다. 무게가 있고 때로는 교만하고 생각한 것을 무슨 일이 있어도 해내는 결단력도 대단했다. 학교 당국의 지시에는 일단 긍정적인 생각을 가지고 임하다가도 어떤 결점이 보일 때는 무섭게 반격을 가하는 용기도 갖추고 있었다. 한마디로 그는 아이들에게 인기가 있었다.

"어떤가, 우리 반에 크게 문제가 될 만한 애는 없겠지?"

첫 만남에서 담임이 말한 우리들의 항해에 방해가 될 만한 그런 역행 가지를 귀띔해 달라는 것일 게다. 나는 불현듯 담뱃불에 지짐질 당해 아직도 진물이 줄줄 흐르는 내 허벅지를 내보이고 싶은 충동을 받았다. 어쩌면 담임도 내 입에서 기표에 대한 얘기가 나오길 기대하고 있을는지 모른다. 일 학년 때의 기표 담임이 기표가 일 학년 때 한 번 유급한 경력을 가지고 있다는

통솔력(統率力) 무리를 거느려 다스리는 능력.
고대하다(苦待--) 몹시 기다리다.
푸념 마음속에 품은 불평을 늘어놓음. 또는 그런 말.
진물(津-) 부스럼이나 상처 따위에서 흐르는 물.
유급하다(留級--) 학교나 직장에서 상위 학년이나 직책으로 진급하지 못하고 그대로 남다.

애길 전하지 않았을 리가 없기 때문이다. 그러나 나는 입을 열 수가 없었다. 엄마 앞에서 반우를 매도하는 일 같은 건 할 수 없다고 생각한 것이다.

"최기표, 그놈 괜찮을까?"

담임 선생이 조심스럽게 내 반응을 살폈다. 나는 내 허벅지의 상처를 내보인 것처럼 불유쾌한 기분이 되어 얼굴을 돌렸다.

"최기표라면 그 일 학년 때 낙제해서 한 해 묵었다는 애 말이구나?"

엄마는 교육에 관심이 많았다. 학교에서 일어나는 모든 걸 알고 싶어 안달했다. 일주일에 두 번씩 담임 선생한테 전화를 걸곤 했다. 그러나 엄마는 가장 가까운 데 있는 내 허벅지의 담뱃불 자국을 알지 못하고 있다. 최기표의 이름을 알고 있으면서도 최기표가 어떤 아이인지를 진정 모르는 어른들에 대해서 내 상처를 내보이는 것은 무의미한 일이었다.

"맞습니다, 걘 유급한 것도 문제지만 보통 말썽꾸러기가 아니지요. 왜, 한눈에 이건 범죄형이다, 그렇게 보이는 얼굴이 있지 않습니까. 걔가 바로 그런 전형적인 범죄형이지요. 음침하고 포악스럽고……. 일 학년 때 걔 담임을 한 선생이 그러

반우(班友) 같은 반에 속한 친구.
매도하다(罵倒--) 심하게 욕하며 나무라다.
전형적(典型的) 어떤 부류의 특징을 가장 잘 나타내는. 또는 그런 것.
음침하다(陰沈--) 성질이 명랑하지 못하고 속마음을 알 수 없다.
포악스럽다(暴惡---) 보기에 사납고 악한 데가 있다.

더군요. 십년감수를 했다구요. 그러면서 나를 동정한다는 얘기였어요. 그 정도면 알조가 아닙니까."

"그런 애가 어떻게 여태 퇴학을 안 당했나요. 교칙이 엄하기로 이름난 학교인데……."

엄마가 의아하다는 듯 얼굴에 그늘을 깔았다.

"바로 그겁니다. 이놈이 원래 교활하고 지능적이어서 도대체 제적을 당할 만한 큰일에는 직접 앞에 나타나지 않고 뒤로 쑥 빠진다 그겁니다. 엉뚱한 놈이 당하곤 하지요. 정학을 몇 번 당하긴 했지만 어떤 결정적 꼬투릴 잡을 수 없으니까 제적을 못 시키는 거지요."

기표가 무서워서, 그의 안하무인한 앙갚음이 두려워서 제적을 못 시켰다는 그런 얘기는 할 수 없을 것이다. 어떻든 나는 놀라지 않을 수 없었다. 며칠 사이에 기표에 대해서 이처럼 깊이 파악하고 있다니— 과연 기표는 이름난 애라는 생각이 들었다. 더구나 기표 얘기를 입에 올리는 담임은 얼굴까지 벌겋게 상기돼 있었다.

나는 문득 이제부터 일 년간 담임 선생과 최기표 사이에 치열

십년감수(十年減壽) 위험한 고비를 겪는 등의 일 때문에 수명이 십 년이나 줄 정도로 고생함.
알조 알 만한 일.
의아하다(疑訝--) 의심스럽고 이상하다.
제적(除籍) 학적, 당적 따위에서 이름을 지워 버림.
안하무인(眼下無人) 눈 아래에 사람이 없다는 뜻으로, 방자하고 교만하여 다른 사람을 업신여김을 이르는 말. 여기에서는 문맥상 '눈에 뵈는 것이 없는 듯, 덮어놓고 무슨 일이든 저지를 수 있는 태도'를 의미함.

하게 벌어질 싸움을 상상해 보았다. 이제까지의 결과로 미루어 보아 최기표에게 승산이 크다는 생각이 들면서도 우리의 담임 선생 또한 그렇게 만만치 않으리란 예감이 들었다. 어쩌면 그 싸움에 임형우도 한몫 끼어들지 모른다. 그가 어떤 편에 서느냐 하는 문제도 퍽 흥미 있는 문제일 것이다. 아무튼 이처럼 멀찍이 떨어져서 그네들 싸움을 구경한다는 것은 진정 즐거운 일임에 틀림이 없다.

"이놈들이 옛날과 달라서 선생을 우습게 알기 때문에……."

담임 선생은 엄마와 함께 교육론을 펴고 있었다.

그랬다. 슬픈 일이지만 우리들은 언제부터인가 교사들을 한낱 껄끄러운 존재로 여길 뿐 오히려 그룹 과외 선생의 완벽함에 더 매료되곤˚ 했다. 그것은 상대적˚이었다. 우리들이 교사들을 존경하지 않는 것처럼 교사들도 우리를 사랑으로 가르치지 않았다. 그렇다고 그룹 과외 선생처럼 철저하게 얼굴에 철판도 깔지˚ 못하고 어정쩡한 태도를 취했다. 문제는 지배에 대한 견해의 다름이었다. 그네들은 옛날 훈장˚이 누렸던 권위가 고스란히 쥐어지길 바랐고 실상 그러한 권위만이 변화된 가치 속에서 그들이 누릴 수 있는 유일한 보상이었다. 그러나 우리들은 그러한 인습

매료되다(魅了--) 사람의 마음이 완전히 사로잡혀 홀리게 되다.
상대적(相對的) 서로 맞서거나 비교되는 관계에 있는. 또는 그런 것.
✣ 얼굴에 철판도 깔지 '(얼굴에) 철판을 깔다'는 '체면이나 염치를 돌보지 아니하다'라는 뜻이다. 여기에서는 돈을 벌기 위해 아이들을 가르치고 있음을 숨기지 않는다는 뜻이다.
훈장(訓長) 글방의 선생.

적 권위에 대해서 콧방귀를 날릴 수 있을 만큼 그보다 더 완벽하고 조직적인 분명한 권위의 다스림 속에 몸을 맡기길 좋아하고 있었다. 그 한 가지 예로 우리 엄마는 촌지 봉투로 담임 선생을 움직일 수 있다는 확신을 가지고 있었던 것이다.

"선생님, 그 기표라는 애네 집에 가 보셨어요?"

무슨 얘기 끝인가 엄마가 물었다.

"아직 못 갔습니다. 일 학년 때 담임들도 걔 부모를 못 만났다더군요. 놈이 중간에서 훼방을 놓은 거지요. 한양천 뚝방 동네에 살고 있는 건 틀림이 없는데 번지를 제대로 알아도 집 찾아내기가 어렵다더군요. 어떤 애 얘기론 기표 아버지가 중풍으로 드러누운 폐인이래요."

담임 선생은 우리 집 방문을 끝내고 다른 집으로 가는 도중에 내게 말했다.

"유대, 네 도움이 필요하다."

"뭘 말입니까?"

"우리 반을 위해서 네 협조를 받고 싶다는 얘기다. 물론 나는

인습적(因襲的) 예전의 풍습, 습관, 예절 따위를 그대로 따르는. 또는 그런 것.
✤ 그네들은 옛날 훈장이 ~ 맡기길 좋아하고 있었다 물질주의 세태 속에서 교육이 겪고 있는 위기를 드러내는 부분이다. '변화된 가치'는 다른 어떤 것보다 돈을 중시하게 된 세태 변화를 의미한다. '나'는 교사들이 다른 직업보다 물질적 보상이 적은 것을 옛 시대 스승들이 누리던 권위와 존경으로 보충받고 싶어 하지만, 학생들은 돈이 모든 것을 다스리는 세상이라는 것을 이미 알고 있기에 교사의 권위를 인정하지 않는다고 말하고 있다.
촌지(寸志) 정성을 드러내기 위하여 주는 돈.
중풍(中風) 뇌혈관의 장애로 갑자기 정신을 잃고 넘어져서 여러 장애 등의 후유증을 남기는 병.
폐인(廢人) 병 따위로 몸을 망친 사람.

네가 반에서 일어나는 일들을 일일이 고자질하는 그런 사람이라곤 생각하지 않는다. 다만 내가 원하는 것은 반 전체를 위한 너의 조언이다. 어때 협조해 줄 수 있겠지?"

나는 얼굴에 열기가 끼쳤다. 이것은 치욕˙이었다. 담임은 나를 자신의 첩자로 삼으려는 것이다. 일 학년 때도 그랬다. 나는 담임 선생이 원하는 대로 반에서 일어나는 일들을 하나도 빼놓지 않고 담임에게 알렸다. 그것은 즐거운 일이었다. 역사를 만든다고 생각하는 사람들이 바로 그런 즐거움을 느낄 것이다. 내 입에서 전해진 말이 요술을 부려 아이들이 일사불란하게 움직이고 있는 것을 시치미 떼고 바라볼 수 있다는 것은 통쾌한 일이었다. 아이들 자신을 위해서 내가 이바지했다고˙ 하는 자부˙였다. '우리'를 위해서 내 힘이 쓰이고 있다는 기꺼움 때문에 나는 그러한 고자질을 해낼 수 있었던 것이다. 그러나 나는 내가 어수룩하다고 생각했던 많은 아이들에게 따돌림 받았다. 나는 한낱 '우리'의 힘을 해치는 담임의 첩자였을 뿐이다. 나를 이용해 먹은 담임이 그 사실을 새 담임에게 인계하는˙ 배신을 했다는 것을 안다는 것은 울화통이 터질 일이었다.

"불쾌하게 생각하지 않기를 바란다. 다만 나는……."

치욕(恥辱) 수치와 모욕을 아울러 이르는 말.
이바지하다 어떤 일에 도움이 되게 하다.
자부(自負) 자기 자신 또는 자기와 관련되어 있는 것에 대하여 스스로 그 가치나 능력을 믿고 마음을 당당히 가짐.
인계하다(引繼--) 하던 일이나 물품을 넘겨주거나 넘겨받다.

내 표정이 꽤 굳어 보였던 모양이다. 담임 선생은 내 눈치를 살피며 말했다.

"다만 나는 인간적인 면에서 네 도움이 받고 싶었을 뿐이다."

"선생님, 그런 일이라면 임형우가 잘해 줄 겁니다. 선생님이 염려하는 최기표도 형우가 잘 다스려 나갈 겁니다. 내일 당장 형우를 반장에 임명하세요."

"그럴까? 네 말대로 임형우가 최기표를 잘 다스려 준다면 고맙겠지만…… 내 생각엔 최기표를 부반장에 임명하면……."

"선생님, 기표 한 개인을 위해서입니까, 아니면 기표의 힘을 빼어 반 아이들을 보호하기 위해서입니까?"

담임은 무슨 소리냐는 듯 내 얼굴을 뻔히 쳐다보다가 음모의 한 귀퉁이를 드러내 보인 무안감을 감추기라도 하듯,

"여러 사람에게 해가 되는 그런 힘은 아예 빼 버리는 게 좋은 거다."

기표가 이 세상을 살아갈 수 있는 힘은 바로 그런 것에 있는지도 모르는데요 — 이렇게 말하려다 나는 그만두었다. 그 대신,

"선생님, 기표는 유급생인 데다 여러 번 정학을 당했잖아요. 그런 아이를 간부로 임명하면 아이들이 좋지 않게 생각할 겁니다."

기표가 학교의 지시 사항을 전달하기 위해 교단 위에 서서 아

무안감(無顏感) 수줍거나 창피하여 볼 낯이 없는 감정.

이들한테 애원하는 광경은 생각만 해도 불쾌했다. 누가 사자를 우리 속에 넣어 길들이는 발상을 처음 했는가. 나는 내 허벅지의 상처를 결코 격하시키고 싶지 않았다.

춘계 교내 체육 대회를 위해서 우리는 정해진 체육복 외에도 매스 게임용 추리닝 한 벌을 사야 했다. 협동심과 조화 속의 미를 창조하는 데 그것은 없어서는 안 되는 일이었다. 툴툴거리는 아이도 몇 없지는 않았지만 결국 그들도 그것을 모두 준비했다. 그러나 우리 반에 단 둘뿐인 재수파들은 끝내 그것을 사 입지 않았다. 담임이 말했다.

"두 사람 때문에 반의 일사불란한 결속이 깨질 수 없다. 두 사람 모두 집이 어려운 걸로 알고 있다. 그래서 담임이 두 사람 것을 준비했다. 받아 주면 고맙겠다."

한 아이가 기표의 눈치를 살피며 머뭇거렸다. 그러나 기표는 무표정한 얼굴로 창 쪽을 바라보고 있었다. 담임 선생이 그 추리닝을 기표와 또 한 아이의 책상 위에 놓은 다음 교실을 나갔다.

담임 선생이 교실을 나가기가 무섭게 기표가 주머니에서 칼을 꺼내 그 추리닝을 찢기 시작했다. 너덜너덜 조각난 추리닝을 쓰레기통 쪽으로 던졌다. 다른 한 아이가 기표처럼 그렇게 추리닝을 찢었다. 기표가 반의 총무를 맡고 있는 정수라는 애한테

격하(格下) 자격이나 등급, 지위 따위의 격이 낮아짐. 또는 그것을 낮춤.
춘계(春季) 봄의 시기. 봄철.
매스 게임(mass game) 집단적으로 행하는 맨손 체조나 율동.

다가갔다.

"야, 네 추리닝 나 줄 수 없냐?"

정수가 고개를 끄덕거렸다. 정수 뒤의 애한테도 같은 말을 했다.

"쟤도 나처럼 돈이 없어 못 사 입었다. 네 거 좀 얻자. 줄래?"

정수 뒤에 앉은 애도 고개를 끄덕거렸다. 이렇게 해서 우리 반 육십육 명은 매스 게임용 추리닝을 다 사 입었다.

우리가 볼 때 기표는 구제 불능이었다. 그의 환경이 그를 그렇게 만들었다고 보기보다 선천적인 어떤 포악성을 가지고 있는 것처럼 보였다. 냉혈 동물처럼 피가 찬지도 모르는 일이었다. 그는 뱀처럼 작고 징그러운 눈을 가지고 있었다. 그는 교활한 자들이 가끔 보이는 그런 거짓 착함마저도 나타내 보일 줄 몰랐다. 철저하게 악할 뿐이었다. 평생을 두고 사랑이라는 낱말로 미화될 수 있는 행동거지를 해 보일 인간과는 거리가 멀어 보였다. 물론 그는 자신의 그런 포악성 때문에 누구에게도 사랑받지 못할 것이다. 그의 표정은 항상 독기를 음울하게 깔고 있어 맞서는 사람으로 하여금 섬뜩함을 느끼게 했다.

그런데 이해하기 어려운 것은 중학교 때부터 기표를 알고 지내 온 아이들(대부분 삼 학년이거나 졸업했다)은 기표가 그처럼 철저하게 나쁜 애임에도 불구하고 그에 대해서 좋지 않게 말하는

음울하다(陰鬱--) 기분이나 분위기 따위가 음침하고 우울하다.

것을 들어 본 적이 없다는 것이다. 물론 좋은 애라고 말하는 일도 없었지만 아무도 기표를 욕하지 않았다. 피해를 직접 받은 애들마저도 기표에 대해 나쁘게 말하지 않았다.

― 말하길 꺼리는 거야. 악에 대한 공포 때문이지.

나는 이렇게 생각해 보았다. 그러나 나는 내 생각이 옳지 않음을 나 자신의 경험 속에서 너무나 잘 알고 있었다. 기표에 대한 공포는 그에게 린치를 당할 때뿐이었다. 내가 린치를 당한 사실을 아무에게도 털어놓지 않은 것은 앙갚음에 대한 두려움 때문이 아니었다. 나는 또한 그처럼 무자비한 린치를 당했으면서도 그를 미워할 수가 없었다. 무언가 헤아릴 수 없는 힘이 그에게 있는 것 같았다.

"형!"

동급생이면서도 우리들은 이 학년에 재학하는 유급생 이십여 명을 꼭 공대했다. 재수파들이 그렇게 대해 주길 바랐기 때문이기도 했지만 그렇게 공대하면서도 입이 껄끄럽지 않은 것은 재수파를 이끌고 있는 기표의 위력 때문인지도 모른다.

"야, 체육복 좀 빌려 줘라."

재수 없는 아이가 유급생인지 모르고 말을 함부로 놓을 때가 더러 있었다. 그럴 때 그 아이는 영락없이 얻어터졌다. 일의 특징을 따지지 않는 게 기표가 행하는 악의 특징이었다.

공대하다(恭待--) 1. 공손하게 잘 대접하다. 2. 상대에게 높임말을 하다.

— 명칭, 조직의 목적, 모임의 횟수를 모두 대라구!

교실에서의 집단 구타 사건으로 그들이 걸려들었을 때 학생 주임은 전말서 쓸 용지를 내밀며 소리쳤다. 기표들은 일 학년 때부터 음성 서클로 지목되어 수차례 조사를 받아 왔기 때문이다. 그러나 학생 주임은 번번이 아무것도 알아내지 못했다. 하나도 그것에 대해 알고 있는 게 없었기 때문이다. 재수파는 우리들이 편의상 붙인 이름이었을 뿐이다. 조직이 아니기 때문에 어떤 목적이나 정기적인 모임 같은 게 없었다. 동물 영화를 보면 밀림을 달리는 맹수 떼들은 한 리더를 중심해서 같은 방향으로 달려간다. 그들도 그랬다. 그냥 기표를 중심해서 그들은 모였고 계획된 것이 아니라 지극히 우발적인 악이 그들에 의해서 저질러졌을 뿐이다.

기표는 교실에서 담배를 피웠다. 그의 담배 은닉처는 고흐의 '자화상'이 있는 액자 뒤쪽이었다. 쉬는 시간이면 그는 액자 뒤쪽을 더듬어 담배를 꺼냈다. 미션 계통의 학교라 일주일에 몇 번씩 있는 채플 시간을 통해 교목이 인간 양심의 타락을 개탄했다.

전말서(顚末書) 경위서. 잘못을 저지른 사람이 사건의 경위를 자세히 적은 문서.
음성 서클(陰性 circle) 밖으로 드러나지 않게 활동하는 모임.
우발적(偶發的) 어떤 일이 예기치 아니하게 우연히 일어나는. 또는 그런 것.
은닉처(隱匿處) 불법적으로 얻은 물건 따위를 감춰 두는 장소.
미션 계통의 학교 미션 스쿨(mission school). 기독교 단체에서 전도와 교육 사업을 목적으로 운영하는 학교.
채플(chapel) 기독교 계통의 학교 따위에서 행하는 예배 모임.
교목(校牧) 학교에서, 예배와 종교 교육을 맡아보는 목사.
개탄하다(慨歎-- / 慨嘆--) 분하거나 못마땅하게 여겨 한탄하다.

바로 그러한 시간에 기표는 주번을 대신해서 교실에 남아 담배를 피우거나 아이들 도시락을 먹어 버리는 일을 했다. 그는 적어도 하루 두 개의 도시락을 축냈다. 아무도 그것을 항의하지 않았지만 기표 또한 미안해하는 표정이나 사과의 말을 남기는 법이 없었다.

기표들에게 린치를 당하고 학교 골목을 절뚝거리며 나오던 그 고통스럽고 긴 시간, 내가 생각한 것은 기표야말로 우리들이 흔히 말하는 악마의 자식이 아닐까 하는 생각이었다.

내가 이런 생각을 얘기가 통할 만한 집안의 어떤 형에게 말했더니 그가 대답했다.

— 맞아. 신이 매우 거북하게* 생각하는 악마란 바로 네가 말한 놈처럼 착함을 가질 수 있는 가능성이 전혀 없는 그런 순수한 악마지. 그러한 순수한 악마만이 신을 돋보이게 하기 때문에 신은 마음속으로 괴로운 거야. 그렇기 때문에 신은 결코 악마를 영원히 추방하지 않아. 항상 곁에 두고 자신을 돋보이게 하는 일에 그것을 이용할 뿐이야.✽

오월 중간고사가 끝나는 날 오후 반장인 임형우가 드디어 재수파한테 당했다. 아무도 상상하지 못한 일이었다. 그처럼 근본

거북하다 1. 몸이 찌뿌드드하고 괴로워 움직임이 자연스럽지 못하거나 자유롭지 못하다. 2. 마음이 어색하고 겸연쩍어 편하지 않다. 여기에서는 2의 의미로 쓰임.
✽ 맞아. 신이 매우 거북하게 ~ 그것을 이용할 뿐이야 선(善)을 추구한다는 신이, 악마를 추방하기보다는 자신이 더 돋보이도록 악마를 이용한다는 것이다. 이 이야기는 이후의 전개에서 기표를 이용하는 담임과 반장의 행태를 암시하는 것으로 볼 수 있다.

이 포악한 기표마저도 형우의 얘기라면 귀를 기울이곤 했었다. 그처럼 형우는 모든 아이들의 인심을 살 줄 알았다. 형우의 성실성이, 남을 위해 자기를 던질 줄 아는 의협심이, 그의 천성적으로 착하게 보이는 외모가 아이들을 사로잡았다. 다른 반 선생들도 이 학년 십삼 반 반장 임형우를 칭찬했다. 형우의 겸손함이 다른 선생들의 호감을 샀다. 형우는 특히 기표에게 잘해 주었다. 아우가 형을 대하듯 스스럼없이 사랑해 주었다. 그렇다고 기표에게 특혜를 얻어 주려고 노력하는 것 같지도 않았다. 유독 그의 환심을 사려고 노력하는 것 같지도 않았다. 물론 다른 아이들이 기표에 대해 갖는 그런 공포 같은 것도 없어 보였다.

그런데 오월 고사에 이르러 형우가 결정적 실수를 했다. 시험을 며칠 앞둔 어느 날 형우가 반에서 성적이 괜찮은 몇몇 아이를 모았다.

"두 사람을 조금씩 도와주자."

그가 제의했다.

"이번 시험을 잘 못 보면 또 낙제할 가능성이 있다고 담임 선생님이 말했다."

"나쁜 낙제 제도 때문에 그들이 구제 불능의 상태에 놓이도록 방관하는 것은 옳지 못한 것 같다. 물론 공부를 잘 못하는

의협심(義俠心) 남의 어려움을 돕거나 억울함을 풀어 주기 위하여 자신을 희생하려는 의로운 마음.
환심(歡心) 기뻐하고 즐거워하는 마음.
방관하다(傍觀--) 어떤 일에 직접 나서서 관여하지 않고 곁에서 보기만 하다.

것은 그들의 책임이다. 그러나 책임으로 그들을 추궁하기에는 그들이 너무 한심한 상태의 아이들이다."

"결국 동정하자는 거군."

어떤 아이가 말했다.

"인간을 구제한다는 것은 값싼 동정과는 근본적으로 다르다."

"다투고 싶지 않다. 결국 우리가 어떻게 돕자는 거냐?"

먼저 아이가 물었다.

"조금씩만 돕자."

"결국 부정행위를 하란 말이냐?"

"그렇다. 커닝이 교칙에 위반된다고 해서 하기 싫으면 안 해도 좋다. 나는 다만 너희에게 부탁했을 뿐이다."

"걸렸을 때는?"

"모든 책임은 내가 진다. 내가 시켜서 했다고 해라."

우리는 형우의 단호한 어조에 감명받았다.

"걔들이 우리들의 도움을 거부하면?"

어떤 애가 그런 우려를 내놓았다. 충분히 있을 수 있는 일이었다.

"거부하지 않을 것이다. 사월 고사에서 내가 약간 시도해 보았기 때문에 자신할 수 있다."

나는 형우의 눈꼬리에 매달린 교활해 뵈는 웃음을 보았다. 나는 참지 못하고 말했다.

"누구를 위해서 그렇게 하자는 거냐? 기표냐, 아니면 우리들 자신이냐?"

"유대, 네 말은 대답할 가치가 없다고 생각해서 대답을 않겠다."

"대답해라. 대답 못할 것도 없을 텐데?"

내가 빈정거리는 투로 다그쳤다.

"그렇게 해 주는 것이 옳다고 판단했기 때문이다. 왜 옳은가는 네 자신이 생각해도 된다."

"네 의협심을 존중한다."

내가 간단히 손을 들어 버리자 형우가 당연하다는 듯이 씨익 웃었다.

"이왕 얘기가 났으니 말이지만 이 일은 우리 모두를 위해서 하는 것이라고 생각해도 좋다. 최소한 반장인 내가 기표의 환심을 사려는 개인적인 일이 아니라는 것만 알아줘라. 마지막으로 부탁할 것은 이 일이 내 제안에 의해 이루어졌다는 걸 기표가 모르도록 해 달라는 것이다."

우리들은 형우의 말을 믿었다. 자기가 모든 것을 책임지겠다고 하는 얘기도 그의 진심으로 받아들였다. 사월 중순께 기표가 삼 학년 형을 구타한 일로 벌을 받게 됐을 때 학급 전원이 서명해서 기표를 구하기 위해 일사불란하게 움직였던 것처럼 우리

서명하다(署名--) 자기의 이름을 써넣다.

는 형우의 지시에 따라 섬세한 계획을 짜고 시험 날을 기다렸던 것이다. 무슨 과목은 누가 어떤 방법으로 도와준다는 등 그들이 또다시 유급하지 않을 정도의 점수를 올리기 위해 우리들은 빈틈없이 준비했다. 남을 위해서 일한다는 것이 마음에 이다지 큰 기꺼움을 준다는 것도 비로소 알게 되었다.

  삼 일간 계속되는 중간고사 첫날이었다. 기표와 대각˚으로 앉게 된 정수가 자리의 이점˚을 이용해서 답안지를 바른쪽 허리께로 내리밀어 기표가 보기 좋게 해 주었다. 첫 시간에 기표가 정수의 그러한 호의를 어떻게 받아들였는지는 알 수 없었다. 다만 그는 퇴장할 수 있는 삼십 분이 되자 제일 먼저 답안지를 놓고 나갔을 뿐이다. 시간이 끝나고 답안지를 거둔 아이의 말에 의하면 기표의 답안지는 거의 백지에 가까웠다는 것만 알았을 뿐이다.˚ 둘째 시간은 영어였다. 총무를 맡은 애가 시간 중간쯤에 문제 번호와 답을 쓴 커닝 페이퍼를 몇 사람 손을 거쳐 기표에게 전달했다. 그러나 그것이 문제였다. 기표가 벌떡 일어나 감독 선생 앞으로 걸어 나갔다.

  "어떤 새끼가 이걸 나한테 전해 왔습니다."

  그는 감독으로 들어온 선생한테 쪽지 한 장을 내밀었다. 그리

대각(對角) 다각형에서 한 변이나 한 각과 마주 대하고 있는 각. 여기에서는 정수의 자리가 기표의 옆줄 앞자리라는 것을 뜻함.
이점(利點) 이로운 점.
✤ 시간이 끝나고 답안지를 ~ 것만 알았을 뿐이다 정수가 기표에게 답안지를 보여 주려고 했지만, 기표가 그것을 베끼지 않았다는 것이다.

고 제자리에 돌아와 앉으며 사방을 휘이 적의 깊게 노려봤다. 악한 자의 간특한 미소가 입가에 고물고물 기어 다녔다.

감독으로 들어온 선생은 마음 너그럽기로 이름난 영어 선생이었다. 그는 기표가 내놓은 종이쪽지를 한참 들여다본 후에 말했다.

"누가 이런 메모지를 지금 저 학생한테 전달했나?"

문제 풀기에 여념이 없던 아이들이 한 번씩 고개를 들었다간 다시 문제로 돌아갔다.

"누군가?"

그래도 대답이 없었다.

"어떤 개새끼야?"

이번에는 기표가 자리에 앉은 채 으르렁거렸다.

"선생님, 제가 그랬습니다."

반장인 임형우가 벌떡 일어섰다. 감독 선생님이 어이없다는 듯 허허 웃었다.

"아닙니다. 그건 제가 썼습니다."

불쑥 딴 자리에서 또 한 애가 일어섰다. 총무를 맡아보는 애였다.

"아닙니다. 제가 그랬습니다."

적의(敵意) 적대하는 마음.
간특하다(奸慝--) 간사하고 악독하다.
여념(餘念) 어떤 일에 대하여 생각하고 있는 것 이외의 다른 생각.

우상의 눈물 37

다른 아이 하나가 또 일어섰다. 함께 모의를 했던 아이 중의 하나였다.

"접니다."

또 다른 놈이 일어섰다. 접니다. 접니다. 사방에서 우르르 아이들이 일어섰다.

허, 허허, 허허허……. 감독 선생은 이 어처구니없는 사태에 어리둥절한 모양이었다. 기표의 얼굴이 노오랗게 질렸다.

"자, 모두 앉아요."

감독 선생이 뭔가 사태를 파악한 듯 이삼십 명의 아이들을 자리에 앉도록 지시했다. 아이들이 다 자리에 앉은 다음, 그 나이 많은 감독 선생이 말했다.

"오늘 이 일은 전연 없었던 것으로 해 두기로 한다. 아주 훌륭한 사람들이 모인 반이라는 생각이 든다. 종이쪽지를 가지고 나왔던 사람의 곧은 정신이나, 우정이 무엇인가를 여실히 보여 준 여러분 모두의 결의는 대단히 훌륭했다."

일은 이런 방향으로 매듭지어졌다. 그 시간이 끝나자 아이들은 숨을 죽이고 기표를 살폈지만 그는 자리에 보이지 않았다. 끝 시간인 셋째 시간도 별일 없이 끝났다. 종례가 끝나고 청소 시간까지 아무런 일이 없었다.

"유대야, 담임이 아까 오라고 한 사람 빨리 교무실로 오래."

한 애가 내게 말을 전해 왔다. 종례가 끝나고 교무실로 돌아가던 담임이 복도에서 나를 불러내어 청소가 다 끝난 뒤 나와 반장 그리고 정수를 교무실로 오라고 했던 것이다.

함께 교무실로 가려고 찾으니 반장도 정수도 보이지 않았다. 나는 운동장으로 내려서는 계단 휴게실까지 가 보았다. 거기도 그들은 없었다. 교무실에 먼저 가 있겠거니 하고 계단을 올라서는데 정수가 학교 후문 있는 데서 뛰어오면서 손짓하고 있는 게 보였다.

"반장은 어디 갔나?"

담임 선생은 그날 끝낸 화학 시험지의 답안지를 정리하며 건성으로 물었다.

"아무리 찾아도 보이지 않아 저희들만 왔습니다."

나는 정수의 얼굴을 쳐다보지 않은 채 대답했다. 곁에 선 정수의 숨소리는 아직도 고르지 않았다.

"응, 됐어, 너희들 둘이 해도 되겠지."

짐작했던 대로였다. 우리는 담임 선생님의 채점 기계로 호출된 것이다. 답안지를 든 담임 선생님을 따라 우리는 화학실로 올라갔다.

"나 화학실에 있다고 사환*애한테 알려 둬라. 밖에서 전화 올 게 있다."

복도에서 담임이 말했다. 내가 아래층 교무실로 뛰어 내려갔다. 우리들 사이에 넙쩍이라고 불리는 사환 계집애가 만화책을

사환(使喚) 관청이나 회사, 가게 따위에서 잔심부름을 시키기 위하여 고용한 사람.

우상의 눈물

보고 있었다.

"우리 담임 선생님 화학실에 계셔. 무슨 일 있으면 그리 연락하라고!"

넓적이가 고개를 들지 않은 채, 알았어 — 했다.

우리는 담임 선생님과 함께 아이들의 답안지에 ○×를 해 나갔다. 맞은 것 틀린 것, 좋은 답 나쁜 답, 착한 놈 나쁜 놈……. 우리들이 동그라미 하나 더 치면 그 아이는 오 점이 올라갈 수 있었다.

"야, 느덜 오늘은 속도가 느리구나."

담임의 말이 사실이었다. 우리는 다른 때와 달리 몇 장 넘기지 못하고 있었다. 정수나 나나 매한가지였다. 정수는 눈에 띄게 허둥거리고 있었다. 나 역시 답안지의 내용이 자꾸 헛갈렸다. 적어도 일곱 명쯤의 재수파들 속에 형우가 무릎을 꿇고 와들와들 떨고 있을 것이다. 명치를 찌르는 주먹, 정강이뼈를 겨냥한 구둣발 세례, 피가 꽃망울처럼 솟아오르는 기표의 팔뚝, 허벅지를 태우는 살내……. 하나, 두우울, 세에—엣, 네에—엣, 다아…… 아악. 소리 질러 봐, 죽여 버릴 거니! 석공˚이 돌을 다듬듯 완벽한 솜씨로 그들은 형우의 육체와 영혼을 주장질˚시키는 일에 탐닉하고˚ 있을 것이다. 형우는 지금 어떤 표정으로 무

석공(石工) 돌을 다루어 물건을 만드는 사람.
주장질(朱杖-) 몹시 나무라거나 때리는 일.
탐닉하다(耽溺--) 어떤 일을 몹시 즐겨서 거기에 빠지다.

슨 생각을 하고 있을까. 정수가 담임에게 일러바쳐 지금쯤 자기를 구원해 주러 오는 사람들을 기다리고 있을 것인가, 아니면 죽기를 각오하고 그들에게 도도한 자세를 보일 것인가, 나는 짐짓 정수의 눈을 찾았다. 나를 바라보는, 정수의 눈이 애원하듯 타고 있었다. 그렇게 무서우면 네가 말해! 그런 뜻의 눈짓을 내가 보냈지만 목덜미를 더욱 벌겋게 달구며 고개를 꺾었다.

"너희들이 잘해 주어서 올해는 퍽 수월하게 넘어갈 것 같구나."

담임 선생은 채점을 쉬며 담배를 피워 물었다.

"반장이 생각했던 것보다 잘해 주는 것 같단 말이야. 느이들이 알다시피 우리 반이 이 학년 전체에서 제일이거든. 지난 춘계 체육 대회 때 종합 우승이며 이번 이사분기 납부금 실적도 단연 으뜸이고······."

나는 실소하며 정수의 눈을 찾았다. 그러나 정수는 고개를 들지 않았다. 아직 한 권에서 반도 넘기지 못한 채였다. 나는 다시 한 번 실소했다. 담임 선생이 지금 형우가 처하고 있을 상황을 안다면 어떤 표정으로 바뀔 것인가.

"참 알 수 없는 일은 최기표가 듣던 것과는 달리 양처럼 순하다 그거야. 몇 번 말썽 있긴 했지만 그까짓 거야 별거 아니지. 어떻든 그놈도 본성은 착한 놈인데 가정 형편이 좋지 않은가

실소하다(失笑--) 어처구니가 없어 저도 모르게 웃음이 툭 터져 나오다.

보더라."

담임 선생은 자기가 부리는 채점 기계의 묵묵한 작업에 눈을 보낸 채 자못 흐뭇한 표정이었다.

"다 담임 선생님께서 잘 지도해 주신 덕분이죠 뭐."

내가 시치미를 떼면서 말하자,

"아닌 게 아니라 나로서도 그동안 너희들이 이해 못할 애로 사항이 많았다. 인간을 교육한다는 것이 새삼 어렵다는 걸 깨닫게 됐고, 또한 그런 어려움 속에서 교육하는 보람도 얻을 수 있었던 거지."

정수가 비로소 고개를 들어 나를 쳐다보았다. 그의 이마에 번지르르 땀이 배어나고 있었다. 그의 눈알이 불안하게 움직였다. 그는 몹시 괴로워하고 있음이 분명했다. 형우가 재수파들한테 학교 뒷산 으슥한 곳으로 끌려갔다는 사실을 내게 전해 준 것만으로도 그는 마음이 가벼워질 줄 알았을 것이다. 그러나 그는 지금 그 사실을 나한테 얘기한 것을 몹시 후회하고 있는지도 모른다. 나라면 담임 선생한테 그 사실을 쉽게 알릴 수 있으리라고 생각한 자신의 판단이 빗나간 데 대한 당혹감으로 그는 떨고 있는 것이다.

— 인마, 느덜이 생각한 것처럼 난 담임 선생의 첩자가 아냐.

나는 다시 정수의 눈에 맞춰 눈싸움을 벌였다. 정수는 금방

애로(隘路) 어떤 일을 하는 데 장애가 되는 것.

울음을 터뜨릴 것 같은 표정이었다. 자칫하다가는 이 녀석이 발광을 할는지도 모른다는 생각이 들었다.

 일 학년 때 나는 해중이란 아이가 기표 때문에 학교를 그만둔 일을 알고 있었다. 그 애 역시 재수파였다. 다섯 놈이 캠핑을 나가 여학생 하나를 결딴냈다. 피해자 측에서 사생결단하고 덤벼 일이 크게 번졌다. 당한 애가 인상을 말했기 때문에 범위는 대번 좁혀져 재수파들이 학생부실에 불려 갔다. 그러나 그들은 한사코 잡아뗐다. 하루 내내 족쳐도 헛일이었다. 여학생과 대면을 시키겠다고 해도 만나게 해 달라고 날뛰었다. 그때 그들 재수파 중의 한 아이 어머니가 학교에 나타난 것이다. 그네는 학생부실에 들어가기가 무섭게 기표를 손가락질했다. 저놈, 저놈이 우리 해중일 맨날 불러냈지! 우리 해중일 망치는 놈이 바로 저놈이라우! 모두 기표를 바라보았다. 기표는 눈썹 하나 까닥하지 않은 채 해중이를 돌아다보았다. 이 새끼야, 내가 느네 엄마 말대로 널 맨날 불러냈냐? 소름이 끼치도록 낮고 매서운 추궁이었다. 말해라, 이 녀석아, 왜 사실대로 말 못하는 게야? 해중이 엄마가 퍼 댔다. 말해! 기표가 씹어뱉듯 말했다. 해중이가 느닷없이 몸을 와들와들 떨기 시작했다. 그리고 미친 사람처럼 부르짖기 시작했다. 엄마, 기표는 우리 집에 한 번도 안 왔어. 우리 집

발광(發狂) 어떤 일에 몰두하거나 어떤 행동을 격하게 함을 낮잡아 이르는 말.
✤ 여학생 하나를 결딴냈다 여학생을 성폭행했다는 뜻이다.
사생결단하다(死生決斷--) 죽고 삶을 돌보지 않고 끝장을 내려고 하다.

우상의 눈물

도 모른단 말이야. 선생님, 접때 그 일은 제가 했어요. 딴 학교 애들하고 그랬단 말이에요. 그는 말을 마치기가 무섭게 학생부실 시멘트 벽에 머리를 두어 번 부딪쳤다. 해중이가 병원으로 들려 간 뒤 학생부 선생이 함께 조사를 받던 놈들한테 물었다. 해중이 말이 사실이냐? 기표가 고개를 끄덕거린 다음, 그 쌍새끼— 하고 중얼거렸다. 다른 애들도 모두 기표처럼 고개를 끄덕거렸다. 해중이가 스스로 학교를 물러난 것으로 일은 끝나 버렸던 것이다.

"아직 멀었냐?"

담배를 피운 다음 책상에 앉아 잠시 졸고 난 선생이 다시 물었다.

"느 정말 오늘 왜 이렇게 늦냐?"

우리들은 대답할 수가 없었다.

"어때, 구십 점 이상 많이 나오냐?"

"하나도 없는데요."

"참 느덜 공부 안 해 큰일 났다."

그때 화학실 문이 열렸다. 넙쩍이 아가씨가 거기 서 있었다.

"왜, 나한테 전화 왔냐? 여자지?"

그러나 넙쩍이 아가씨가 헐떡이는 목소리로 말했다.

"전화가 아네요. 선생님, 빨리 내려가 보세요. 야단났어요."

접때 오래지 아니한 과거의 어느 때.

담임 선생이 허둥지둥 달려 나갔다. 정수의 얼굴이 하얗게 질리고 있었다.

"유대야, 말하는 건데 그랬다."

"난 네가 말할 줄 알았지."

"아까 네가 말랬잖아? 난 네가······."

정수는 금방 울음을 터뜨리기라도 할 듯 얼굴을 우그러뜨렸다.

"기표가 안 좋아할걸, 고자질하는 거 말이야."

"그렇지만 형우가······."

"아마 형우도 원하지 않았을 거다."

"왜, 왜 그렇게 생각하니?"

"응, 형우는 자신이 스스로 그렇게 당하길 원했거든."

정수가 무슨 얘기냐는 듯 나를 보았지만 나는 짐짓 딴전을 부렸다.

"죽진 않았을 거다."

우리들이 답안지를 정리해 들고 교무실로 내려왔을 때는 교무실엔 넙쩍이 아가씨 혼자 있었다.

"김 선생님이 빨리 한강 병원으로 오라고 하던데요."

"무슨 일이래요?"

"어떤 아줌마가 아까 막 달려와서 학생들이 뒷산에서 사람을 죽인다고 해 학생 주임 선생님이 가 봤더니요, 이 학년 십삼 반 반장이 혼자 뒹굴고 있더래요."

우상의 눈물 45

우리들은 학교에서 가까운 한강 병원까지 단 한 마디 말도 않은 채 달려갔다. 죽지 않았을 거다. 나는 뛰면서 생각했다. 기표가 사람을 죽일 리가 없지. 기표는…….

형우는 응급실 의자에 엉거주춤 누워 있었다. 형우가 외관상˙ 멀쩡해 보이는 데 대한 한 가닥 실망이 스쳤다. 그러나 자세히 보니 형우의 얼굴은 퉁퉁 부어 있었고 임시로 잡아맨 넓적다리의 붕대 위엔 꽃송이처럼 선명한 핏자국이 피어올랐다.

우리를 발견한 형우가 재빠른 동작으로 손가락 하나를 퉁퉁 부은 제 입술에 댔다가 뗴었다. 나는 고개를 끄덕거려 주었다.

"유대야, 너 형우네 집 전화번호 알지?"

학생 주임과 함께 서 있던 담임이 물었다.

"모르겠는데요."

나는 시치미를 떼며 형우의 표정을 살폈다. 형우는 얼굴을 찡그리며 말했다.

"선생님, 제발 저를 그냥 돌아가게 해 주세요. 전 아무렇지도 않단 말씀이에요."

"인마, 여길 나가기 전에 사실대로 대란 말이다."

학생 주임이 다그쳤다.

"말씀드릴 수 없습니다. 제가 잘못한 일로 싸웠는데 왜 친구들을 괴롭혀야 합니까."

외관상(外觀上) 겉모양의 측면.

"인마, 넌 싸우지 않았어. 본 사람이 그랬어, 네가 몰매를 맞더라고."

"아닙니다 선생님, 제가 먼저 그 아이한테 시비를 걸었던 것입니다. 그리고 싸웠던 겁니다."

"그게 누구냐 말이다."

"말할 수 없습니다."

"너 정말······."

학생 주임이 혀를 내둘렀다.

"너 정말 학교를 허수아비로 아는 거냐? 학교 다니기 싫어?"

"저는 처벌을 달게 받겠습니다. 그러나 그 아이들을 말할 수는 없습니다."

담임 선생은 얼굴에 그늘을 깐 채 팔짱을 끼고 한편에 묵묵히 서 있었다. 우리 반의 일사불란 항해를 거스른 자가 누굴 것인가, 그것을 생각하고 있는지도 몰랐다. 이제야말로 우리들 손에서 고삐를 낚아채어 거머쥐고 목을 옥죄고 싶은 심정일 것이다.

"유대, 넌 알 거다, 형우를 때린 놈들이 기표네 패라는 걸 말이다."

"형우가 그렇게 말했나요?"

"그런 건 아니지만 그건 틀림이 없다. 기표 놈이 아니곤 그런 짓을 할 놈이 없다."

담임은 헐떡거렸다. 양같이 순하게 길들여졌다고 확신했던 자신의 어리석음을 질타하고 있을 것이다.

"선생님, 형우가 뭘 잘못했다는 걸까요?"

내가 짐짓 떠보았다.

"형우가 거짓말을 하고 있는 거다. 잘못하기는커녕 형우가 그놈들을 위해서 얼마나 많은 일들을 했는지 넌 모를 게다."

담임 선생은 몹시 흥분하고 있었다. 기표에 대한 혐오감으로 해서 얼굴이 벌겋게 달아올랐다. 기표를 미워하다니. 나 역시 담임 선생에 대한 적대감으로 몸을 떨었다.

"뭡니까, 선생님. 형우가 기표를 위해서 무얼 했단 말입니까?"

내 반감 짙은 어투에 놀랐는지 담임 선생은 좀 멈칫했다. 그러나 곧 비웃음 섞어 말했다.

"인마, 나는 다 알고 있어. 기표가 저질러 온 짓 말이다. 유대, 너도 기표한테 당했잖아! 그리고 너희들이 그놈들 부정 행위를 거들어 준 것도 알고 있다."

그랬겠지. 나는 속으로 신음처럼 중얼거렸다. 무서웠다. 어른들의 음흉스러움, 알면서도 모른 체 시치미를 뗀 그 저의는 무엇인가.

형우는 우리들 사이에서 일약 영웅이 돼 버렸다. 예상 안 한

질타하다(叱咤--) 큰 소리로 꾸짖다.
적대감(敵對感) 적으로 여기는 감정.
반감(反感) 반대하거나 반항하는 감정.

건 아니지만 그 여세는 보통이 아니었다. 삼 학년에서도, 일 학년 하급생들도 이 학년 십삼 반 임형우가 입에 올랐다. 전치 이 주의 상해를 입고도 끝내 그 상대를 입에 올리지 않음으로 해서 형우의 존재는 풍선처럼 부풀었다.

기표가 그 사건 다음 날부터 내리 사흘이나 학교에 나오지 않았어도 재수파들은 학생부에 불려 가지 않았다. 아무도 그것을 문제 삼지 않았다.

담임이 학교에 나오지 않는 기표를 찾기 위해 뚝방 동네를 연이틀이나 헤맨 사실도 학교에 널리 알려졌다. 기표가 학교에 나온 날 담임은 조회 시간에 간단히 말했다.

"최기표 군은 그동안 피치 못할 가정 사정으로 결석했다. 앞으로 다시는 결석이 없을 것으로 안다."

항상 빳빳하게 쳐들고 앉았던 기표의 고개가 잠깐 숙여지는가 싶게 느껴졌다. 그것은 이상한 조짐이었다.

형우가 병원에서 퇴원을 해 이 주일 만에 학교에 나왔다. 악수 세례가 쏟아지고, 등을 두드리고, 체육 시간에는 헹가래까지

여세(餘勢) 어떤 일을 겪은 다음의 나머지 세력이나 기세.
전치(全治) 병을 완전히 고침. 흔히 기간을 나타내는 말과 결합하여 완전히 낫는 데 걸리는 시간을 나타냄.
상해(傷害) 사람의 생리적 기능에 장해를 주는 일. 흔히 폭행을 수단으로 해를 입힌 경우를 의미한다.
❋ 항상 빳빳하게 쳐들고 ~ 그것은 이상한 조짐이었다 반항적이고 자존심 강하던 기표의 태도에 변화가 생기기 시작했음을 암시하는 부분이다. 이는 결석 기간에 담임이 기표의 집을 방문한 일과 무관하지 않을 것이다. 기표의 반항적인 태도는 불우한 환경에서도 자존심을 지키기 위한 그 나름의 대처 방법이었을 텐데, 숨기고 싶었던 가정 사정이 가정 방문을 통해 낱낱이 드러난 것이다.

시키려고 했지만 형우가 도망을 쳤다. 그렇게 하면서 우리들은 숨죽여 기표의 동정을 살폈다. 그러나 그의 차가운 시선에 부딪힌 아이들은 섬뜩한 느낌으로 고개를 돌리곤 했다. 나는 후우 — 가슴을 쓸어내렸다.

"형, 우리 미술 시간에 라면 먹으러 갈까?"

내가 말을 건넸다. 우리들은 가끔 후동 교사 뒷담을 넘어 구멍가게에서 라면을 사 먹은 다음 감쪽같이 들어오곤 했다. 재수파들이 그 전문이었던 것이다.

"필요 없어."

기표가 쳐다보지도 않은 채 퉁명스럽게 뱉었다. 그는 국어책을 읽고 있었다. 안톤 슈나크의 〈우리를 슬프게 하는 것들〉— 울음 우는 아이는 우리를 슬프게 한다.

다른 반 애들이 말했다. 선생들이 교실에 들어올 때마다 임형우의 일화가 예로 들어지면서, 학우를 아끼고 의리로써 지켜 준 참다운 우정과 반의 결속을 위해 담임 선생과 함께 남모르게 애써 온 그 숨은 이야기가 술술 펼쳐지더란 것이다. 교정에 모여 선 아이들도 입에 입에 형우의 얘기로 만발했다.

"우리들이 커닝을 도와준 것이 기표의 비위를 상하게 한 모

동정(動靜) 사람이 일상적으로 하는 일체의 행위. 또는 일이나 현상이 벌어지고 있는 낌새.
후동(後棟) 여러 건물 중 뒤편의 건물.
교사(校舍) 학교의 건물.
일화(逸話) 세상에 널리 알려지지 아니한 흥미 있는 이야기.
만발하다(滿發--) 추측이나 웃음 따위가 한꺼번에 많이 일어나다.

양이지?"

병원에 있을 때는 남의 눈을 생각해 못 물어본 걸 하굣길 둘만의 자리가 됐을 때 내가 넌지시 물어보았다.

"글쎄 그런 것 같았다."

형우가 짐짓 좌우를 둘러보면서 대답했다.

"그때 그 일, 담임 선생님이 시켜서 한 거지?"

내가 넘겨짚자 형우가 한순간 당황하는 것 같았다. 언제고 밝히고 싶었던 것이라 나는 다시 다그쳤다.

"그렇지?"

"꼭 그런 건 아니지만 그 문제를 담임 선생님과 의논한 건 사실이다."

"합법적으로 만들기 위해서냐?"

"아니다. 담임 선생님이 기표를 나한테 일임하겠다고˙ 말했기 때문이다. 선생님은 기표를 구원해 주고 싶었던 것이다."

"그랬겠지. 형우야, 넌 지금 네가 기표를 구원했다고 보니?"

"아직 완전히는……. 그러나 머지않았다."

나는 웃어 주었다.

"기표는 그렇게 생각하지 않을걸. 형우, 네가 구원해 주고 있다고 말이야."

"그것은 기표가 생각할 일이 아니다."

일임하다(一任--) 모두 다 맡기다.

"무슨 뜻이냐?"

"우리가 무서워했던 건 기표가 아니라 기표를 둘러싸고 있는 재수파들이었다."

"그런데?"

"이제 그 조직은 없어졌다."

"무슨 근거로 그렇게 말하는 거냐?"

"내가 병원에 있을 때 그 애들이 모두 나한테 사과하러 왔었다. 하나하나 서로가 모르게 다녀갔다."

"기표두 왔었니?"

내가 헐떡이면서 물었다.

"오지 않았다. 그러나 난 그런 놈한테 사과도 받고 싶지 않다."

그럴 테지. 나는 후우 가슴을 쓸어내렸다.

"그래, 다른 애들이 너한테 사과를 했다고 해서 재수파가 없어졌다고 생각하는 건 잘못일 거야."

"물론 겉으로야 그대로 남아 있겠지. 그러나 그들은 이미 이빨 뺀 뱀이나 다름없어. 걔들이 모두 나한테 말했다. 기표는 악마라고. 자기들 피를 빨아먹고 사는 흡혈귀라고."

형우와 갈라서야 하는 길목에 와 있었다. 나는 형우네 집 쪽으로 따라가며 물었다.

"너 지금 무슨 얘길 하는 거냐?"

형우가 나를 향해 싱긋 웃었다.

"기표는 다 아는 것처럼 가난한 집 애다. 거기다가 그 부모가 다 병들어 누워 있다. 시집간 기표 누나가 주는 돈으로 겨우겨우 먹고산댄다. 기표 동생이 셋이나 있다. 기표 바로 밑의 동생이 버스 안내원을 해서 생활비를 보탰는데 요즘 무슨 일로 해서 그것도 그만두었다. 아무튼 생활이 말두 아니란 거야. 재수파들이 매달 얼마씩 모아 생활비를 보태 줬다는 거야. 집에서 돈을 뜯어낼 수 없는 애들은 혈액은행에 가 피를 뽑아 그 돈을 내놓았다는 거다."

"그렇게 해 달라고 기표가 강요한 건 아닐 텐데."

"마찬가지다. 재수파들은 기표가 무서웠다는 거야."

"지금도 무서워하고 있는걸."

"그렇지 않아."

병원에서 지내는 동안 혈색이 더 좋아진 형우가 자신 있게 말했다.

"이제 아무도 기표를 무서워하지 않게 될 거다."

형우가 손을 흔들고 자기 집 골목으로 사라져 버렸다. 그는 유능한 반장이 틀림없다고 나는 생각했다. 씁쓸한 느낌이 가슴을 스쳤다.

혈액은행(血液銀行) 환자 의료 기관과 수혈자 사이에서 수혈용 혈액을 공급하는 것을 목적으로 하는 기관.
혈색(血色) 살갗에 보이는 핏기.

담임의 예언대로 기표는 결석을 하지 않았다. 형우와 기표 사이에도 이렇다 할 마찰*이 없이 여름 방학이 지났다. 교실에서 도시락이 없어지는 일도 드물었다. 물론 재수파들이 기표를 찾아 교실에 들락거리는 횟수는 잦았지만 아이들은 그닥 신경을 곤두세우지 않아도 되었다. 기표는 여전히 침묵하고 있었다. 담임 선생이 가끔 기표에게 학급 사무를 맡기는 게 눈에 띄었다. 기표가 별 표정 없이 그런 일을 맡아 했다.

  그날도 기표는 담임 선생의 지시에 의해 체육부실에 내려가 우리 반 아이들의 체력 검사 통계를 내고 있었다. 그럴 시각 담임 선생이 말했다.

  "육십육 명이 탄 우리 배는 순풍을 맞아 참으로 순탄한 항해를 하고 있다. 다 여러분의 노력에 의한 것이라고 생각한다. 그런데 한 가지 알려 줄 게 있다. 여러분의 한 친구가 매우 어려운 처지에 놓여 있다. 그 자세한 얘기는 반장이 해 줄 것이다. 다만 담임으로서 당부하고 싶은 것은 그것이 남의 일 아닌 내 일이라고 생각해서 그 사람을 돕는 일에 앞장서 주기 바란다."

  담임 선생이 교단에서 내려서고 그 대신 반장 임형우가 사뭇 엄숙한 표정으로 단 위에 섰다.

  "담임 선생님의 말씀처럼 지금 우리 친구 하나가 매우 어려

마찰(摩擦) 이해나 의견이 서로 다른 사람이나 집단이 충돌함.

운 처지에 놓여 있다. 좀 늦은 감이 있지만 지금이라도 힘을 합쳐 그 친구를 구원해 주어야 한다고 생각한다."

이렇게 서두를 잡은 형우는 언젠가 하굣길에서 내게 들려준 기표네 가정 형편을 반 아이들한테 이야기하기 시작했다. 그런데 놀라운 일은 형우의 혀였다. 나한테 얘기를 들려줄 때의 그런 적대감은 씻은 듯 감추고 오직 우의와 신뢰 가득한 말로써 우리의 친구 기표를 미화하는 일에 열을 올렸던 것이다.

기표 아버지가 중풍에 걸려 식물인간처럼 누워 있는 정경이며 기표 어머니의 심장병, 그러한 부모들을 위해서 버스 안내원을 하던 기표 여동생의 눈물겨운 얘기, 라면으로 끼니를 때우는 기표네 식구들의 배고픔이 눈에 보이듯 열거되었다. 그런 가난 속에서도 가난을 결코 겉에 나타내지 않고 묵묵히 학교에 나온 기표의 의지가 또한 높게 치하되었다. 더구나 그런 가난 속에서도 유급을 했기 때문에 일 년간의 학비를 더 마련해야 했던 그 고통스러운 얘기도 우리들 가슴에 뭉클 뭔가 던져 주었다.

"나는 얼마 전 기표가 버스 안내원을 하던 여동생을 몹시 때린 일을 알고 있습니다. 그 여동생은 몸이 약해 버스 안내원

서두(序頭) 일이나 말의 첫머리.
우의(友誼) 친구 사이의 정.
미화하다(美化--) 아름답게 꾸미다.
정경(情景) 1. 정서를 자아내는 흥취와 경치. 2. 사람이 처하여 있는 모습이나 형편. 여기에서는 2의 의미로 쓰임.
치하(致賀) 남이 한 일에 대하여 고마움이나 칭찬의 뜻을 표시함. 주로 윗사람이 아랫사람에게 한다.

을 그만두었던 것인데 생활이 더 어렵게 되자 돈을 벌기 위해 술집에 나가기로 했었다는 것입니다. 우리는 그 여동생이 앞으로 어떤 무서운 수렁에 떨어져 내릴는지 아무도 알 수가 없습니다."

반 아이들은 사뭇 숙연한 자세로 형우의 말에 귀를 기울였다.

형우는 기표네 가정 사정을 낱낱이 얘기함으로써 이제까지 우리들에게 신화적 존재로 군림해 온 기표의 허상을 빈곤이라는 그 역겨운 것의 한 자락에 붙들어 맨 다음 벌거벗기려 하는 것 같았다. 기표는 판잣집 그 냄새나는 어둑한 방에서 라면 가락을 허겁지겁 건져 먹는 한 마리 동정받아 마땅한 벌레로 변신되어 나타났다.

"한 가지 또 알려 줄 게 있습니다. 그것은 어려운 처지의 친구를 위해서 이제까지 남이 모르게 도와 온 우정이 있다는 것입니다. 그것은 기표의 가까운 친구들입니다. 이제까지 우리들이 재수파라고 불러 온 아이들입니다. 우리들이 무시해 온 그들이야말로 진정 아름다운 우정이 어떤 것인가를 보여 주었던 것입니다. 그들은 매달 용돈을 저축하고 또는 방학 때 공사장에 나가 일을 해서 받는 돈으로 기표를 도와 온 것입니다. 그들 중에는 매달 자신의 귀한 피를 뽑아 그 돈을 내놓기

수렁 헤어나기 힘든 곤욕을 비유적으로 이르는 말.
허상(虛像) 실제 없는 것이 있는 것처럼 나타나 보이거나 실제와는 다른 것으로 드러나 보이는 모습.

도 했습니다. 한 달에 피를 세 번이나 뽑았기 때문에 빈혈을 일으켜 병원에 입원했던 사람도 있습니다. 사회에서 구원받지 못한 가난을 우정으로써 구원하려 한 그들이야말로 훌륭한 정신의 소유자입니다. 협동과 봉사 — 기여 정신의 산 증인들입니다. 우리들은 가끔 학교에 싸 가지고 온 도시락이 텅텅 비어 있는 것을 발견하고 기분 나쁘게 생각한 적이 있습니다. 그것은 진정으로 배고파 보지 못한 우리들의 우매함이었습니다. 남의 찬 도시락을 훔쳐 먹어야 했던 우리의 가난한 이웃을 우리는 너무나 모르고 지냈습니다. 나는 반장으로서 그 사실을 몹시 부끄럽게 생각합니다. 그것을 사과하는 뜻에서 나는 오늘이라도 우리의 친구 기표를 돕는 일에 앞장서기로 결심한 것입니다."

아이들이 술렁거리기 시작했다. 깊은 감동의 강물이 모두의 가슴 한가운데를 출렁이며 흘러가고 있었던 것이다.

담임 선생이 교단으로 다가갔다. 그는 주머니에서 만 원짜리 한 장을 꺼내어 교탁 위에 놓았다. 반장도 안주머니에 손을 넣었다. 아이들이 조용한 술렁거림 속에서 모두 돈을 찾아 들었다.

"오늘 돈이 없는 사람은 내일 가져오는 게 어떻습니까?"

기여(寄與) 도움이 되도록 이바지함.
우매하다(愚昧--) 어리석고 사리에 어둡다.

한 아이가 일어나서 큰 소리로 제안하자 모두, 그럽시다 — 소리쳤다. 박수가 쏟아져 나왔다.

모 일간지 편집부 국장을 지내는 학부형이 우리 반에 있었다. 담임 선생님과 반장이 그 학부형을 만나러 갔다. 그 신문사 기자가 학교에도 여러 번 다녀갔다.

며칠 뒤에 신문 미담란에 우리 반 얘기가 크게 다뤄졌다. 박스 기사였다. 기표의 갸륵한 효성에서부터 재수파들의 우정 어린 피 뽑기와 급우들로부터 시작된 친구 돕기 운동이 전교적으로 파급되어 이룩한 성과가 자세하게 났다. 기표의 여동생 얘기도 끼어 있어 그 기사를 읽은 우리들의 콧등이 새삼 찡했다. 기사 맨 위에 담임 선생과 반장, 그리고 기표의 사진이 박혀 있었다. 교장 선생님 지시에 의해 그 기사는 각 교실 뒤편 게시판에 붙이게 돼 있었다.

그 신문 기사가 나가고부터 월요 조회 때마다 교장 선생님은 사회 각계에서 보내오는 성금과 위문편지를 최기표에게 전달했다. 담임 선생님도 종례 때면 기표에게 편지 여러 장을 건네며,

"거기 여학생 편지도 많이 있으니까 혼자 몰래 보라구."

미담(美談) 사람을 감동시킬 만큼 아름다운 내용을 가진 이야기.
박스 기사(box 記事) 신문의 지면에서 괘선으로 사방이 둘러싸인 기사. 어떤 사실과 관련하여 해설이나 주변 이야기 등을 더하여 길게 다룬 기사이다.
갸륵하다 착하고 장하다.
파급되다(波及--) 어떤 일의 여파나 영향이 차차 다른 데로 미치게 되다.

아이들이 와하하 웃었다. 기표가 얼굴을 벌겋게 달구며 편지 다발을 책상 속에 넣곤 했다. 그럴 때마다 아이들이 박수를 쳤다. 실로 화기애애한 반이 되었던 것이다.

"기표 얘기가 영화로 된다며?"

"그렇대. 재수파들을 중심으로 한 얘긴데 텔레비전에서 나오는 '제3교실' 같은 거겠지."

어디서 나온 얘긴지 기표의 얘기가 영화로 만들어진다는 소문이 파다했다.

이제 아이들은 아무도 기표를 무서워하지 않았다. 형이라고 호칭하는 아이도 드물었다. 아무나 곁에 가서 말을 걸 수가 있었고 때로는 어깨도 쳤다.

그것은 기표가 아주 부끄러움을 잘 타는 아이로 변해 버렸기 때문이다. 누구를 만나도 수줍어하는 그 아이는 그렇게 당당하던 체구마저도 왜소하게 짜부라진 채 우리가 보통 사진을 찍을 적에 '치이즈' 하고 웃듯 그런 미소를 얼굴에 담고 있었다.

우리는 그렇게 미소 짓는 기표의 얼굴을 보면서 일사불란한 항해를 계속했다. 담임은 더욱 깊은 이해로써 우리 반을 돌봐 주었다. 반장 형우는 그 나름의 성실과 지혜로 '우리'를 위해 헌신했다. 우리 교실에 들어오는 선생님마다 칭찬의 말을 아끼지 않

호칭하다(呼稱--) 이름 지어 부르다.

왔다. 기표의 얘기가 영화로 만들어진다는 얘기가 더욱 구체적으로 드러나기 시작했고 우리들은 덩달아 들떠서 술렁거렸다.

그러던 어느 날 우리는 기표의 자리가 빈 것을 알았다. 다음 날도 그는 결석했다. 무단결석이었다. 담임 선생이 한 아이를 기표네 집에 보냈다.

"집에도 없어. 이틀 전에 집을 나갔대."

우리들은 서로 얼굴을 마주보며 술렁거리기 시작했다. 뭔가 심상찮은 생각들이 머리를 스치고 지나갔다.

기표가 내리 사흘이나 결석을 한 아침나절이었다. 수업 중인데 담임이 형우와 나를 찾는 쪽지가 왔다.

우리가 교무실에 내려갔을 때 담임 선생은 병색˙이 완연해˙ 보이는 어떤 여자와 얘기를 나누고 있었다. 그네는 초가을인데도 낡고 두터운 오버를 걸치고 있었다.

"아이구, 우리 기표 친구들이구만, 시상에˙ 이렇게 고마운 친구들이 어디 있겠누. 그런데 이놈에 자슥이……."

그네는 몸을 일으켜 우리에게 굽실거리며 때 낀 손수건으로 눈물을 찍어 냈다. 그네는 우리의 손을 더듬어 쥐고 싶어 했다.

"자, 이제 고만 돌아가십시오. 얘들하고 의논해서 찾아보겠습니다."

병색(病色) 병든 사람의 기색이나 얼굴빛.
완연하다(宛然--) 눈에 보이는 것처럼 아주 뚜렷하다.
시상에 '세상에'의 사투리. 뜻밖의 일이 생겨서 놀랐을 때 하는 말.

담임 선생은 기표 어머니를 내쫓듯 교무실에서 밀고 나갔다. 그네는 교무실을 나가며 자꾸 아쉬운 듯 우리들 얼굴을 돌아다보았다.

그네를 배웅하고 돌아온 담임이 의자에 소리 나게 주저앉으며 부들부들 떨리는 손으로 담배를 피워 물었다.

"이 망할 새끼가 끝까지 말썽이란 말이야."

그는 담배 연기를 깊이 빨아들였다가 내뿜으며 투덜거렸다.

"내일 천일 영화사 사람들하고 만나기로 약속한 날이잖냐? 그런데 이 망할 새끼가……."

그는 서랍에서 편지 하나를 꺼내 우리들 앞에 내던졌다. 기표가 바로 밑의 여동생한테 보낸 편지였다. 편지 맨 앞줄에 이렇게 씌어 있었다.

― 무섭다. 나는 무서워서 살 수가 없다.

■「세계의 문학」(1980) ;『우상의 눈물』(민음사, 2005)

우상의 눈물 | 작품 해설

●등장인물 들여다보기

나(이유대)

이 작품의 서술자로서 인물들의 행동과 사건 전개를 관찰하고 전달하는 인물입니다.

중학교 3년 동안 내내 모친의 바람에 따라 반장을 맡기도 했으나, 다른 사람들 앞에 나서서 그들을 이끄는 주도적 역할은 꺼리는 성격입니다. 고등학교 1학년 때에는 학급 친구들의 세세한 일을 담임에게 보고하는 역할을 하며 내심 뿌듯해하기도 했지만, 그때의 경험으로 인해 '자율의 탈을 쓴 조종'에 민감해지게 되었습니다. 뛰어난 관찰력과 이해력으로 사건의 실상을 꿰뚫어 보지만, 냉소적이고 방관자적인 태도로 이를 지켜볼 뿐입니다. 물론 이와 같은 태도는, 사건의 실상을 독자들에게 정확하게 전달한다는 서술자의 본분에 충실한 것이라 말할 수 있겠지요.

최기표

폭력적이고 반항적인 태도를 가진 불량 학생으로 이 작품에서 갈등의 원인이 되는 인물입니다.

아버지는 중풍으로 누워 있고 어머니는 심장병을 앓고 있어, 버스 안내원으로 일하는 여동생이 가족의 생계를 책임지고 있는 형편입니다. 불우한 처지에서 학교를 힘들게 다니고 있지만, 자존심

만큼은 누구보다 강하지요. 성적 미달로 유급을 당하여 동급생들보다 나이가 많은 기표는, 동료 학생들에게 폭력을 휘두르고 교사에게 반항적인 태도를 보여 학교에서 문제 학생 취급을 받고 있지요. 그러나 교활한 속임수를 쓰거나 하지는 않기 때문인지, 동료 학생들에게 미움을 받지는 않습니다. 잔인한 폭력성과 악마적인 카리스마로 동료 학생들 위에 군림하던 기표는 담임과 형우의 호의와 동정을 가장한 계략에 의해 불쌍하고 왜소한 인간으로 변모하고, 결국 두려움에 질려 학교와 가족의 곁을 떠나게 됩니다.

임형우(반장)

'나'와 기표가 속한 반의 반장으로 위선적이고 계산적인 인물입니다.

어릴 때부터 그룹 과외를 받을 정도로 가정 형편이 좋고, 성적도 좋은 모범생입니다. 남을 배려하고 맡은 일에 헌신하며 겸손한 태도를 보여, 동료 학생들과 교사들에게 칭찬과 사랑을 받고 있지요. 겉으로는 기표를 아끼고 배려하는 듯한 모습을 보이지만, 실제로는 그를 증오하고 경멸합니다. 부정행위뿐 아니라 폭행의 가해자를 숨긴 일과 모금에 나선 일도 모두 기표를 위한 행동이 아니었던 것이지요.

담임

'나'와 기표, 형우가 속한 2학년 13반의 담임으로 위선적이고 계산적이며 권위주의적인 인물입니다.

겉으로는 학생들의 자율을 강조하지만, 실제로는 면밀한 관찰과 치밀한 계산으로 그들을 조종하려 합니다. 반장 형우의 명예욕과 지도력을 이용하여 문제 학생인 기표를 길들이려 하며, 나아가 기표를 이용하여 미담을 만듦으로써 자신의 명예를 높이고자 합니다. 이러한 담임의 행동으로 인해 기표는 결국 학교와 가족의 곁을 떠나게 되지만, 담임은 영화 제작이 틀어지게 되었다는 데 분통을 터뜨릴 뿐 기표의 삶이 어떻게 되는가 하는 문제에는 조금도 관심이 없습니다.

● 작품 Q&A

"선생님, 궁금해요!"

Q 이 작품의 배경에 대해 설명해 주세요.

A 이 작품이 발표된 것은 1980년입니다. 그러니 작품의 시대적 배경이 이 무렵이라고 생각해도 무리가 없겠지요. 공간적 배경은 어느 고등학교와 그 주변입니다.

만약 우리가 이 작품의 발표 시기를 모른다면, 작품에 담긴 사건들만으로는 이 작품이 언제 창작되었고 어느 시대를 배경으로 하는지 정확히 알기 어려울 것입니다. 이 작품을 읽으면서 '작품 속 사건들을 보니 이건 현재의 학교를 배경으로 한 것이 아니군.'이라고 생각할 만한 부분이 그다지 눈에 띄지 않지요. 우리 사회의 교육 현장은 과거나 지금이나 여러 가지 문제들을 안고 있습니다.

그러나 작품 속 세세한 부분들에서 시대적 배경을 추정할 여지는 많습니다. 먼저, 한 반의 학생 수가 66명이나 된다는 점에서 요즘을 배경으로 한 작품이 아님을 알 수 있지요. 그리고 기표의 동생이 버스 안내원(승객의 승하차를 돕고 승차권 받는 일을 했음)으로 일했다는 점에서도 이 작품의 시대적 배경이 1980년대 중반 이전임을 알 수 있고요. 또한 매혈(피를 팔고 삼)이라는 행위가 나오는 것으로 보아, 1975년 이전이 배경임을 짐작할 수 있습니다. 1975년 이후에는 매혈이 법으로 금지되었으니까요. 하나 더 짚어 보면, 학교에서 학생들에게 매스 게임을 시킨다는 것도 시대적 배경을 추정하는 데 어느 정도 실마리가 될 수 있습니다. 학교에서 학생들에게 매스 게임을 시키는 것은 군부 독재 시대에 유행한 일이니까요.

매스 게임은 전체주의(개인보다 전체의 이익이 중요하다는 이유로 개인의 자유를 억압하는 이념) 사회에서 성행합니다. 매스 게임을 할 때에 개인의 개성은 전혀 중요하지 않습니다. 아니, 오히려 개성이 드러나서는 안 됩니다. 운동장을 메운 거대한 무리가 매스 게임을 행할 때, 그 속의 한 개인은 전체에 속한 일부분으로서 전체의 움직임에 자신의 움직임을 정확히 맞추는 일에만 집중해야 하지요. 이 작품이 발표된 1980년 무렵에는 남과 북 어느 쪽에서든 질서 정연한 매스 게임을 흔히 볼 수 있었습니다. 학급의 일사불란한 항해에 방해가 되는 학생은 엄단해야 마땅하다는 담임의 말 또한 이와 같은 사회 분위기를 잘 보여 준다고 할 수 있겠지요.

Q 작품을 읽다 보면 사건들의 배후에 담임이 있었음을 알 수 있는데요, 구체적으로 담임이 어떤 역할을 한 것인지 좀 더 명확하게 설명해 주세요.

A 이 작품의 주인공은 서술자인 '나'가 아니라 기표라고 보아야 할 것입니다. 반장인 형우와 담임도 그에 못지않게 중요한 인물이고요. 이로 보아 이 작품이 왜 1인칭 관찰자 시점으로 쓰였는지를 알 수 있습니다.

1인칭 관찰자 시점의 소설에서 서술자는 다른 인물들의 내면을 직접적으로 파악할 수 없지요. 자신이 속하지 않은 공간에서 일어난 사건을 파악하는 것도 불가능합니다. '나', 곧 유대는 자신이 보고 들은 정황을 통해 사건들의 내막을 짐작할 뿐입니다. 그러나 이 작품은 작가가 의도적으로 서술자의 진술을 그릇되게 한 반어적 소설이 아니니, '나'가 말해 주는 정황들을 적절하게 살핀다면 우리는 사건의 이면에 숨은 진실을 파악할 수 있습니다.

형우는 반 아이들에게 기표와 또 한 명의 유급생을 위해서 부정행위를 하자고 제안합니다. 그들이 이번 시험을 잘 못 보면 또 낙제할 가능성이 있다는 담임의 말을 전하면서 말이지요. 이때 형우는 기표 등이 부정행위를 거부하지 않을 것이라 자신하면서, 지난번 시험에서 자기가 조금 시도해 보았다고 말합니다. 그러나 그 말을 할 때에 그가 보인 교활한 웃음은 그 이면에 전혀 다른 내막이 숨어 있음을 암시합니다.

그 내막이 무엇이었는지는 이후의 대화에서 보다 분명하게 암시됩니다. 형우가 기표에게 맞고 병원에 갔을 때, 담임은 '나'에게

"형우가 그놈들을 위해서 얼마나 많은 일들을 했는지 넌 모를 게다."라고 말합니다. 이를 통해 '나'는, 담임이 형우에게 부정행위를 하도록 유도했음을 짐작했지요. 그리고 형우와의 대화를 통해 그것을 확인합니다. "그때 그 일, 담임 선생님이 시켜서 한 거지?"라는 '나'의 느닷없는 물음에 형우는 '의논을 했을 뿐'이라며 부인하지만, 그의 당황한 태도를 통해 '나'의 짐작이 옳은 것임을 알 수 있지요.

물론 담임도 기표가 부정행위를 거부하고 형우를 폭행하리라고 예상한 것은 아닙니다. 예상하지 못했기에, 폭행 사건에 분노한 것일 테니까요. 그는 다만 담임 평가에서 좋은 결과를 얻기 위해 자기 반에서 낙제생이 나오지 않기를 바랐던 것이거나, 부정행위를 통해서 기표의 약점을 잡아 기표를 길들이고자 한 것이겠지요.

또한 폭행 사건 뒤에 학교 전체에서 형우를 영웅으로 떠받든 것에는 담임의 역할이 컸으리라 짐작할 수 있습니다. 학생 주임이 더 이상 가해자를 추궁하지 않고, 교사들이 수업 시간에 형우의 행동을 칭찬한 것을 보면, 담임이 아무 행동도 하지 않았다고 생각할 수는 없으니까요. 기표가 가해자임을 뻔히 알면서도 학생 주임에게 이를 알리지 않았던 것이 과연 어디까지 계산한 것인지 알 수는 없지만 말입니다.

그 이후에도 마찬가지입니다. 형우가 아무리 반장이라도 혼자만의 판단으로 반에서 기표를 돕기 위한 성금을 걷을 수는 없었겠지요. 더구나 기표가 담임의 심부름을 간 사이에 반장이 성금을 걷은 것을 보면, 이것이 담임의 계획과 지시 없이 이루어진 일이라 보기는 어려울 것입니다. 또한 반 학부모가 편집장으로 있는 신문사에서 이를 기사화하여 미담으로 널리 알려지게 한 것에 담임의 계획이 있었는지는 알기 어렵지만, 기표가 갑자기 사라져서 영화 제작이 틀어졌을 때의 반응을 보면 담임이 이를 통해 자신의 명예와 이익을 얻고자 한 것은 분명합니다.

Q 이 작품의 결말 부분에서는 기표가 희생자인 것처럼 그려지지만, 사실 기표는 반 친구들에게 폭력을 휘두른 가해자 아닌가요?

A 기표의 행동이 올바르지 못하다는 것은 분명한 사실입니다. 그는 쉽게 폭력을 휘둘렀고, 그럼으로써 다른 학생들에게 두려움을 느끼게 했지요. 그는 요즘의 왕따 가해 학생처럼 한 사람을 목표로 삼아 집요하게 괴롭힌 것은 아니었지만, 담뱃불로 지지고 자해를 하여 자기 피를 핥게 하는 등 잔인하고 모욕적인 행동을 서슴지 않았습니다. 더구나 여학생을 집단 성폭행하는 등의 행동은 그 어떤 핑계로도 용서받을 수 없는 크나큰 범죄입니다.

물론 기표의 불우한 가정 환경은 그의 행동을 이해할 수 있는 바탕이 될 수도 있습니다. 가난하고 학업 성적도 나쁜 그가 움츠러들지 않고 당당하게 살기 위해서는 독을 품을 수밖에 없었다는 식으로 말입니다. 전상국의 또 다른 작품인 〈아베의 가족〉에서 주인공 김진호는 등록금을 제때 내지 못하여 담임으로부터 구박을 받다가 결국 학교를 그만둡니다. 그런 일들이 전혀 이상할 것 없는 시대였으니, 기표가 반항적인 태도를 가지게 된 것도 이해할 수 있을 것입니다.

그러나 이는 성장 환경의 영향과 심리 상태를 이해할 수 있다는 것일 뿐, 기표를 긍정적으로 바라볼 수 있다는 말은 아닙니다. 나쁜 환경의 영향으로 잘못된 길을 가는 사람이 생겨나지 않도록 하기 위해 사회적 뒷받침이 필요하다는 데 동의하더라도, 그의 행동이 용납될 수 없는 악행임을 부정할 수는 없을 테니까요.

다만 짚고 넘어가야 할 점은, 이 작품의 인물들 중에서 그릇된 행동을 하는 것이 기표만은 아니라는 것이죠. 담임과 반장 형우의 위선과 교활한 술수를 비판하지 않고 기표만 비난할 수는 없다는 말입니다.

Q 하지만 담임과 반장 형우가 결국 기표 외의 다른 학생들에게는 좋은 일을 한 셈이 아닌가요?

A 기표를 길들이려 한 담임의 행동은, 결국 기표를 학교에서 떠나도록 만들었습니다. 기표는 담임을 포함한 사람들의 눈을 피하기 위해 학교뿐 아니라 가족으로부터도 떠나야 했지요. 이런 결말이 기표 본인에게 불행한 것임을 인정하면서도, 다른 학생들에게는 오히려 잘된 일이 아닌가라고 생각할 수도 있겠습니다. 기표가 형우를 폭행하기 이전과 비교해 본다면, 이제 더 이상 누구도 기표에게 괴롭힘을 당할 일은 없게 된 것이니까요.

하지만 "여러 사람에게 해가 되는 그런 힘은 아예 빼 버리는 게 좋은 거다."라는 담임의 말처럼 다수의 이익을 위해 소수의 개인은 희생되어도 좋다는 생각, 대의를 위해서라면 방법이나 절차의 정당성은 크게 문제 삼지 않아도 된다는 생각, 바로 이런 생각은 전체주의와 맞닿아 있다고 할 수 있습니다.

　독재 정권은 흔히 '우리'를 내세우는 전체주의적 경향을 보입니다. 이 작품이 발표될 무렵의 우리나라 또한 마찬가지였고요. 1961년 박정희가 이끄는 군부 세력이 5·16 군사 정변으로 권력을 차지할 때에 그들의 명분은 국가의 질서와 안녕을 위한다는 것이었습니다. 1979년 박정희가 죽을 때까지 무려 18년에 걸쳐 군부 독재를 행하는 동안, 그들은 늘 국가와 민족의 발전을 위한다는 명분을 내세웠고요. 언론을 장악하고 치밀한 선전 전략으로 대중의 마음을 사로잡는 일, 반대하는 세력을 교묘한 술책으로 붕괴시키는 일, 그리고 자신의 권력과 명예, 이익을 추구하면서 겉으로는 다수를 위해 헌신하는 척하는 위선― 이는 〈우상의 눈물〉에 나오는 담임 및 반장 형우와 군부 독재 당시 권력자들 사이의 공통점이었습니다.

　'우상의 눈물'이라는 제목에서 '우상'은 바로 이와 같은 권력이 만들어 낸 가짜 이미지를 나타낸다고 할 수 있습니다. '우상'은 기표를 위한 모금 사건 이전에 반 친구들에게 '신화적 존재로 군림해 온 기표의 허상'을 나타내는 것입니다. 또한 성금 모금 과정과 신문 기사의 미담 속에서 '가난을 결코 겉에 나타내지 않고 묵묵히 학교에 나온 기표의 의지'로 치하되고 '갸륵한 효성'으로 덧씌워진 가짜 이미지를 나타내는 것이기도 하지요. 신화적 존재로 군림했던 '우상' 기표는 이제 권력(담임, 반장 형우)이 덧씌운 가짜 이미지라는 '우상' 속에서 두려움에 떨며 눈물 흘리게 된 것입니다.

　이렇게 이 작품은 교실이라는 작은 사회를 통해 우리 사회의 현실을 비판하고 있습니다. "무섭다. 나는 무서워서 살 수가 없다."라고 고백한 기표의 편지처럼, 합법적이고 지능적인 권력의 위선과 폭력이, 기표가 상징하는 단순한 폭력보다 더 음험하고 사악하며 강력하다는 점을 말하고 있는 것이지요.

Q '나'는 사건의 내막에 대해 많은 것을 알고 있으면서도 끝까지 침묵을 지킵니다. 이것은 어떻게 이해해야 할까요?

A '나'는 다른 학생들과 달리 많은 것을 알고 있었습니다. 형우가 부정행위를 주도한 것이 담임의 의도와 무관하지 않다는 것도 알고 있었고, 기표를 돕자며 성금 모금을 제안한 형우가 실은 기표에게 적대감을 품고 있다는 것도 알았습니다. 하지만 '나'는 누구에게도 이를 말하지 않았지요. 사실 '나'는 어느 누구에게 어떤 말도 옮기지 않았습니다. 형우가 기표에게 폭행당하고 있다는 것을 담임에게 알리지도 않았고, 학생 주임에게 기표가 가해자임을 말하지도 않았지요. 시종일관 관찰자이자 방관자로서 인물들과 사건을 냉철하게 바라보고 있을 뿐입니다.

1인칭 관찰자 시점이라는 작품의 형식을 생각하든, 권력의 위선과 폭력을 비판하기 위한 작품의 내용 전개 방향을 생각하든, 작가는 '나'가 이와 같은 태도를 취하도록 할 필요가 있었을 것입니다. 사건 파악에 충분한 정보를 독자에게 제공해야 하는 서술자의 역할에 충실하기 위해 그는 냉철한 관찰력과 판단력을 가져야 하고, 그러면서도 사건에 개입해서 전개 방향을 바꾸어서는 안 되니까요.

그러나 작품 속 서술자로서가 아니라 한 사람의 인물로서 '나'의 태도를 평가한다면, 비판의 여지가 있을 것입니다. '나'의 태도는 수동적이고 소극적이였으며, 비판 의식을 품고 있으면서도 아무런 행동을 하지 않았습니다. 더구나 담임과 형우의 행동이 권력의 위선과 폭력을 상징한다는 작품의 의미를 생각해 보면, '나'의 태도를 비판적으로 바라볼 이유가 더 뚜렷해집니다. 작품의 시대적 배경을 생각하면 더 그렇지요. 독재 권력의 추악한 이면을 꿰뚫어 보고 있으면서도, 권력의 위선을 알아차리지 못한 채 속고 있는 다수를 위해 아무런 행동도 하지 않는 것이니까요. '나'의 태도에서, 독재 권력이 지배하던 사회를 냉소적으로 바라보는 지식인의 모습을 연상하게 되는 것도 무리가 아니겠지요. 물론 작가가 바람직하지 못한 지식인의 모습을 비판하기 위해 이와 같은 인물을 설정했다고 단정할 수는 없을 테지만 말입니다.

❋ 더 읽어 봅시다 ❋

교실이라는 작은 사회를 통해 우리 사회를 비판한 소설

전상국, 〈돼지 새끼들의 울음〉 _ 개인의 소망과 개성을 희생시키는 전체주의에 대해 비판·풍자한 작품이다.

이문열, 〈우리들의 일그러진 영웅〉 _ 독재와 폭력을 일삼는 반장과 이에 순응하는 학생들, 변화를 꾀하는 담임의 이야기를 통해 독재와 순응, 민주주의의 문제를 다룬 작품이다.

아베의 가족(家族)

4년 전에 가족과 함께 미국으로 이민을 떠난 청년이 주한 미군 병사로 고국에 돌아왔습니다. 누군가를 찾기 위해서 온 것이지요. 그와 그의 가족은 어떤 일들을 겪었는지, 그가 찾으려는 사람은 누구이며 그는 왜 이 사람을 찾으려 하는 것인지 작품을 한번 읽어 봅시다.

1

 영내(營內)를 벗어나면서 나는 키가 팔 척이 넘는 것 같은 우월감을 맛보았다. 정문의 지피들은 사복으로 바꿔 입은 나를 용케도 알아봐 외출증을 확인하는 일까지 건성으로 했던 것이다.
 일을 마치고 나가는 한국인 종업원과 노무자들이 줄로 늘어서서 옷 뒤짐을 당하고 있었다. 나는 어깨를 펴고 그들 곁을 지나쳐 나갔다. 이 우쭐한 기분은 한 달 전 오산 비행장 트랩을 내릴 때의 그 흥분 상태 그대로였다. 낮은 코 짧은 키로 해서 어쩔

영내(營內) 군대가 머무르는 병영의 안.
척(尺) 길이의 단위. 한 척은 약 30.3cm에 해당한다.
우월감(優越感) 남보다 낫다고 여기는 생각이나 느낌.
지피(GP) 초소를 뜻하는 'guard post'의 준말. 여기에서는 '초소에서 출입자 통제와 경비를 담당하는 근무자'를 뜻함.
 초소(哨所) 보초를 서는 장소.
노무자(勞務者) 노동자.
트랩(trap) 배나 비행기를 타고 내릴 때 사용하는 사다리.

수 없이 감수해야만 했던 신병 훈련소에서의 그 좌절감이 한꺼번에 씻겨 나가는 기분이었다.* 4년 만에 다시 고국 땅을 밟아 보는 감회가 어금니에 지그시 씹혔다. 가는 날이 장날이라고, 부대 배속을 받고 도착해 보니 바로 시피엑스에 걸려 외출이 허가되지 않은 그 이십여 일을 나는 뒤숭숭 뜬마음으로 보냈다. 그런 속에서도 나는 새삼 내 자신의 위치를 확인해 둘 필요를 느꼈고 감상에 젖거나 비굴한 짓거리에 말려들지 않기 위해 이를 악물었다.

"헤이, 킴, 언제 미국에 갔어?"

카투사들이 아는 체 악수를 청했다. 나는 대답 대신 웃으며 손만 흔들어 주고 그 자리를 피했다.

"헤이, 킴, 웰컴! 내가 뭘 도와줄까?"

피엑스의 한국 사람이 내게 접근해 왔다. 나는 그들이 보는

✤ 영내를 벗어나면서 나는 ~ 한꺼번에 씻겨 나가는 기분이었다 '나'는 주한 미군 병사라는 신분에 대해 우월감을 느끼고 있다. 미국에서 신병 훈련을 받을 때에는 키 작은 동양인으로서 다른 훈련병들에 대해 열등감을 느꼈지만, 한국에서는 부대 내에서 일하는 한국인들에 비해 우월한 지위를 누리고 있기 때문이다.
감회(感懷) 지난 일을 돌이켜 볼 때 느껴지는 생각이나 감정.
배속(配屬) 사람을 어떤 곳에 배치하여 종사하게 함.
시피엑스(CPX) 지휘소 연습을 뜻하는 'command post exercise'의 준말. 지휘소의 이동, 설치 등에 대한 작전 연습.
　지휘소(指揮所) 지휘관과 그 참모가 모여서 부대를 지휘할 수 있도록 마련한 곳.
감상(感傷) 하찮은 일에도 쓸쓸하고 슬퍼져서 마음이 상함. 또는 그런 마음.
카투사(KATUSA) 'Korean Augmentation Troops to United States Army'의 준말. 임무 수행을 위하여 우리나라에 머무르고 있는 미국 육군에 배속된 한국 군인.
피엑스(PX) 'Post Exchange'의 준말. 일상 용품이나 음식물 따위를 세금을 면제한 가격으로 파는, 군부대 기지 내의 매점.

앞에서 내게 배당된 쿠폰을 찢어 버렸다. 미국에서 고모가 내게 일러 주던 그 돈 버는 방법을 스스로 포기해 버린 것이다. 나와 함께 신병 훈련을 받고 한국에 건너온 깜둥이들마저 이미 돈 버는 방법을 냄새 맡고 코를 벌름거리고 있는 게 구역질이 나 견딜 수 없었던 것이다.

 영내를 벗어나 철조망을 끼고 시가지 쪽으로 뻗은 신작로를 걸었다. 가슴이 탁 트였다. 여름 오후의 햇볕은 아스팔트 바닥을 눅진눅진 녹이고 철조망 밑으로 무성한 잡초들이 짙은 풀 냄새를 훅 풍겼다. 들뜬 마음과는 달리 나는 일부러 걸음을 천천히 옮겼다. 어금니로 비집고 올라오는 희열을 되도록 서서히 즐기고 싶었던 것이다.

 정확히 3년 10개월 전 우리 가족들이 이 땅을 떠나면서 품었던 소박한 꿈 중의 그 하나가 이제 실현된 것이다. 그것은 한국

배당되다(配當--) 일정한 기준에 따라 나뉘어 주어지다.
쿠폰(coupon) 한 장씩 떼어서 쓰게 되어 있는 표. 여기에서는 주한 미군에게 지급되는 '물품 교환권'을 의미함.
✤ 피엑스의 한국 사람이 ~ 견딜 수 없었던 것이다 '내게 배당된 쿠폰'은 병사들이 피엑스에서 일상 용품이나 음식물로 교환하도록 지급한 것인데, 작품의 내용을 통해 병사들과 피엑스 판매원 사이의 뒷거래가 흔하게 이루어졌음을 짐작할 수 있다. 즉, 쿠폰을 물품과 교환하는 것이 아니라, 쿠폰의 가치보다 다소 적은 금액을 받고 파는 뒷거래가 성행한 것이다. '나'는 피엑스 판매원들 앞에서 보란 듯이 쿠폰을 찢어 버리는데, 이는 '나'의 자존심 때문일 것이다. 이 자존심은 단순히 개인적인 차원의 것이 아니라, 현재의 조국인 잘사는 나라 미국과 자신이 태어나고 자란 조국인 가난한 한국 사이에 낀 존재로서 '나'가 느끼는 복잡한 감정에서 비롯된 것일 터이다.
시가지(市街地) 도시의 큰 길거리를 이루는 지역.
신작로(新作路) 새로 만든 길이라는 뜻으로, 자동차가 다닐 수 있을 정도로 넓게 새로 낸 길을 이르는 말.
희열(喜悅) 기쁨과 즐거움. 또는 기뻐하고 즐거워함.

에서 양공주˚였다가 국제결혼을 해 미국에 가 영주권을 얻은 고모의 계획 중의 하나였다. 돈 안 들이고 한국에 나갈 수 있는 길은 미군에 들어가 한국 파견을 지원하는 것이었다. 한국 월급쟁이들보다 더 많은 돈을 주머니에 넣고 거드럭거리며˚ 1년쯤 지내다가 미국이라면 껌벅 죽는 계집애 하나 얻어 가지고 돌아오면 좀 좋겠느냔 고모의 생각이었다.

"그래, 난 사람을 찾으러 한국에 가는 거다."

미국을 떠나기 전 나는 동생들한테 말했다. 다 학교에 다니고 있었다. 정희와 진구는 하이스쿨 과정을 밟고 있었고 막내는 중학교였다. 돈 한 푼 안 들이고 공부를 할 수 있었다. 그리고 한국에서는 어림도 없는 대학 진학의 꿈으로 동생들은 부풀어 있었다. 그러나 문제는 많았다. 자식들을 위해서 미국에 왔다는 아버지의 한국적 자위는 빛을 잃었다.✱ 동생들은 굉장히 빠른 시간에 미국화됐다. 정희가 특히 그랬다.

"오빠, 미국까지 와서 다시 한국 여자와 결혼해 살겠다는 거야?"

양공주(洋公主) 예전에, 미군 병사를 상대로 몸을 파는 여자를 이르던 말.
거드럭거리다 거만스럽게 잘난 체하며 자꾸 버릇없이 굴다.
자위(自慰) 자기 마음을 스스로 위로함.
✱ 자식들을 위해서 미국에 왔다는 아버지의 한국적 자위는 빛을 잃었다 한국의 여느 부모들이 자식들을 위한 것이라 스스로를 위로하며 힘든 삶을 감수하듯이, '나'의 아버지 역시 자식들을 위한다는 생각에 미국으로 와서 고된 노동을 마다하지 않고 있다. 그러나 정작 자식들이 아버지의 기대와는 다른 방향으로 커 가고 있으므로, 아버지의 이와 같은 자위는 헛될 수밖에 없다는 것이다.

정희는 그런 생각을 가진 계집애였다. 우리 식구 중에서 적응력이 제일 빨랐다. 정희는 보이프렌드를 여럿 우리 아파트까지 끌어들였다. 모두 백인 아이들이었다. 우리 아파트 근처에는 흑인들이 많이 살았다. 흑인 애들이 정희의 뒤를 따라다녔다. 저희들끼리 낄낄거리며 골목에 지키고 섰다가 정희를 둘러싸고 희롱을 했다. 스패니시계 녀석들까지 그랬다. 정희는 놈들의 희롱을 잘 받아 주었다. 그게 정희의 생리였다. 그러다가 일을 당했다. 내가 일하고 있는 야채 가게의 주인 이 씨의 귀띔으로 우리 아파트까지 달려갔을 때 그 깜둥이들은 정희를 윤간하고 있었다. 나는 피가 거꾸로 흘렀다. 출입문을 막아섰다. 세 놈이 능글능글 웃으며 다가왔다. 나는 품에서 야채 다듬는 칼을 뽑아 들었다. 그리고 그 칼로 왼쪽 팔목에 상처를 냈다. 한국에서 재두, 형표, 석필이와 함께 남긴 담뱃불 자국이 있는 근처를 쨘 것이다. 팔뚝에서 피가 흘러 현관 바닥에 홍건히 고였다. 능글능글 웃던 깜둥이 애들 눈이 금세 겁에 질렸다. 깜둥이들은 미개하고 천한 만큼 겁이 많고 비열했다.

"컴 온, 컴 온!"

나는 칼을 들지 않은 왼쪽 손으로 그들을 손짓했다. 아무것도 보이지 않았다. 손끝으로 불 같은 증오가 뻗쳐 온몸이 떨렸다.

스패니시계(spanish系) 스페인 혈통의. 또는 그러한 사람.
생리(生理) 생활하는 습성이나 본능.
윤간하다(輪姦--) 한 여자를 여러 남자가 돌아가며 강간하다.

나는 며칠 전 정희와 함께 어머니의 수기를 훔쳐보았다.

'나는 밤낮 없이 그들을 칼로 찔러 죽이는 환상으로 치를 떨었다. 그들의 검고 끈적끈적한 살갗 그 깊숙한 데서 콸콸 쏟아지는 피를 두 손으로 받아 이웃 사람들 눈앞에 보여 주고 싶었다. 내가 그때 살아 있을 수 있었던 것은 가슴으로 치미는 증오와 복수심 그것 때문이었다.'

어머니가 한국에서 식구들 몰래 노트장에 틈틈이 쓴 그 글에 그렇게 적혀 있었던 것이다. 나는 칼 든 손을 벌벌 떨면서 깜둥이들 앞으로 다가섰다. 깜둥이들이 너무 쉽게 무릎을 꿇었다. 많이 보던 놈들이었다. 내가 일하고 있는 이 씨네 식품 가게와 같은 블록에 사는 아이들이었다. 식품점에 들어와 물건을 훔쳐 내다가 이 씨한테 들키자 골목까지 쫓아오는 이 씨의 이빨을 두 개씩이나 부러뜨린 놈들이었다. 이 씨가 잡아넣겠다고 하니까 그놈들 떼거지가 몰려와 가게에 불을 놓겠다고 엄포를 놓던 일도 있었다.

"병신 같은 새끼들!"

정희가 흐트러진 아랫도리를 추스르며 일어났다. 계집애는 내 앞에 무릎을 꿇은 깜둥이들 머리 위에 침을 뱉은 다음 나를 향해 내쏘았다.

수기(手記) 자기의 생활이나 체험을 직접 쓴 기록.
잡아넣다 붙잡아 가두다. 여기에서는 경찰에 신고하여 징역 등의 처벌을 받게 한다는 뜻.
엄포 실속 없이 호령이나 위협으로 으르는 짓.

"오빤 뭐가 잘났다구! 한국에서 오빠가 한 일 생각 안 나? 그 꼴에 왜 자꾸 내 일에 참견이야?"

정희는 분명 '내 일'이라고 했다. 악쓰는 계집애를 바라보면서 나는 어깨에 힘이 빠졌다. 정희는 이렇게 뻔뻔스럽게 변해 있었다. 내가 한국에서 재두, 형표, 석필이와 함께 벗겼던 계집애는 그냥 울었을 뿐이다. 그리고 부모한테 제 몸이 더럽혀진 것을 일러바쳤던 것이다. 나는 정희 계집애를 죽이고 싶었다. 그러나 마음과는 달리 입에서는 애원이 담긴 신음이 흘러나왔을 뿐이다.

"정희야, 우리가 여기 와서 이렇게 살려고 왔냐?"

"한국에 살았으면 이것보다 더 더럽게 살았을 거야. 엄마두 아버지두 나처럼 더럽게 살았던 거야."

정희는 앙칼지게 내뱉었다. 어머니가 쓴 글을 함께 읽고 난 뒤에 부쩍 변해 버린 정희였다. 어린 계집애 가슴에 파인 상처는 치유 불가능한 것이었다. 나는 공범자로서 몹시 괴로웠다. 그 글을 함께 읽은 것이 몹시 후회가 됐다. 그러나 쏘아 놓은 화살이었다. 정희와 나는 어머니의 글을 읽고 나서 다 같이 우리가 벗어날 길 없는 깊은 늪 속에 빠져 버렸음을 깨달았다. 우리는 그때부터 우리가 읽은 그 글에 대해서 단 한마디도 의견을 나눈 일이 없었다. 입을 떼어 말할 필요가 없었던 것이다. 그 글

치유(治癒) 치료하여 병을 낫게 함.

속의 내용들은 이미 우리들 각자의 몸속에 점염되어 그 뿌리를 그악스럽게 박아 버렸기 때문이다.

이제 그 글 속의 내용들은 전연 우리들의 문제였다.

물론 우리는 어머니를 이해하기 위해서 그것을 훔쳐 읽었던 것이다. 미국에 오면서부터 그렇게 어처구니없이 사람이 바뀌어 버린 어머니에 대해서 우리 식구들은 아연할 수밖에 없었다. 환경이 바뀐 데서 오는 일시적인 조울증이겠거니 하고 그냥 대수롭지 않게 생각했던 게 잘못이었다. 그러나 어머니는 3년 세월이 흘러가기까지 처음과 똑같이 멍청한 얼굴로 무기력한 사람이었다. 꼭 넋 나간 사람이 그럴 것이다. 어머니는 한국에서 우리와 함께 익힌 그 몇 마디의 영어조차 입에 올리지 않았다. 그네는 집안 식구들하고도 필요한 말만 했다. 자기의 의견을 내놓거나 남이 하는 일에 대해서 이렇다 저렇다 간섭을 하는 일도 없었다. 한국에서 그처럼 부지런히 뛰어다니며 식구들을 먹여 살리기 위해 안간힘 하던 그네의 생활력은 거품처럼 꺼지고 그네는 빈 쌀자루처럼 휘주근하게 늘어져 버렸다. 우리 식구들은 그렇게 변해 버린 어머니를 향해 애원도 해 보았고 때로는 윽박

점염되다(點染--) 조금씩 물들게 되다.
그악스럽다 끈질기고 억척스러운 데가 있다.
아연하다(啞然--) 너무 놀라거나 어이가 없어서 또는 기가 막혀서 입을 딱 벌리고 말을 못하는 상태이다.
조울증(躁鬱症) 양극성 기분 장애. 지나친 슬픔·낙담과 지나친 흥분·열광 사이를 오락가락하는 정신 질환. 여기에서는 문맥상 '우울증'을 뜻함.
휘주근하다 1. 풀기가 빠져서 축 늘어져 있다. 2. 몹시 지쳐서 기운이 없다.

질러 보기도 했지만 어머니는 한결같이 멍청했다.
"아베 귀신이 붙은 거야."
중학교 다니는 막내가 엄마 문제에 대해서 한마디 했다. 우리 식구들은 막내의 말을 못 들은 척했다. 아베에 대한 얘기는 누구의 입에서도 꺼내기 겁내는 하나의 터부처럼 돼 있었던 것이다. 우리가 처음 이민 올 때 공항까지 마중 나온 고모마저도 아베에 대해서 말하지 않았다. 이민 초청장을 보낼 때부터 아베의 얘기는 빠져 있었는지도 모른다. 어떻든 우리들은 어머니의 그 우울증이 아베에게서 비롯되었다는 것을 너무나 명확히 알고 있으면서도 그 사실을 입 밖에 내기를 꺼렸다. 그러나 막내가 어머니한테 아베 귀신이 붙었다고 했을 때 우리들은 찔끔했다. 그러나 그것은 지극히 순간적인 것이었다. 우리들은 곧 머리를 저어 그 생각을 단연 부인했다. 아베 때문에 어머니가 그렇게 됐다고 생각하기엔 우리들의 자존심이 허락하지 않았던 것이다.

우리들은 단 한 번도 아베를 우리와 똑같은 사람이라고 생각해 본 적이 없었다. 다만 아베가 숙명적으로 우리 집에 태어났을 뿐 우리와 같은 형제라는 생각을 가져 본 적이 없었다. 아베는 우리에게 있어서 한 마리 쓸모없는 짐승이나 다름없었다. 그렇다. 쓸모없는 강아지 한 마리보다 더 귀찮고 역겨운 그런 존

윽박지르다 심하게 짓눌러 기를 꺾다. 여기에서는 문맥상 '큰소리로 나무라다'를 뜻함.
터부(taboo) 특정 집단에서 어떤 말이나 행동을 금하거나 꺼리는 것.
숙명적(宿命的) 이미 정해진 운명에 의한. 또는 그런 것.

재였을 뿐이다. 나를 비롯해서 우리 남매들은 태어나 철들면서부터 아베를 보고 살아왔다. 우리 어린 눈에도 그것은 더러운 짐승에 불과했다. 물론 아버지나 엄마는 우리들을 위해서 그 짐승이 살 수 있는 데를 여러 군데 찾아다녔고 실제로 아베를 거기 집어넣기도 했었다. 정신 박약아˚ 수용소에서는 아예 아베를 받아들이지 않거나 어쩌다 받아들였다 하더라도 며칠 못 가 찾아가라는 통고˚가 왔다. 최소한 지능이 20은 넘어야 그곳 수용소 생활을 할 수 있다는 것이었다. 대개 그런 수용소는 만 6세부터 18세까지의 정신 박약아를 받아 수용 겸 교육을 시키고 있었다. 어떤 데는 테스트를 해서 지능이 40 이상은 돼야 받아들였다. 그러나 아베는 지능이란 단어를 쓸 정도의 그런 인간이 아니었다. 백치˚ 중에도 가장 심한 정도였다. 그리고 우리가 한국을 떠날 때 이미 그는 스물여섯 살이란 나이를 주워 먹고 있었던 것이다. 26세의 갖은˚ 병신이 사지˚를 뒤틀어 가며 입을 벌려 말할 수 있는 것은 '아베'란 두 음절의 음성뿐이었다. 입을 어렵게 벌려 얼굴을 온통 우그러뜨리며 '아…… 아…… 아베'라고 소리 내는 것이 그의 의사 표시의 전부였다. 그는 물론 대소변을

정신 박약아(精神薄弱兒) '지적 장애아'를 낮잡아 이르는 말.
통고(通告) 서면(書面)이나 말로 소식을 전하여 알림.
백치(白癡/白痴) 뇌에 장애나 질환이 있어 지능이 아주 낮은 상태. 또는 그런 사람을 낮잡아 이르는 말.
갖은 골고루 다 갖춘. 또는 여러 가지의. 여기에서는 '아베에게 지적 장애뿐만 아니라 신체장애도 있음'을 뜻함.
사지(四肢) 사람의 두 팔과 두 다리를 통틀어 이르는 말.

가리지 못했다. 몸의 균형이 불안전해 먼 곳까지 걸어가지도 못했다. 그는 죽으나 사나 방구석에만 박혀 지독한 냄새를 피우고 있었을 뿐이다. 아베로 인해서 우리 집은 저주받은 집처럼 항상 침침하고 휘휘했다.˚ 내가 문제아로 낙인찍힌˚ 것도 우리 집의 가난에서 온 것만은 아니었다. 아베가 있는 그 질식할 것 같은 집안 분위기 때문에 나는 매일매일 미쳐 가야만 했던 것이다. 그때 형표들과 산에서 계집애를 벗긴 것도 아베에 대한 분노였다고 나는 구실을 찾아 가지고 있었다. 아베에게 정상적으로 발달돼 있는 것은 그의 성기였다. 그는 어렸을 적부터 여자만 보면 그것이 어머니고 누이동생이고를 막론하고 달라붙어 사타구니를 비벼 댔다. 낮잠을 자는 정희의 몸에 달라붙은 아베를 직접 내 눈으로 보았을 때(정희는 그때 다섯 살이었다) 나는 이미 그를 인간으로 생각하지 않았던 것이다.

그러한 인간 이하의 아베를 한국에 버리고 왔다 해서 우리 식구들이 죄의식으로 괴로워야 한다는 것은 있을 수 없는 일이라고 나는 못 박아˚ 생각해 왔다. 아무리 자기 몸에서 난 자식이라고 해도 아베 같은 동물로 해서 어머니가 그처럼 괴로워하고 정말 백치처럼 사람이 변해야 한다는 것은 우리로서는 도저히 이해할 수가 없었던 것이다.

휘휘하다 무서운 느낌이 들 정도로 고요하고 쓸쓸하다.
낙인찍히다(烙印---) 벗어나기 어려운 부정적 평가를 받다.
✸ 못 박아 (어떤 사실을 꼭 집어) 분명하게. 확실하게.

그럴 즈음 정희가 어머니의 트렁크 밑바닥에서 그 노트를 찾아낸 것이다. 우리는 숨을 죽이며 그 노트를 읽어 나갔다. 단숨에 읽었다. 그리고 황황히 그 노트를 덮어 버렸다.

 우리가 알아낸 비밀은 아베가 우리 아버지의 피를 받지 않았다는 사실이다. 어머니의 먼저 남편의 씨가 아베였던 것이다. 가봉자. 이 놀라운 사실은 어떻게 생각하면 아베를 한국에 버리고 온 우리들의 죄의식이 다소 가벼워질 수 있는 성질의 것이었는지도 모른다. 그러나 문제는 그 반대였다. 정희와 나는 그 사실을 안 순간부터 진정 아베에 대해서 생각하기 시작했던 것이다.

 "헤이, 지노 킴!"

 내가 무척 느리게 걸었던 모양이다. 시가지에 이르기도 전에 토미가 따라붙었던 것이다. 나는 그와 약속을 했었다. 첫 외출 시 서울 나들이를 함께할 것을 신병 훈련소에서부터 약속했다. 지난밤에도 사병 클럽에서 그는 그것을 일깨웠다. 오케이, 나는 다시 한 번 다짐했다. 그러나 오늘 나는 토미 몰래 영내를 빠져나왔던 것이다. 공연히 그런 심사가 나를 충동질했다. 그것은

황황히(遑遑-) 갈팡질팡 어쩔 줄 모를 정도로 급하게.
가봉자(加捧子) 여자가 전남편에게서 배거나 낳아서 데리고 온 아들.
사병 클럽(士兵 club) '사병'은 장교가 아닌 부사관(하사, 중사, 상사, 원사)과 병사를 통틀어 이르는 말로, 때로는 부사관 아래의 병사만을 이르기도 한다. '사병 클럽'은 주한 미군 부대 내에 설치된 사병들 대상의 오락 시설을 뜻한다.
심사(心事) 마음속으로 생각하는 일. 또는 그 생각.
충동질하다(衝動---) 어떤 일을 하도록 남을 부추기는 짓을 하다.

이제까지 내가 그들에게서 받은 수모에 대한 앙갚음이었는지도 모른다. 그러나 토미는 내 친구였다. 나보다 한 살 아래인 스물하나에 몸집이나 키는 나의 거의 두 배에 가까웠다. 그는 미국 사람치곤 정확한 영어 발음을 가지고 있었다.✽ 그는 애틀랜타 출신으로 하버드 대학 재학 중에 한국 지원 입대를 했다. 미국 밑바닥 인생이 기어드는 데가 한국 지원병인 전례와는 달리 그는 내가 아는 한 뭔가 얻으러 한국에 온 게 분명했다. 내가 미국에서 4년간 겪은 미국인은 대개 두 가지 유형이었다. 하나는 상류 사회를 형성하고 있는 전형적인 미국인으로서 가히 초강대국의 국민다운 풍모를 갖춘 청교도풍의 도덕적으로 거의 완전무결해 뵈는 사람들이었고, 그 반대는 우리에게 대체로 짚이는 그런 자유분방하면서 반도덕적인 면을 다분히 갖춘 사람들이었다. 후자의 인간들은 그 어떤 한국인보다 철저하게 파렴치하고 난폭했다. 토미는 전자에 속하는 인간이었다. 그는 유색 인종에 대해서 아무런 편견을 가지지 않고 있는 것처럼 보였다.

✽ 그는 미국 사람치곤 정확한 영어 발음을 가지고 있었다 발음이나 문법이 정확하지 않은 하층민들과 달리 토미가 정확한 영어를 구사한다는 뜻이다. 이는 그가 고등 교육을 받은 중산층 이상임을 보여 준다.
애틀랜타(Atlanta) 미국 동남부 조지아 주 북쪽에 있는 상공업 도시.
전례(典例) 전형적인 사례.
풍모(風貌) 풍채(風采)와 용모를 아울러 이르는 말.
청교도(淸敎徒) 16세기 후반, 영국 국교회에 반항하여 생긴 개신교의 한 교파. 칼뱅주의를 바탕으로 모든 쾌락을 죄악시하고 사치와 성직자의 권위를 배격하였으며, 철저한 금욕주의를 주장하였다. 이들이 신대륙으로 건너가 미국 건국의 바탕이 되었다고 한다.
완전무결하다(完全無缺--) 충분히 갖추어져 있어 아무런 결점이 없다.
유색 인종(有色人種) 백인을 제외한 유색 피부를 가진 모든 인종.

그러나 그러한 태도가 바로 그네들의 우월감에서 비롯되는 것이라는 걸 알기란 어렵지 않다. 그는 처음부터 내게 호의를 보여 왔다. 자기가 가는 한국에 대해서 많은 걸 알고 싶어 했다. 우리가 생각하는 것보다 미국 사람들은 한국에 대해서 무지하거나 알고 있더라도 그 내용이 터무니없는 것이기 일쑤였다. 토미만 해도 나를 만났을 때, 헤이 차이니즈—라고 불렀다. 얼굴이 넓적한 동양인은 다 차이니즈였다. 그들은 고집스럽게도 미국 속의 한국인을 잘 인정해 주려 들지 않았다. 한국 문화와 중국 문화를 같은 것으로 보려 했다. 토미는 내가 써 보이는 한글에 흥미가 없었고 유독 그 어려운 상형 문자인 한문 글자에 호기심을 보였다. 더 분통이 터지는 것은 일본에 대한 그들의 동경이었다. 대부분의 지아이들은 일본에 휴가를 나가 아름다운 추억을 남기는 게 꿈이었다. 그들은 한결같이 한국을 이야기할 때는 언제나 중국과 일본의 일부로서 전제를 삼았다. 미국 사람을 만나 한국을 얘기하면 국력이 어떤 것인가를 실감하게 되는 것은 그 때문이다.

"코리아, 아름다운 미인의 나라."

토미는 내게 우정의 표시로 한국을 아름답게 얘기하기도 했

상형 문자(象形文字) 물건의 모양을 본떠 만든 회화 문자에서 발전하여 단어 문자로 된 것으로, 원형과의 관련이 조금이라도 보이는 문자. 한자, 수메르 문자, 이집트 문자 따위를 통틀어 이른다.
지아이(GI) 'Government Issue'의 준말. 미국에서 특별한 일에 쓰려고 불러 모은 병사. 또는 일반적으로 병사를 속되게 이르는 말.
전제(前提) 어떠한 사물이나 현상을 이루기 위하여 먼저 내세우는 것.

다. 그것은 그가 어린 시절 자기 집 정원사였던 흑인 영감을 통해서 얻은 생각이었다. 아마 그 흑인은 한국 전쟁이 일어났을 때 참전했던 용사였던 모양이다. 그 늙은이의 입을 통해서 묘사된 한국은 아름다운 나라였던 것이다. 그것은 그 늙은이가 만년˚에 외로움을 느끼면서 왕년˚의 그 한국전 참전 시절이 마치 영웅의 그것처럼 회상되었기 때문에 그럴 수밖에 없었을 것이다. 추억은 아름다운 것이니까. 그러나 추억이 결코 아름답지 못한 사람도 많다. 바로 어머니의 과거가 그런 것이다. 어머니를 범한˚ 그들에게 있어서 한국은 아름다운 여인의 나라일 수도 있겠지. 나는 길바닥에 침을 뱉었다.

"헤이, 킴, 우리 서울에 가는 거지?"

그들 껌다리들 속에서 그렇게도 똑똑하고 의연해˚ 보이던 토미가 막상 한국 땅 한국 사람들 틈에 끼이자 그렇게 얼뜨기˚처럼 보일 수가 없었다.

"토미, 나 오늘 서울 가는 게 아니다. 나 다른 약속이 있다."

토미는 어린애처럼 시무룩해졌다. 무척 실망한 얼굴로 어쩔 줄 몰라 했다.

"토미, 내가 서울 가는 버스에 널 태워 주겠다."

만년(晚年) 나이가 들어 늙어 가는 시기.
왕년(往年) 지나간 해.
범하다(犯--) (여성을) 성폭행하다.
의연하다(毅然--) 의지가 굳세어서 끄떡없다.
얼뜨기 겁 많고 어리석으며 다부지지 못하여 어수룩하고 얼빠져 보이는 사람을 낮잡아 이르는 말.

토미는 즐거운 얼굴을 했다. 미지의 세계에 대한 호기심이 그의 얼굴 가득 넘쳐 보였다.

우리들은 시외버스 정류장에 와 있었다. 서울과는 정반대의 시골이 종점인 구형 버스가 텅텅텅 발동을 건 채 출발을 서두르고 있었다. 나는 매표소로 뛰어가 그 시골행 표를 끊었다.

"토미, 저거 서울 가는 차다. 여기 표가 있다. 내가 너를 위해 끊었다."

토미가 땡큐를 연발하며 그 커다란 덩치를 그 시골행 버스 속에 집어넣자 나는 그의 등 뒤에 대고 소리쳤다.

"헤이, 토미, 한국은 아름다운 나라다. 재미 많이 보거라!"

버스는 만원이었다. 땀 냄새 나는 시골 사람들이 꾸역꾸역 들어박힌 그 낮고 헌 시골 만원 버스 속에서 키가 큰 토미가 상체를 숙인 채 끼어 서 있는 게 보였다. 토미에게 준 내 우정이었던 것이다.※ 지열이 훅훅 끼쳐 드는 더위였다.

서울행 버스 매표소엔 사람들이 줄을 서 있었다. 나는 그 줄 맨 끝에 붙어 섰다. 바로 내 앞에 머리를 길게 늘어뜨린 여자가 비치백을 들고 서 있다가 뒤에 바싹 붙어 서는 나를 힐끗 쳐다

※ 토미에게 준 내 우정이었던 것이다 친구인 토미에게 부린 괜한 심술을 반어적으로 표현한 것이다. '나'가 한국 땅에 와서 토미에게 거리감을 느끼게 된 것은 미국과 한국 사이에 낀 존재로서 '나'가 느끼는 복잡한 감정 때문이기도 하지만, 서울로 가려는 토미를 시골행 버스에 태워 보낸 이 심술은 그보다도 과거에 '나'의 어머니를 미군들이 성폭행했으며 토미와의 대화가 그 일을 상기시켰기 때문이라 볼 수 있다.
지열(地熱) 햇볕을 받아 땅 표면에서 나는 열.
비치백(beach bag) 수영복 따위를 넣고 다니는, 투명 비닐로 만든 가방.

봤다. 한눈에 잘 생긴 얼굴이었다. 얼굴에서부터 몸매까지 동양적인 그런 미를 갖추고 있었다. 선이 부드럽고 피부 또한 깨끗했다.

"여기가 서울 가는 버스표 끊는 뎁니까?"

나는 짐짓 영어식 억양으로 말했다. 여자가 다시 한 번 나를 돌아다보았다. 약간 경계의 빛을 보이는 그 눈이 맑았다. 나는 그네의 가슴 위에 꽂힌 여자 대학 배지를 보았다. 그네는 내가 입은 체크무늬 요란한 남방과 피엑스에서 사 신은 코가 뭉툭한 구두를 내려다보며 얼마간 신기해하는 눈빛을 했다. 나는 뒷주머니에서 지갑을 꺼내 피엑스에서 바꾼 고액권 화폐 뭉치 중에서 두 장을 빼어 그네 앞에 내밀었다. 그네가 옆으로 한 발짝 비켜서며 얼굴을 붉혔다.

"나 어렸을 때 한국 떠나 모르는 거 많습니다. 아가씨, 도와주십시오. 이 돈으로 아가씨 표까지 끊을 수 있는지 나 잘 모르겠습니다."

그네는 잠시 머뭇거리더니 만 원짜리 두 장 중에서 한 장만 뽑아 들면서 말했다.

"저기 저쪽에 있는 빈 차 옆에서 기다리고 계세요."

외양과는 달리 목소리는 퍽 투박스러웠다. 나는 굽실거리며

배지(badge) 신분 따위를 나타내거나 어떤 것을 기념하기 위해 옷이나 모자 따위에 붙이는 물건.
고액권(高額券) 큰 액수의 지폐.

그네가 가리킨 버스 옆으로 다가갔다. 나는 침을 삼켰다. 나는 이 씨 가게의 점원이 아니라 이제는 한국을 도우러 온 지아이다.*

"표 여기 있어요. 제 건 제 돈으로 끊었어요."

그녀는 새침한 얼굴로 잔돈과 함께 표를 내밀었다. 표를 받아 들면서 나는 문득 이 씨의 딸을 생각했다. 그 여자도 이렇게 새침데기였다. 열 살 때 미국에 왔다는 그네는 늙어 죽을 때까지 미국 생활에 동화되지 못할 그런 타입이었다. 그네는 바깥출입을 일체 하지 않았다. 원인은 그네의 소아마비에 걸린 다리 때문이었다. 이 씨 말로는 그 딸의 소아마비를 고치기 위해 미국에 왔다고 했다. 실상 돈도 많이 없앤 모양이었지만 여전히 잴금잴금 걸었다. 우습게도 이 씨는 나를 자기 딸에게 접근시키려고 했다. 툭하면 자기네 아파트에 심부름을 시켰다. 내가 찾아갈 때마다 그네는 돈벌이로 하는 구슬 꿰기를 하고 있었다. 지루하지도 않아요? 내가 동정하는 투로 물을 때마다 그네는 똑같은 대답을 했다. 지루해요. 나는 그네의 빈약한 젖가슴을 훔쳐보곤 했다. 그럴 때마다 쓸쓸한 바람이 가슴으로 불었다. 미국에서 내게 향수를 불러일으키는 것은 그네의 빈약한 젖가슴

❋ 나는 이 씨 가게의 점원이 아니라 이제는 한국을 도우러 온 지아이다 미국에서는 식품 가게 종업원이었을 뿐이지만, 한국에 와서는 주한 미군으로서 우쭐한 기분을 느낀다는 것이다. 이는 한국의 평균적인 회사원들보다 많은 월급을 받으며, 우방국에서 국방을 도우러 온 것이라는 명분을 가진 데다 미국인으로서 선망의 대상이 되기 때문일 것이다.
동화되다(同化--) 성질, 양식(樣式), 사상 따위가 다르던 것이 서로 같게 되다.
향수(鄕愁) 고향을 그리워하는 마음이나 시름.

이었다. 나는 그네에게서 고국을 떠나 사는 사람들의 좌절과 그 깊은 절망의 하소연을 듣는 듯했다.* 나는 숨이 막힐 것 같아 그곳을 도망치듯 빠져나오곤 했다.

"제가 창문 곁에 좀 앉았으면 좋겠어요."

버스에 먼저 올라 좌석 번호대로 자리를 잡고 앉았는데 아까 그네가 제 표를 내보이며 옆에 서 있었다.

"아, 좋습니다."

나는 황급히 일어나 그네가 창문 곁으로 앉도록 도와준 다음 그네에게 몸이 닿지 않도록 떨어져 앉았다. 나는 여행 가방에서 껌 한 통을 꺼내 그네에게 내밀었다. 그네가 살짝 윗입술을 움직여 웃으며 그것을 받았다.

"대학에 다니십니까?"

나는 짐짓 그네의 불룩한 젖가슴께를 더듬어 보며 말했다. 그네가 대답 대신 껌을 뜯어 내게 한 개를 내밀었다.

"영어 잘하십니까?"

나는 우정* 내 한국 발음을 서툴게 하며 물어보았다. 그러자 그네의 얼굴이 금세 발갛게 물들며 겨우 들릴 정도의 목소리로,

"전연……."

"방학 중이십니까?"

✤ 미국에서 내게 향수를 ~ 하소연을 듣는 듯했다 '나'는, 그녀의 모습이 미국 이민자들의 쓸쓸하고 희망 없는 삶의 모습을 상징하는 것처럼 느끼고 있다.
우정 '일부러'의 사투리.

"아직……. 여기 이모네 산장에 잠깐 들렀다 갈 일이 있어서 다녀가는 길이에요."

"아, 집이 서울에 있습니까?"

"네, 서울 가회동."

"가회동— 나도 잘 압니다. 우리 고모님 거기 오래 사셨습니다."

나는 거짓말을 입에 침 한 번 바르는 일 없이 잘 해냈다. 고모는 가회동에 살지 않았다. 우리에게 고모가 있다는 것을 알게 된 것이 내가 중학교에 입학했을 때였다. 얼굴 화장이 야하고 몸치장 또한 요란한 여자 하나가 우리가 살고 있는 빈민촌에 나타났다. 아버지가 그 여자를 보자, 순자야! 외마디 소리를 쳤다. 오빠! 17년 만에 처음 만나는 나이 든 오뉘의 극적인 장면은 그야말로 울음바다였다. 울고 웃고 서로 더듬어 그 실체를 확인하면서 이 세상에 단둘만 남겨졌던 6·25 때의 비극 한 토막이 연극처럼 펼쳐졌다. 그러나 그것을 지켜보는 우리 남매들은 그 여자의 천해 뵈는 얼굴과 아버지의 어른답지 못한 그 울음소리 때문에 몹시 낭패스러웠다. 그때 아베 나이 스물둘이었다. 그 성년의 수놈이 고모의 허리에 매달려 껍적껍적 이상한 짓거리를

실체(實體) 실제의 물체. 또는 외형에 대한 실상(實相).
비극(悲劇) 인생의 슬프고 애달픈 일을 당하여 불행한 경우를 이르는 말.
낭패스럽다(狼狽---) 계획한 일이 실패하거나 잘못될 듯한 상태에 있다. 여기에서는 '당황스럽다' 또는 '민망스럽다' 정도의 의미로 쓰임.
껍적껍적 자꾸 척척 들러붙는 모양.

했던 것이다. 고모가 기겁을 하면서 아베를 밀어 던졌다. 우리들은 깔깔거려 웃었다. 진구가 아베의 목에 줄을 걸어 방으로 끌고 들어갔다. 아…… 아…… 아베……. 아베가 진구한테 매를 맞고 있었다. 어머니가 방으로 뛰어 들어갔다. 저것이 내 말이일세. 아버지가 아베가 들어간 방 쪽을 턱으로 가리키며 고모한테 말했다. 어떻든 고모는 우리 집에 자주 나타났다. 그 귀한 미제 물건과 과자가 우리 집 구석구석 나돌았다. 그네는 미국으로 떠나기 전까지 남편 셋을 바꿨다. 흰둥이 하나와 검둥이 둘, 그러나 국제결혼을 해서 함께 미국으로 들어간 것은 나이가 많은 흑인 싸진이었다. 그 흑인은 한국을 떠나기 전 우리 집에도 서너 번 왔었다. 고모를 끔찍이 위했다. 얘가 글쎄, 미국 가서 죽을 때까지 함께 살겠다잖아. 고모는 그 흑인을 얘라고 했다. 그 흑인이 올 때마다 엄마는 방 안에 들어박히거나 이웃으로 도망을 치는 등 허둥거렸다. 아베 역시 깜둥이를 무서워해 아예 방에서 나오지도 않았다.

"한국에서 미국으로 가신 지 오래되셨나요?"

옆에 앉은 여자가 물어 왔다. 버스가 미군 부대 옆 아스팔트 위를 달리고 있었다.

"누구 말입니까? 우리 고모님?"

기겁(氣怯) 숨이 막힐 듯이 갑작스럽게 겁을 내며 놀람.
싸진 중사 계급인 'sergeant'를 뜻함.

그네가 가볍게 고개를 저으며 턱으로 나를 가리켰다.

"아, 나, 진호 킴, 킴진호입니다. 한국에서 아홉 살 때 미국 갔습니다."

"그런데 우리말이 퍽 유창하시네요."

그네는 대담하게 나를 맞바로˙ 훑어보며 말했다.

"나 미국에서 한국어 공부 계속했습니다. 한인 학교에서 1등 했습니다."

그네는 눈을 동그랗게 해 가지고 다시 나를 바라보았다.

"나 하버드 대학 재학 중에 한국에 나오기 위해 휴학했습니다."

"어머, 그러세요? 거기서 뭐 전공하셨는데요?"

"한국 여성학."

"어머, 농담."

"장난말 아닙니다. 나 전공하는 내륙 아시아 문제 중에는 한국 여성에 관한 부분도 있습니다. 아가씨처럼 비유티풀한 동양 미인."

"놀리시는군요."

그네는 얼굴 전체를 붉게 물들여 수줍게 웃은 다음 다시 시선을 주며 말했다.

"한국에 오래 계실 건가요? 1년, 2년……?"

"1년 기한입니다. 그러나 내가 찾는 사람 만나지 못하면 더

맞바로 마주 정면으로.

아베의 가족　97

연장합니다. 나 그 사람 꼭 만나야 합니다."

"그렇게 꼭 찾아 만나야 할 분이 누구신데요?"

그네가 다시 얼굴을 살짝 붉히며 물어 왔다.

"글쎄요, 알아맞혀 보십시오. 미스……?"

"미스 박이에요."

"미스 박, 내가 찾고 있는 사람 알고 싶습니까?"

"네, 알고 싶어요."

"알아맞혀 보십시오."

그네는 손가락을 입에 대고 고개를 갸웃한 채 잠시 생각하는 시늉을 해 보였다.

"혹시 유치원 때 짝꿍이 아닐까요? 여자 짝꿍 말이에요."

그네는 거침없이 웃으면서 내게 접근했다. 가짜 하버드 대학생은 기분이 좋았다. 그러나 가슴은 허망했다.

"아닙니다. 나 유치원 다니지 못했습니다. 그때 우리 집 매우 가난했습니다."

가난했다. 아버지가 무능했던 것이다. 속셔츠 하나 제대로 입지 못하고 그 추운 겨울을 지냈다. 아베, 아베가 우리 집에 살고 있기 때문이라고 우리 남매들은 생각했다. 어머니와 아버지가 집에 없을 때 우리들은 아베의 밥을 빼앗아 버렸다. 물도 먹이지 않았다. 아베의 목에 줄을 매어 문고리에 잡아매었다. 아베

허망하다(虛妄--) 1. 거짓되고 망령되다. 2. 어이없고 허무하다. 여기에서는 2의 뜻으로 쓰임.

는 그 목걸이를 풀어낼 능력도 갖추지 못한 저능아였다.

"그럼, 국민학교 1학년 때 짝꿍?"

"국민학교 1학년 때 내 짝꿍은 죽었습니다. 소아마비로 다리를 절었습니다. 구슬을 예쁘게 잘 꿰었습니다. 늘 고향에 가고 싶다고 울던 아이였습니다."

이 씨의 딸은 내가 고국으로 나가게 됐다고 했을 때 그 핏기 없는 얼굴이 온통 붉게 상기됐다. 그네가 꿰던 구슬은 바닥에 흩어져 굴렀다. 내가 손을 내밀자 그네가 마주 잡았다. 손이 뜨거웠다. 나는 그네의 볼에 처음으로 입을 댔다. 그네가 떨고 있었다. 나는 쫓기듯 그네 곁을 떠났다.

"참 시원하네요."

창밖에 비가 내리고 있었다. 소나기였다. 빗속에 시골 풍경이 서서히 지나갔다. 빗발이 세지면서 운전대 앞 윈도 브러시가 급하게 빗발을 씻어 내리고 있었다. 통풍을 위한 버스 천장의 뚜껑에서 빗물이 흘러내렸다. 그 여름 물난리 때 나는 아베를 처치할 계획이었다. 하루 내내 계속된 폭우에 제방 둑이 허물어지고 있었다. 둑 밑의 사람들이 높은 지대로 대피를 하느라 수라장을 이루었다. 우리 집도 짐을 싸 가지고 근처 국민학

국민학교(國民學校) '초등학교'의 전 용어.
상기되다(上氣--) 흥분이나 부끄러움으로 얼굴이 붉어지다.
통풍(通風) 바람이 통함. 또는 그렇게 함.
제방(堤防) 물가에 흙이나 돌, 콘크리트 따위로 쌓은 둑.
수라장(修羅場) 싸움이나 그 밖의 다른 일로 큰 혼란에 빠진 곳. 또는 그런 상태.

교로 옮겼다. 아베만 남겨 놓고 갔다. 어머니를 속였던 것이다. 마지막 짐을 가지고 간 내가 어머니한테 말했다. 아베가 없어졌어요. 물론 어머니와 아버지가 허둥지둥 그리로 달려갔고 얼마 후에 그네들은 당황한 얼굴로 돌아왔다. 아베가 없구나, 모두 나가서 다시 찾아보자. 아버지가 말했다. 비는 더욱 줄기차게 내리고 있었다. 제방이 뚫렸대요. 사람들이 아우성쳤다. 나는 혼자 웃었다. 미리 떠나 버린 남의 집 빈 구석방에 아베를 가둬 놓고 왔던 것이다. 어머니는 밤새도록 밖에서 비를 맞으며 아베를 기다렸다. 나는 교실 마룻바닥에 누워 눈을 지레 감았다. 잠이 오지 않았다. 결국 더 참지 못하고 밖으로 뛰어나가 어머니한테 내가 한 짓을 말해 버렸다. 그리로 달려가는 어머니를 아버지가 붙들고 늘어졌다. 다음 날 날이 개었다. 우리 식구들은 새벽같이 우리들이 살던 동네로 달려갔다. 우리 동네의 토담집들은 흔적도 없이 물에 쓸려가 버렸다. 어머니가 그 개울 바닥이 된 집터 위를 허둥허둥 뛰어다녔다. 아베의 흔적은 아무 데도 없었다. 그러나 그날 오후 우리들은 언덕 위에 있는 파출소에서 아베를 찾았다. 아...... 아...... 베....... 그는 어머니 품에 안겨 킁킁거렸다. 아베의 나이 스물한 살 때였다. 천덕꾸러기가

지레 어떤 일이 일어나기 전 또는 어떤 기회나 때가 무르익기 전에 미리.
토담집(土--) 토담만 쌓아 그 위에 지붕을 덮어 지은 집.
  토담(土-) 흙으로 쌓아 만든 담.
천덕꾸러기(賤----) 남에게 천대를 받는 사람이나 물건.

명은 길대요. 이웃 사람들이 혀를 차면서 말했다.

"미스터 김이 찾고 계시는 분이 남자예요, 여자예요?"

소나기가 지나가면서 다시 햇볕이 유리창으로 비껴들었다. 미스 박이 창에 커튼을 펴면서 물었다. 남자예요, 여자예요?

"글쎄요, 그것부터 맞혀 보십시오."

그네가 고개를 살래살래 흔들며 웃었다.

"숙젭니다. 다음 주 토요일 서울에서 다시 만날 때까지 시간을 드리겠습니다."

"어머어머……."

그네가 밉지 않게 눈을 흘기면서 마치 내 등이라도 때릴 것처럼 손을 들어 올렸다 놓았다. 나는 머릿속에서 그네와의 정사를 그려 보았다. 그네의 벌거벗은 몸뚱이가 보였다. 나는 고개를 저어 그 생각을 지워 버렸다. 벌거벗은 계집애 그것은 정희였던 것이다.

"정말 다음 주에 또 서울 나오시는 거예요?"

그네가 스스럼없이 웃어 보이며 물었다. 버스가 서울 변두리 고개를 넘고 있었다. 가슴이 뛰었다.

"미스 박을 만나기 위해 또 나옵니다."

"제가 오늘 커피 사 드리겠어요. 고국에 오신 기념으로요."

나는 고개를 저어 보였다. 고개 위에서 내려다보이는 서울 도

정사(情事) 남녀 사이에 벌이는 육체적인 사랑의 행위.

심의 매연 자욱한 하늘이 내게 형언할 수 없는 불안을 안겨 주었다. 영내를 빠져나올 때의 그 어깨 우쭐함이 버스 속 미스 박과의 허황된 대화를 통해 여지없이 박살난 사실을 나는 깨닫고 있었다. 나는 비로소 내 몸뚱이가 꺽다리 겨드랑이에 겨우 미치는 그런 단신이란 열패감이 가슴으로 밀려왔다. 재두, 형표, 석필이 얼굴이 떠올랐다. 나는 문득 내 옆에 앉은 여자 앞에 내 팔뚝을 내보였다. 길다란 칼자국 그 꼭대기로 움푹 들어간 두 개의 담뱃불로 지진 자국이 선명히 드러나 있었다.

"이 담에 만나 설명해 드리겠습니다."

놀란 그네를 향해 내가 말했다. 버스가 종점에 닿고 있었다. 그네는 서둘러 수첩을 찢어 낸 다음 거기다가 자기 이름과 전화번호를 적어 내게 건넸다. 나는 그 메모 쪽지를 받아 넣고 뒤도 돌아보지 않은 채 버스에서 내리자 인파 속으로 섞여 들었다.

4년 전과 다름없이 우리가 살던 산동네로 가는 노선의 시내버스는 초만원이었다. 나는 그 만원 버스 속에 땀내 나는 사람들과 살을 비비고 서서 비로소 내가 한국 땅에 다시 돌아왔다는 감회에 젖을 수 있었다.

형언하다(形言--) (모양 등을) 말이나 글로 표현하다.
✤ 영내를 빠져나올 때의 ~ 나는 깨닫고 있었다 '나'는 우연히 만난 여대생의 환심을 사기 위해 줄곧 거짓말을 했지만, 대화 중에 떠올리게 된 자신의 현실로 인해 서글픔과 열등감을 느끼고 있다.
단신(短身) 작은 키의 몸.
열패감(劣敗感) 남보다 못하여 경쟁에서 졌다는 느낌.
인파(人波) 사람의 물결이란 뜻으로, 수많은 사람을 이르는 말.

큰 건물이 몇 개 더 들어섰을 뿐 산동네의 길은 여전히 좁았고 산비탈의 집들은 다닥다닥 처마를 맞댄 채 게딱지처럼 달라붙어 있었다. 4년 전보다 TV 안테나가 훨씬 더 많이 눈에 띄었다. 나는 고개를 숙인 채 시장통을 급히 걸었다. 아는 사람을 만날 것 같은 두려움이었다. 극장 옆에 못 보던 여관 하나가 제법 반듯한 규모로 서 있고 그 앞에 관광 표지판이 하나 서 있었다. 산동네 뒷산 사찰 이름들이 크게 씌어 있었다. 천수 약수터란 데도 나타나 있었다. 몇 년 전 형표들과 어울려 놀던 그 뒷산 우리들의 터가 이제는 관광지로 변해 있었던 것이다.

여관은 창문마다 모기장이 쳐 있었으며 선풍기까지 내다 주는 등 손님을 반기는 품이 손님이 꽤나 없는 모양이었다. 열일곱 그때 내 나이쯤 돼 보이는 남자애가 숙박계를 가져왔다. 나는 거기다가 내 부대 이름을 영어로 갈겨썼다. 이름만은 한글로 썼다. 김진호.

"이게 뭐예요?"

여관 보이는 내가 갈겨쓴 영어를 기웃거리며 물었다. 숨은 간첩 신고하여 광명 주고 상금 타자— 그런 표어가 여관 숙박 요금표 옆에 붙어 있었다.

게딱지 1. 게의 등딱지. 2. 집이 작고 허술함을 비유적으로 이르는 말.
사찰(寺刹) 절.
숙박계(宿泊屆) 여관이나 호텔 따위에서 숙박인의 성명, 주소, 행선지 따위를 적은 서류.
보이(boy) 식당이나 호텔 따위에서 접대하는 남자.
광명(光明) 밝고 환함. 또는 밝은 미래나 희망을 상징하는 밝고 환한 빛.

"인마, 나 간첩이 아니니까 안심해!"

나는 그에게 천 원짜리 다섯 장을 주었다.

"너, 내 심부름 좀 해 줄래?"

놈은 몹시 수줍어하며 내가 시키는 대로 종이쪽을 가져왔다. 나는 그 종이 위에다가 재두, 형표, 석필이네 집의 약도를 차례로 그리며 자세히 설명해 주었다.

"집에 없으면 들어온 다음에 이리로 오라고 전해 놓고 오는 거야. 여기 이 두 집은 셋방살이하는 집이니까 아마 이사 갔을지도 모른다. 가능하면 그 이사 간 데까지 알아 오는 거야. 너 돈 더 필요해?"

"아, 아니에요!"

놈은 두 손을 휘저어 대며 물러갔다. 그가 물러가고 십 분쯤 후에 나는 여러 사내에게 둘러싸였다. 그 여관 간이 목욕탕에서 샤워를 하고 내 방으로 돌아오고 있을 때 그들이 나를 에워쌌다. 사복 차림의 사내들 뒤에 경찰 정복을 입은 사람도 셋이나 보였다. 내 방까지 끌려가 그들에게 신분증을 꺼내 보였다. 어쩐 일인지 나는 하나도 불쾌하지 않았다.

"이거 정말 미안합니다. 요즘 서울에 강력 사건이 여럿 생겨서 비상이 내려 있기 때문입니다."

나는 숨을 내쉬었다. 다행스럽게도 그들 중에는 내가 아는 얼

정복(正服) 정식 제복.

굴이 없었기 때문이다. 형표들과 함께 드나들던 그 낯익은 경찰서 유치장이 떠올랐다. 나는 그들에게 가방에서 꺼낸 윈스턴 한 케이스를 내밀었다. 그들은 물러갔다. 여관 주인과 먼저의 그 사내애가 내 앞에 오천 원을 그대로 내놓았다.

"인마, 넣어 둬, 네가 잘못한 게 아냐!"

나는 점잖게 한마디 했다.

"아저씨, 제가 그 사람들 꼭 찾아서 이리 데리고 오겠어요."

사내애가 아직 얼굴을 잘 들지 못한 채 말했다. 오케이. 나는 길게 기지개를 켠 다음 방바닥에 벌렁 드러누웠다.

천장의 무늬를 바라보면서 나는 생각했다. 그래, 여기서부터 시작하는 거다. 그것이 무엇인지 확실하지는 않았지만 나는 내가 해야 할 일이 있음을 벌써부터 생각해 왔다. 폐인이 돼 버린 어머니를 위해서, 그 빈약한 젖가슴을 바라보면 가슴이 쓸쓸해지는 이 씨 딸을 위해서, 나는 그네들이 필요한 사람이 되고 싶었던 것이다. 뭔가 그들을 싱싱하게 소생시켜 놓을 그런 힘이 내 몸속에서 분수처럼 솟아오르길 얼마나 고대해 왔던가. 그러나 번번이 나 자신이 그네들 이상으로 무기력한 상태에 놓여 있음을 깨닫지 않으면 안 되었다. 미국이란 커다란 괴물체 속에서 나는 결코 창조적 삶을 꾸려 나갈 수 없다는 것을 깨달았을 때

윈스턴(Winston) 양담배 상표의 하나.
소생(蘇生 / 甦生) 거의 죽어 가다가 다시 살아남.
고대하다(苦待--) 몹시 기다리다.

의 좌절감이 내 몸속에 암처럼 번져 가고 있었다. 그것은 열여덟 나이로 이민을 가 처음 부딪친 언어의 장벽을 뚫지 못한 나의 심한 콤플렉스에 기인했다. 나는 누구보다 열심히 그쪽 생활에 젖어 들려 노력했다. 직업의 귀천 없이 자기가 일한 만큼의 급료를 주머니에 넣을 수 있는 미국 사회 구조에 매혹된 것이다. 그런 면에서 미국은 가히 유토피아였다. 한국에 나오기 위해 군대에 들어가기 전 나는 주유소 펌프맨, 그리고 세차장의 호스맨, 혹은 교포들이 경영하는 생선 가게나 청과점에서 일했다. 한국에서 대학을 나온 사람들이 나와 함께 일했다. 이 씨만 해도 한국에서 대학 강단에 섰던 경력을 가지고 있다. 그들은 현재 자기의 삶의 방식을 다 옳은 것으로 생각하고 있었다. 그들은 물질의 가치 그 이상의 것을 생각하고 싶어 하지 않았다. 자기의 삶이 그 어떤 커다란 것에 보탬이 돼야 한다는 것을 용납하려 들지 않았다. 나는 이러한 자기중심적인 미국식 서민 생활에 혐오감을 갖기 시작했다.

나는 어머니를 끌고 한인 교회에 나가 봤다. 물론 그들은 거기서 마룻바닥을 치며 통곡했다. 그렇게 그들은 구원받고 있었

기인하다(起因--) 어떠한 것에 원인을 두다.
귀천(貴賤) 신분이나 일 따위의 귀함과 천함.
유토피아(Utopia) 이상향. 이상적인 사회. 인간이 생각할 수 있는 최선의 상태를 갖춘 완전한 사회.
펌프맨(pumpman) 펌프 담당원. 여기에서는 '주유소에서 차에 연료 넣는 일을 하는 사람'을 뜻함.
호스맨(hoseman) 호스 담당원. 여기에서는 '세차장에서 차 씻는 일을 하는 사람'을 뜻함.
청과점(靑果店) 과일과 채소를 파는 가게.

다. 아니다. 구원받는 게 아니라 구원받았다고 생각하고 있었을 뿐이다. 목사가 어머니를 위해 기도했다. 어머니의 영혼을 구제하기 위한 내용이 아니었다. 어머니가 그 교회 식구가 돼 준 데 대한 환영 일색˙의 내용이었다. 어머니는 아버지에게 끌려 다섯 주일쯤 교회에 나갔을 뿐이다. 그 누구도 어머니를 구원할 수 없었다.

"애들아, 오늘은 모두 교회에 나가자."

아버지가 말했다. 한국에서 아버지는 교인이 아니었다. 우리 식구 중에서 미국 생활에 제일 빨리 적응된 것은 정희와 아버지였다. 미국에 오면서 아버지는 백팔십도로 사람이 달라졌다. 미국의 모든 것이 아버지에게 잘 맞았다.

어머니가 한국에서의 그 강인한 생활력을 잃고 폐인이 돼 버린 것과는 너무나 대조적으로 아버지는 싱싱하게 부풀어 올랐다. 아버지는 한국에서 전형적인 실업자였다. 아버지에게 맞는 일이 아무것도 없었다. 나는 그것이 아버지의 체질이라고 생각했다. 아버지는 한국적 체질이 아니었다. 물론 아버지는 인텔리˙였다. 6·25가 났을 때 대학 재학 중이었다. 나는 아버지의 무기력하고 얼뜬 것 같은 생활 태도가 바로 배운 사람의 그 사변적˙

일색(一色) 그 한 가지로만 이루어진 특색이나 정경.
인텔리(intelligentsia) 지식층. 지식인.
사변적(思辨的) 경험에 의하지 않고 순수한 이성에 의하여 인식하고 설명하는. 또는 그런 것. 여기에서는 문맥상 '너무 생각이 많은'을 뜻함.

집념에 기인한다고 생각해 왔다. 아버지는 많은 직장을 가졌지만 단 몇 달을 견디지 못하고 물러났다. 당신˚ 스스로는 자식들을 위해서 견딜 수 있는 데까지 견뎌 보기 위해 안간힘을 다했을 것이다. 그러나 번번이 헛일이었다. 직장을 그만두고 나면 한 달이고 두 달이고 집에 들어박혔다. 그때부터 가난하고 좁은 우리 집의 공간은 숨통이 막혔다. 아버지의 커다란 체구가 좁은 방 안을 가득 채우고 누워 있으면 그 옆에 아베가 입을 벌려 더러운 냄새를 뿜어내며 잠들어 있었다. 아베는 어머니만큼 아버지를 좋아했다. 아버지가 아베를 위했기 때문이다. 아버지는 가끔 서른이 가까워 오는 아베와 함께 어린아이처럼 놀았다.

 우리 집엔 병신이 둘이다. 나는 내 친구들한테 서슴없이 말하곤 했다. 아버지는 가끔 남들처럼 막벌이를 하기 위해서 노동판에 섞이기도 했다. 그러나 아버지의 커다란 체구와 도수 높은 안경을 쓴 그 허여멀건 얼굴은 아버지가 하는 일에 너무나 어울리지 않았다. 아버지에게 일을 시키던 사람들이 아예 아버지를 도외시하거나˚ 그런 일을 할 사람이 아니라고 일거리를 주지 않았다. 보험 회사 수금원˚으로 뛰면서 집안 살림까지 해 나가는 어머니가 그러한 아버지를 아예 노동판에 나가지 못하게 했다.

 아버지가 변하기 시작한 것은 미국 고모한테서 이민 초청장

당신(當身) '자기'를 아주 높여 이르는 말.
도외시하다(度外視--) 상관하지 아니하거나 무시하다.
수금원(收金員) 받을 돈을 거두어들이는 일을 하는 사람.

과 그것을 확인하는 재정 보증서가 왔을 때부터였다.
"갑시다!"
 밖에서 돌아온 어머니한테 이민 초청장을 내보이며 아버지가 홍분한 어조로 말했다. 이민이 거의 확실히 결정될 무렵 아버지는 영어 회화를 배우는 틈틈이 청계천에 있는 용접 학원에서 속성으로 용접 기술까지 배우기 시작했다. 남이 좋다고 하는 것은 다 배우려고 했다. 태권도 도장까지 찾아가 호신에 필요한 훈련을 받기도 했다. 오십이 가까운 아버지가 태권도 도장에서 돌아와 몸을 뒤척이며 잠을 못 이루고 끙끙거리는 것을 본다는 것은 안타까운 일이었다. 물론 아버지는 한국에서 운전 기술까지 익히려고 했다. 이처럼 아버지는 아이들보다 더 들떠 있었다. 그런 아버지의 홍분에 걸맞게 미국은 아버지를 받아들였다. 아버지는 어떤 종합 병원의 청소부로 일했다. 하나도 어색해 뵈거나 천하지 않았다. 아버지 본인도 만족하고 있었다. 주당 백삼십 불을 받다가 어머니 손에 쥐어 주면서 자기 손으로 돈을 벌었다는 데 대해서 무척 기꺼워하는 얼굴이었다. 얼마 후에는 그 병원의 야간 경비까지 맡아 하는 등 하루 16시간을 근무했다. 얼굴이 다소 야위긴 했어도 아버지는 우리들 눈에 싱싱해 보였다.

재정(財政) 개인, 가계, 기업 따위의 경제 상태.
보증서(保證書) 어떤 사물이나 사람에 대하여 책임지고 틀림없음을 증명하는 뜻을 적은 서류.
용접(鎔接) 두 개의 금속·플라스틱 따위를 녹이거나 반쯤 녹인 상태에서 서로 이어 붙이는 일.
속성(速成) 빨리 이루어짐. 또는 빨리 깨우침.
기꺼워하다 기껍게 여기다. 마음속으로 은근히 기뻐하다.

문제는 어머니였다.

"오빠, 올케를 정신 병원에 입원시킵시다."

고모가 가끔 찾아와 말했다. 그러나 아버지는 고개를 저었다. 어떤 때는 아예 들은 척도 안 했다. 처음부터 아버지는 어머니의 그 멍청한 증세에 대해서 별다른 반응을 보이지 않았다. 그저 묵묵히 어머니를 바라보고 있었을 뿐이다.

"여기선 부부가 함께 벌어야 살아요."

고모가 어머니의 귀를 겨냥하고 면박 조로 말했다. 고모는 그 늙은 흑인과 이혼하고 혼자 살고 있었다. 어떤 교포와 함께 가발 가게를 열고 있었다.

"내가 벌고 진호가 벌고……. 이 정도면 우리 식구 잘살 수 있어."

아버지가 어머니를 두둔하고 나섰다.

"올케가 한국에서는 안 그랬는데 왜 저렇게 됐대요?"

"세월이 가야 낫는 병이다."

아버지가 가볍게 대답하고 자리를 피했다. 어머니는 창가에 붙어 서서 끝닿는 데 없는 하늘 저쪽에 시선을 못 박은 채 멍청히 서 있었다.

"얘들아, 엄마 잘 살펴라."

아버지는 일 나갈 때마다 우리에게 어머니를 잘 살피라고 당

면박 조(面駁調) 대놓고 꾸짖거나 나무라는 말투 또는 태도.

부했다. 우리는 문득 생각날 때마다 자살 방조자가 되지 않기 위해 허둥허둥 어머니의 소재를 확인하곤 했다. 어머니는 대체로 아파트 속에 죽은 듯이 누워 있는 게 보통이었다. 가끔 아파트 아래 벤치에 앉아 그 흔해 빠진 늙은이들의 추접스런 몰골을 멀거니 바라보기도 했다. 늙은이들이 아직은 중년으로 얼굴과 몸매가 고운 어머니한테 추근추근 접근해 오기도 했다. 그럴 때마다 어머니는 뿌르르 몸을 일으켜 집으로 돌아오곤 했다.

어머니에게 또 한 가지 유별나게 드러나는 점은 눈물이었다. 우리들은 자라면서 어머니가 우는 것을 단 한 번도 못 보았다. 내가 아베를 빈집 속에 가둬 놓고 말하지 않았을 때도 밤새도록 밖에서 비를 맞으며 기다리면서도 결코 울지 않던 어머니였다. 그러나 어머니는 미국 공항에 내리면서부터 울기 시작했다. 고모에게 달라붙어 울음을 터뜨렸다.

"창피해요. 미국 사람들은 소리 내어 울지 않아요."

고모가 어머니를 핀잔주었다.

"울게 내버려 두렴."

아버지가 말했다.

"울면 버릇이 돼요."

끝내 고모는 어머니의 울음을 용납하지 않을 기세로 나왔다.

방조자(幇助者) 거들어 도와주는 사람.
소재(所在) 어떤 곳에 있음. 또는 있는 곳.
추근추근 성질이나 태도가 몹시 끈덕지고 질긴 모양.

"엄마, 울지 마. 청승맞아 못 보겠다."

정희마저 고모와 함께 어머니를 편잔주었다. 그때부터 어머니는 소리 내어 울지 않았다. 그러나 소리 내어 울지 않는 대신 어머니의 눈에는 눈물이 흐르고 있었다.

"당신 너무하는군."

어느 날 아버지마저도 어머니한테 그렇게 말했다.

"엄마, 그 눈물 좀 작작 흘려요. 정말 미치겠네."

"엄마, 우린 자식이 아냐?"

평소 말이 없던 진구마저도 어머니의 눈물을 용서하려 들지 않았다. 그럴 때마다 어머니는 우리들 중 하나를 끌어안고 흐느꼈다. 우리들의 어머니는 그랬다. 모처럼 밖에서 좋은 일이 생겨 희희낙락 돌아왔어도 어머니 때문에 우리들은 금세 우울해졌다. 아베, 아베 때문이다. 우리들은 이를 갈았다. 이를 갈면서 우리는 비로소 우리가 두고 온 고국을 생각했다. 폭우에 쓸려 간 토담집 그 빈터도 보였고 만원 버스에서 내려 허덕허덕 숨 가쁘게 오르던 산동네도 보였다. 가슴이 삭막하게 조여들곤 했다.

"누나, 한국에 가고 싶지?"

막내가 정희한테 물었다.

"얘, 웃기지 마. 생각만 해도 지긋지긋해, 난."

청승맞다 궁상스럽고 처량하여 보기에 몹시 언짢다.
삭막하다(索莫--/索寞--/索漠--) 쓸쓸하고 막막하다.

"그래도……."

"넌 참 센치하구나. 얘, 우린 미국 시민이야. 너 엄마처럼 안 되려면 정신 차려!"

정희가 막내를 쏘아붙이며 중고 천연색 TV의 채널을 후드득 돌렸다. 엄마가 어린 딸에게 경구 피임제 사용법을 일러 주는 광고 뒤에 농도 짙은 러브 신이 펼쳐지고 있었다.

"아저씨, 잠드셨어요?"

밖이 어두워 있었다. 여관 심부름하는 사내애가 방에 전등을 넣으며 말했다.

"이 사람 있잖아요. 재두란 이 사람은 벌써 오래전에 이사 갔구요. 형표란 분은 거기 그대로 살긴 하는데 작년에 군대에 갔대요."

"용석필 이 사람은?"

"아 참, 이 사람은 바로 그 아랫동네로 이사 갔대요. 그래서 내가 찾아갔거든요. 그랬더니 경찰서 나가서 아직 안 들어왔대요."

센치하다 '감상적(感傷的)이다'라는 뜻으로 쓰임.
경구(經口) 약이나 세균 따위가 입을 통하여 몸 안으로 들어감.
피임제(避妊劑) 인위적으로 임신을 피하기 위하여 쓰는 약.
✤ 엄마가 어린 딸에게 ~ 러브 신이 펼쳐지고 있었다 피임제 광고와 TV 드라마를 통해, 성에 대해 개방적인 미국 문화의 한 단면을 보여 주고 있다. 이는 '나'의 가족이 이질적인 문화 속으로 유입되었음을 상징적으로 보여 주는 것이기도 하다.

"경찰서?"

"그게 아니구요. 군대 때우는 방위병°으로 거기 나가서 근무한대요. 들어오는 대로 이리로 오라고 해 놨어요."

나는 비로소 4년 세월이 결코 짧은 것이 아니었다는 걸 실감했다. 심부름 갔다가 온 녀석은 제 소임°을 다 마친 즐거움으로 문 앞에 머뭇거리며 내 눈치를 살폈다. 4년 전의 내 모습을 보는 것 같았다.

"야, 수고했다. 나 뭐 적당한 걸로 저녁 좀 시켜 줘라. 네 거까지 함께 시켜."

"뭐 잡수시겠어요? 한식, 일식…… 중국집도 있어요."

"라면도 파는 데 있냐?"

"네에? 라면을 잡숴요?"

녀석이 하도 놀란 목소리를 내서 나는 그만 웃음이 나왔다. 어머니가 보험 수금을 다니느라 늦게 돌아오는 날이면 우리들은 영락없이 라면을 끓였다. 아베가 좋아하는 것도 라면이었다. 우리들은 아베의 몫은 아예 끓이지도 않았다. 아버지가 당신의 그릇에서 반쯤 덜어 아베에게 가져다주었다.

"아저씨, 중국집에서 잡채밥 시켜요. 양두 아주 많구요, 맛도 기차요°."

방위병(防衛兵) 향토 방위나 후방 근무 지원을 수행하기 위해 소집된 병역 근무자.
소임(所任) 맡은 바 직책이나 임무.
기차다(氣--) 말할 수 없을 만큼 좋거나 훌륭함을 뜻하는 속된 표현.

"그래, 잡채밥 하나하고 짜장면 하나 시켜라, 난 짜장면이 좋다."

녀석이 열적게 뒤통수를 긁으며 문 앞에서 사라져 갔다.

나는 부대에서 가지고 나온 여행용 작은 가방을 열었다. 그 밑바닥에서 반으로 접힌 대학 노트를 꺼냈다. 미국을 떠날 때 정희도 모르게 가져온 어머니의 글이 적힌 노트였다. 정희와 함께 펴 본 뒤 처음으로 열어 보는 노트였다. 틈틈이 몰래 쓴 글이라 글체가 정연하지는 못했지만 글씨는 어머니의 숨은 학식을 드러내 보이게 달필이었다.

2

1950년 6·25 사변이 일어나기 두 달 전인 4월 최창배 씨와 결혼했다. 내 나이 스물한 살, 여학교를 졸업하고 돌아가신 아버지와 관계가 있었던 사립 국민학교에서 아이들을 가르치고 있을 때 이모의 중매로 창배 씨와 인연을 맺게 된 것이다. 창배 씨는 돈암동 이모네 집에 하숙을 하고 있는 대학생이었다. 이모

열적다 열없다. 좀 겸연쩍고 부끄럽다.
글체(-體) 문체(文體). 문장의 개성적 특색.
정연하다(井然--) 짜임새와 조리가 있다.
달필(達筆) 능숙하게 잘 쓰는 글씨. 또는 그런 글씨를 쓰는 사람.
사변(事變) 한 나라가 상대국에 선전 포고도 없이 침입하는 일.

네 집에 놀러간 나를 시골서 올라온 창배 씨 부모들이 보고 이모한테 청을 넣어 이루어진 결혼이었다. 그의 부모님께서 결혼을 서둔 것은 마음에 드는 며느릿감을 놓치기 싫다는 욕심도 있었지만 어서 빨리 손자를 안아 보고 싶다는 간절한 바람 때문이었다. 창배 씨는 4대 독자였던 것이다. 우리 집 오빠 역시 어머니가 돌아가시기 전에 동생을 시집보내야 한다는 오빠로서의 의무감 때문에 이것저것 따질 것 없이 저쪽에서 하자는 대로 따랐던 것이다. 결혼식을 며칠 앞두고 창배 씨는 일방적으로 두 가지 조건을 내놓았다. 결혼과 함께 직장 생활을 그만두고 시골 자기네 집에서 자기가 학교를 마치기까지 1년간 시집살이를 하라는 것이었다. 당시로서는 그런 조건이 마땅한 것이긴 했지만 나는 뭔가 억울한 생각이 들어 늙으신 어머니한테 어쩌면 좋으냐고 앙탈을 부렸다. 애야, 출가외인이란다. 신랑 측 의견을 무조건 따르는 것이 백번 마땅한 양가 규수의 도리라는 어머니 말씀에 나는 아쉬운 마음을 달래며 정이 든 학교에 사표를 냈다. 함을 지고 온 창배 씨의 서울 대학 친구들이 수십 명 우리 집 오빠며 친척들을 짓궂게 애를 먹였다. 그래도 어머니께서는 번듯

출가외인(出嫁外人) 시집간 딸은 친정 사람이 아니고 남이나 마찬가지라는 뜻으로 이르는 말.
양가(良家) 양민의 집. 천한 신분이 아닌 집안.
규수(閨秀) 남의 집 처녀를 정중하게 이르는 말.
함(函) 혼인 때 신랑 쪽에서 채단(采緞)과 혼서지(婚書紙)를 넣어서 신부 쪽에 보내는 나무 상자.
　채단(采緞) 혼인할 때에 신랑 집에서 보내는 푸른색과 붉은색의 비단.
　혼서지(婚書) 혼인할 때에 신랑 집에서 보내는 편지. 청혼서.

한 교복을 차려입은 사위 친구들이 대견해서 연해˚ 벙글벙글 밤이 늦도록까지 붙잡고 술대접을 하셨다. 결혼식은 서울서 올렸다. 천생배필˚로 잘 만났구먼. 많은 하객들의 축하와 부러움의 눈길 속에 서울서 첫날을 보냈다.

"1년만……."

창배 씨는 다음 날 고향 가는 차 속에서도 전날 밤 한 말을 다시 되풀이했다. 1년만 참고 견뎌 달라는 얘기였다. 그때 내 심정은 1년이 아니라 몇 년이라도 지아비의 뜻이라면 따라야 마땅하다는 마음의 중심이 서 있었던 것이다. 대답 대신 나는 남편의 손을 꼬옥 잡아 주었다.

창배 씨의 집은 춘천에서 강 하나를 건넌 삼사십 리 길의 샘골이라는 마을이었다. 생각했던 것보다 들이 넓고 둘러친 산수풍경˚이 아름다운 부촌˚이었다. 부면장˚을 지내시다 이제는 내놓고 농사일에만 전념하신다는 시아버님은 창배 씨의 형이라고 해도 속을 만큼 젊어 보이고 풍신˚이 좋으셨다. 샘골 논밭의 삼분의 일은 시댁의 것이라고 할 만큼 많은 농사를 짓고 계셨다.

연하다(連 --) 행위나 현상이 끊이지 않고 계속 이어지다.
천생배필(天生配匹) 하늘에서 미리 정하여 준 배필이라는 뜻으로, 나무랄 데 없이 신통히 꼭 알맞은 한 쌍의 부부를 이르는 말.
산수풍경(山水風景) 산과 물이 자연스럽게 어우러진 풍경.
부촌(富村) 부자가 많이 사는 마을.
부면장(副面長) 면장에 다음가는 직위에 있는 사람. 또는 그 직위.
  면장(面長) 면(面)의 행정을 맡아보는 으뜸 직위에 있는 사람. 또는 그 직위.
풍신(風神) 풍채(風采). 드러나 보이는 사람의 겉모양.

독자 집안이라 가까운 친척이 거의 없는 시아버님께서는 그 많은 농사를 지으시면서도 남한테 인심을 잃은 일이 없어, 서울서 내려온 신랑 신부를 놓고 다시 잔치를 벌였을 때는 연 사나흘이나 인근 마을 사람들이 몰려와 축하해 주었다.

　나는 백년가약˙을 한 내 남편인 창배 씨와 함께 꿈 같은 일주일을 보냈다. 남편은 그야말로 장래가 촉망되는˙ 법학도˙였고 늙지 않으신 시부모님 또한 나를 끔찍이 위해 주셨다. 내가 살아야 할 샘골의 공기와 그 속에 사는 사람들의 인심 또한 비단결처럼 고왔기 때문에 나는 별 괴로움 없이 남편을 떠나보낼 수 있었던 것이다. 창배 씨는 서울로 돌아갔다. 졸업 전에 고등 고시˙에 합격하겠다는 결심으로 떠났고, 시부모님 역시 여름 방학 전에는 일절 집에 내려와서는 안 된다는 엄한 말씀을 해서 보냈다. 나는 그동안 시부모님 모시고 시댁의 가풍˙과 법도˙를 익혀 좋은 아내 착한 며느리가 되겠다는 일념˙으로 눈을 감으면 떠오르는 서울 어머니와, 오빠네 식구들, 그리고 내가 가르치던 어린 눈들에 대한 그리움을 미련 없이 떨쳐 버리려 노력을 했다.

백년가약(百年佳約) 젊은 남녀가 부부가 되어 평생을 같이 지낼 것을 굳게 다짐하는 아름다운 언약.
촉망되다(屬望--/囑望--) 잘되기를 바라게 되고 기대하게 되다.
법학도(法學徒) 법학을 배우거나 연구하는 사람.
고등 고시(高等考試) 행정 고급 공무원이나 법관, 검사, 변호사의 자격을 검정하기 위하여 실시하던 자격시험.
가풍(家風) 한 집안에 대대로 이어 오는 풍습이나 범절.
법도(法度) 생활상의 예법과 제도(制度)를 아울러 이르는 말.
일념(一念) 한결같은 마음. 또는 오직 한 가지 생각.

이십 칸 커다란 집에 시부모님과 나, 이렇게 셋이 오롯이 모여 앉아 살았다. 행랑채에는 집 안팎살림을 거들어 주는 심 서방 내외가 아기 하나를 데리고 살았다. 그들 내외는 모두 심성이 착한 사람으로 보여 한집에 살기 거북한 일이 없이 무척 임의로웠다.

시어머님께서는 내가 부엌일을 하는 것을 극구 말리셨다.

"너를 여기 둔 것은 네가 한 밥을 얻어먹자고 그런 것이 아니다."

시어머님은 시아버님보다 두 살 위인 마흔아홉이셨는데 꼭 새댁처럼 젊으셨다. 동백기름으로 그 검은 머리를 곱게 빗고 옷을 단정히 차려입고 나서시는 것을 보면 누가 보아도 삼십 안팎이었다. 외아들을 키운 이답지 않게 마음이 넓고 활달하였다. 시아버님은 일본까지 가 공부한 이답지 않게 농사일이 몸에 배어 일꾼들과 함께 직접 논밭에 드셨다. 어느 누구보다 부지런하고 힘 또한 좋으셨다.

"어르신네, 이것 좀 거들어 주셔야겠어유."

봉당 아래 댓돌을 다른 것으로 바꿔 놓느라 끙끙거리던 심 서방이 시아버님을 불렀다.

행랑채(行廊-) 문간채. 대문간 곁에 있는 집채.
임의롭다(任意--) 서로 친하여 거북하지 아니하고 행동에 구애됨이 없다.
동백기름(冬柏-) 동백나무의 씨에서 짠 기름. 머릿기름, 등잔 기름 따위로 쓴다.
봉당(封堂) 안방과 건넌방 사이의 마루를 놓을 자리에 마루를 놓지 아니하고 흙바닥 그대로 둔 곳.
댓돌(臺-) 집채의 앞뒤에 오르내릴 수 있게 놓은 돌층계.

"예끼, 이 사람, 그렇게 말해두 자꾸 어르신네가 뭔가. 나 자네 아저씰세 아저씨야."

그러시면서 그 무거운 댓돌을 번쩍 들어 올리시곤 했다. 모심는 데 점심을 내가도 일꾼들과 함께 어울려 잡수셨다.

나는 새벽마다 늦잠을 자 그 송구스러움이 말 못할 지경이었다. 철이 봄인지라 그러지 않아도 되었는데 시아버님은 새벽같이 일어나 내가 자는 방에 군불을 꼭 지피셨다. 방에 누기가 차면 몸에 좋지 않다는 것이었다. 나는 새벽녘 방바닥의 따스한 온기에 취해 그만 늦잠을 자곤 했던 것이다. 일어나 보면 어느덧 창에 햇빛이 비쳐 들어 나는 겸연쩍고 부끄러워 방 문고리를 잡고 머뭇거려야 했다. 그러나 시아버님은 이미 밖에 나가시고 내가 일어난 낌새를 차린 시어머님께서 내 방에 대고 말씀하셨다.

"얘, 아가, 나 저 웃말 좀 다녀오마."

내가 미처 대답도 하기 전에 시어머님은 대문을 나서고 계셨다. 부엌에 나가 보면 내 몫의 밥상이 차려져 보자기에 덮여 있었다. 행랑채 강릉집이 친구가 돼 주어 아침을 함께 먹으면서도 나는 하루 내내 겸연쩍었다.

"아씨, 오늘 우리 나물 뜯으러 갈려우?"

송구스럽다(悚懼---) 마음에 두렵고 거북한 느낌이 있다.
군불 음식을 하기 위해서가 아니라 방을 덥게 하기 위하여 때는 불.
누기(漏氣) 눅눅하고 축축한 기운.
겸연쩍다(慊然--) 쑥스럽거나 미안하여 어색하다.
웃말 '윗마을'의 준말인 '윗말'의 사투리.

철이 좀 늦긴 했어도 뒷산 범바위골에는 수리취, 어아리, 더덕, 고사리, 고비가 지천이었다. 산 이슬에 장딴지까지 적셔 가며 그 깨끗한 산나물을 뜯다 보면 시간 가는 줄 몰랐다. 한낮이 다 돼서 그런가 나는 속이 이상하게 허하면서 메슥거렸다. 잔대 싹을 뜯어 씹어 보았다. 향긋하고 고소한 맛이 그날따라 역했다. 나는 심한 헛구역질을 했다.

"아이구, 아씨, 언제부터 그래요?"

강릉댁이 눈을 크게 뜨고 호들갑을 떨었다. 나는 며칠 전부터 이런 헛구역질을 해 왔다.

강릉집은 내 얘기를 듣자 나물 뜯었던 다래끼를 집어 던지고 산 아래로 내리뛰었다. 나는 산속에 혼자 남겨진 채 얼굴을 붉혔다. 가슴이 뜨거워졌다. 시어머님은 행랑채 세 살 먹은 화순이를 당신의 손자처럼 안방에 데려다 길렀다. 그러면서 늘 내 눈치를 살피시는 품이 아기가 섰는가를 알아보려 하시는 것 같았다. 그럴 때마다 나는 가슴이 두근거렸다. 자손이 귀한 집에 시집와 자손을 낳지 못하는 죄만큼 더 무서울 게 없을 것 같았다.

내가 산에서 내려왔을 때 시어머님께서는 서낭당 있는 데까

지천(至賤) 매우 흔함.
허하다(虛--) 속이 빈 상태에 있다.
역하다(逆--) 구역질이 날 듯 속이 메슥메슥하다.
다래끼 아가리가 좁고 바닥이 넓은 바구니. 대, 싸리, 칡덩굴 따위로 만든다.
서다 아이가 배 속에 생기다.
서낭당(--堂) 서낭신을 모신 집.
　서낭신(--神) 토지와 마을을 지켜 준다는 신.

지 마중을 나와 나물 다래끼를 받아 안으시며 내 손을 잡아 주셨다.

"손이 차구나. 아가, 넌 이제 홑몸이 아니다. 몸을 조심해야 하느니라."

앞서 걷는 시어머님의 걸음이 무척 허둥거렸다. 당신이 아기를 배었을 때는 나들이는 물론이고 물동이 한 번 여 본 일이 없었다고 하시면서 이제 너는 집에만 있어야 한다는 당부를 수없이 하시면서 허둥지둥 걷고 계셨다. 대문을 들어서니 마당에 서 계시던 시아버님은 어흠어흠 헛기침을 하시며 뒤켠으로 돌아가셨다. 다음 날로 춘천에서 용하다는 한의가 다녀가고 시어머님이 광에 매달아 두었던 참숯으로 보약을 달이셨다. 나는 좋지 않은 것을 보지 않기 위해 대문 밖 출입을 삼갔다. 창말에서 장사가 났는데 그 상여가 우리 집 앞길을 통과하지 못하도록 시아버님께서는 미리 방책을 세워 그쪽에 연락을 하기도 했다. 시어머님은 내 입에 맞을 만한 과일이며 반찬에 무척 신경을 써 주셨기 때문에 나는 오히려 몸 둘 바를 모르게 절절맨 것이 한두 번이 아니었다.

이다 물건을 머리 위에 얹다.
용하다 재주가 뛰어나고 특이하다.
한의(韓醫) 한의학을 전공한 의사.
광 세간이나 그 밖의 여러 가지 물건을 넣어 두는 곳.
장사(葬事) 죽은 사람을 땅에 묻거나 화장하는 일.
상여(喪輿) 사람의 시체를 실어서 묘지까지 나르는 도구. 10여 명이 메며 길이가 길고 꼭지 있는 가마와 비슷하게 생겼다.

나는 밤이면 몸을 반듯하게 누이고 그이의 얼굴을 떠올렸다. 그리운 마음이 울컥 물밀 듯 밀려왔다. 당신의 아이를 갖게 됐어요. 나는 마음속으로 말했다. 여름 방학 때까지 참고 견디겠어요. 나는 비로소 한 집안의 대를 이을 자식을 내 몸속에 키우고 있다는 생각으로 가슴이 부풀어 올랐다. 나는 두 손을 배 위에 가만히 얹고 새 생명에 대한 경건함으로 잠을 이룰 수 없었다. 문득 내가 하나의 생명의 모체가 되었다는 이 신비한 사실이 믿어지지 않아 가슴을 두근거리기도 했다. 모내기를 끝내고 애벌 논매기도 끝낸 논에서는 개구리가 극성스럽게 울고 있었다.

 그리고 난리였다. 삼팔선이 가까워 마을 아래 강변 큰길 따라 국방군 트럭이 태극기를 꽂고 지나다니는 것을 몇 번 보았지만 총소리 한 번 들어 보지 못한 채 난리를 맞았다. 자고 일어나 보니 세상이 바뀌었다. 생전 처음 보는 군대들이 마을을 휘젓고 다녔다. 머리를 빡빡 깎고 이제 솜털을 겨우 벗은 그런 열여덟쯤 되어 보이게 앳된 젊은이들이 보기와는 달리 억센 억양으로 떠들어 대면서 마을에 들이닥쳤다. 마을에서 늘 얼굴을 맞대던 사람들 몇이 붉은 완장을 차고 역시 어제와는 딴판인 눈으로 사람들 얼굴을 훑으며 돌아다녔다.

모체(母體) 아이나 새끼를 밴 어미의 몸.
애벌 같은 일을 여러 차례 거듭하여야 할 때에 맨 처음 대강 하여 낸 차례.
논매기 논의 김을 매는 일.
난리(亂離) 전쟁이나 병란(兵亂). 여기에서는 '6·25 전쟁'을 가리킴.
완장(腕章) 신분이나 지위 따위를 나타내기 위하여 팔에 두르는 휘장.

창말에서는 면장 등과 지서 순경들 가족이 여럿 총살을 당했다는 소식이 올라왔다.

"어르신네, 얼른 피하셔유."

행랑채 화순이 아버지 심 서방이 시아버님한테 말했다. 심 서방도 붉은 완장을 차고 있었다.

"이 사람아, 내가 뭔 죄를 졌다구 피하나? 그래 자네가 날 잡아가겠나?"

"글쎄 어르신네, 그게 아니고 잠깐만 피하시면……."

심 서방은 무척 난처한 기색으로 절절매었다. 시아버님은 꿈쩍도 안 하셨다. 그러다가 결국 끌려가셨다. 창말 면 소재지에 생긴 내무서 사람들이 찾아와 시아버님을 끌고 간 것이다. 시아버님은 끌려가면서 나한테 말씀하셨다.

"아가, 나 곧 돌아올 것이니 네 시어머니 모시고 몸조심해야 한다."

시어머님도 나도 시아버님이 부면장을 지내셨다는 일과 논을 많이 가지고 있다는 것이 설마 죄가 되겠느냔 생각으로 별로 걱정이 되지 않았다.

"얘가 왜 안 오누?"

시어머님은 서울에서 난리를 맞은 아들 걱정으로 안절부절

소재지(所在地) 주요 건물이나 기관 따위가 자리 잡고 있는 곳.
내무서(內務署) 예전에 북한에서, 시·군 따위의 사회 안전 기관을 이르던 말.

못하고 계셨다. 이미 서울도 인민군°이 정복하고, 그들 말로는 남조선을 곧 부산까지 해방시킨다고 했다. 나는 남편이 남쪽으로 피란을 떠났기를 바랐다. 이상한 일이었다. 서울에 두고 온 어머니나 오빠네 식구들 생각보다 남편의 신변°이 더 걱정스러워지는 심사를 나는 이해할 수가 없었다. 나는 매일매일 남편을 꿈속에 보았다. 남편은 피를 흘리고 있었다. 창말에서 사람이 많이 죽었다는 소식을 들었기 때문인지도 몰랐다. 나는 땀을 흘리면서 잠을 깨곤 했다. 전신이 덜덜 떨리는 무서움이었다. 난리가 나 시아버님이 붙잡혀 갈 때도 못 느낀 무서움이 온몸을 휩쓸었다. 나는 이래 가지고는 태아한테 좋지 않을 거라고 마음을 다잡아° 먹으며 그 무서움을 참아 냈다.

"마님 동무°, 즈루서두 으쩔 수 읎구먼유*."

시댁의 광 속에 쌓아 둔 곡식 가마를 들어내면서 심 서방이 말했다. 우리 식구를 행랑채로 내쫓고 자기들이 안채에 살라는 상부 지시를 어기고 있는 것만 해도 옛정을 못 잊어 그런다면서 심 서방은 붉은 완장을 찬 사람들과 곡식 가마를 달구지°에 싣고 있었다.

인민군(人民軍) 북한의 군대.
신변(身邊) 몸과 몸의 주위.
다잡다 들뜨거나 어지러운 마음을 가라앉혀 바로잡다.
동무 북한에서, 혁명을 위하여 함께 싸우는 사람을 친근하게 이르는 말.
❋ 즈루서두 으쩔 수 읎구먼유 저로서도 어쩔 수 없네요.
달구지 소나 말이 끄는 짐수레.

아베의 가족 125

"되련님 오시면 즉시 신고를 하시래요. 그래야 죄를 즉게˚ 받는대유."

강릉집이 자기 남편의 말을 시어머님한테 전했다.

"걔가 뭔 죄가 있다고 그런다던가?"

"지가 뭘 아나유. 화순 아부지가 그냥 그러데유. 으르신네는 화순 아부지 덕을 많이 본다면서유. 화순 아부지 말대루만 잘 따르면 큰 화는 면할 꺼라구 하데유."

그렇게 심성이 고와 보이던 심 서방 내외가 세상이 바뀌면서 정말 야속할 정도로 사람이 변해 있었다. 그러나 시어머님은 언제나 꿋꿋하게 중심을 잃지 않으셨다.

시어머님은 나를 다락방에 가두고 일절 나오지 못하게 했다. 그러는 틈틈이 시어머님은 창말 면사무소까지 내려가 시아버님 안부를 가지고 올라오셨다. 그 사람들 얘기로는 서울서 공부하던 아들을 춘천에서 보았다는 사람이 있는데 그 아들이 자수해 오면 함께 인민재판˚을 열겠다는 얘기였다. 행랑채 심 서방 말과 통하는 바가 있었다. 도무지 납득이 안 가는 게 한두 가지가 아니었지만 시어머니와 나는 꿀 먹은 벙어리마냥 참고 지내는 수밖에 없었다. 행랑채 심 서방 때문에 마을 사람들이 우리집에 발을 끊고 있었다. 그런 대로 시어머님은 아들이 춘천에

즉게 '적게'의 사투리.
인민재판(人民裁判) 공산주의 국가에서, 일정한 자격을 갖춘 법관 대신 인민이 뽑은 사람이 대중 앞에서 그들을 배심으로 삼아 재판·처결하는 방식의 재판.

와 있을지 모른다는 생각에 매일 대문을 열어 놓은 채 대청에서 주무셨다.

그러나 며칠 뒤 남편은 대문이 아닌 뒤꼍 울타리를 뚫고 들어왔다. 실로 석 달 만에 만나는 남편이었지만 나는 그렇게 참고 있던 눈물 한 방울 흘릴 경황이 아니었다. 난리가 나 피란을 떠날 수도 있었지만 시골 식구들 생각이 나 결국 숨어 숨어 고향으로 돌아왔다는 것이었다.

"아버님이……."

내가 울먹이자 남편은 어둠 속에서 내 손을 잡았다.

"알고 있어. 그러나 저놈들이 우리 재산을 몽땅 뺏기 위해 그러는 거니까 별일은 없을 거야."

그러면서 남편은 춘천에 있는 친구들과 함께 팔봉산으로 피신하기로 했다면서 몸을 일으키는 게 아닌가.

"애야, 그게 무슨 소리냐?"

시어머님이 어둠 속에서 남편의 손을 잡아 앉혔다. 남편이 말했다. 라디오를 들으니 유엔군이 곧 참전하게 돼 있어 빨갱이 세상도 얼마 남지 않았다는 것이었다. 그래, 이때가 젊은 사람한테 고비라며 당분간 몸을 피해 있어야 한다는 얘기였다. 그럴 법했다.

대청(大廳) 한옥에서, 몸채의 방과 방 사이에 있는 큰 마루.
경황(景況) 정신적·시간적인 여유나 형편.
고비 일이 되어 가는 과정에서 가장 중요한 단계나 대목. 또는 막다른 절정.

"애가 홑몸이 아니다."

어둠 속에서 시어머님이 남편에게 말했다.

"네? 이 사람이……."

남편이 목소릴 높였다. 내가 남편의 입을 막았다. 남편이 내 손을 더듬어 쥐었다. 나는 남편의 손아귀에 힘이 쥐어지자 나도 모르는 사이에 눈물이 주르르 흘렀다. 무슨 장한 일을 하고 난 아이처럼 흐느낌이 쏟아졌다.

남편은 그 밤으로 떠났다. 호롱불을 밝혀 남편의 얼굴도 똑바로 쳐다보지 못한 채 남편을 떠나보내고 나는 시집올 때 해 가지고 온 이불에 얼굴을 묻고 실컷 울었다.

그러나 다음 날 저녁때 심 서방이 창말에서 기가 막힌 소식을 가지고 올라왔다.

"마님 동무, 좋으시게 됐어유."

"뭔가. 어른께서 나오시게 됐나?"

"웬걸유, 이제야 부자분이 함께 만나시게 된 걸유."

"무슨 소릴 하는 건가?"

"창배 동무가 붙잡혔다는구먼유."

심 서방 얘기로는 새벽녘 춘천으로 나가는 쪽배를 타기 위해 수렁골로 나가다가 잡혔다는 것이다. 시어머님이 대청마루에

부자분(父子-) 아버지와 아들을 아울러 이르는 말 '부자'에 '높임'의 뜻을 나타내는 접미사 '-분'을 더한 표현.
쪽배 통나무를 쪼개어 속을 파서 만든 작은 배.

주저앉으셨다. 그리고 다음 날 날이 새기가 무섭게 창말로 내려가셨다. 시어머님이 가지고 올라오신 소식은 그런대로 마음이 놓이는 것이었다.

면 내무서 제일 높은 사람이 시아버님과 일본에 가서 함께 공부하던 친구의 바로 친아우더란 것이었다. 그쪽에서 먼저 그런 얘길 꺼내면서 자기가 여직˚ 봐주었기 때문에 시아버님이 무사하다는 공치사˚까지 하더란 것이다.

"그 사람 형님 되는 분이 느이 시아버지 신셀 많이 졌다는구나. 늘 그러시더라. 머리가 좋아 공분 잘하는데 집이 원체 가난해서 공불 계속할 수가 없어 그 학빌 전부 대 준 친구가 있다구. 그게 바로 그 사람 형님이라잖냐."

이처럼 시어머님은 시아버님이나 내 남편이 금방 풀려날 것처럼 좋아하셨다.

그러나 행랑채 심 서방의 얘기는 그게 아니었다.

"인민재판이 곧 열릴 거라더구먼유. 얘기들 하는 거 들으니까 부멘장까지 지낸 데다가 악질˚ 지주˚ 반동분자˚루 몰리게 돼 있어 살아나시긴 힘들다데유. 창배 동문 서울서 불순한˚ 사상

여직 여태. 지금까지.
공치사(功致辭) 남을 위하여 수고한 것을 생색내며 스스로 자랑함.
악질(惡質) 못된 성질. 또는 그 성질을 가진 사람.
지주(地主) 토지의 소유자. 또는 자신이 소유한 토지를 남에게 빌려 주고 지대(地代)를 받는 사람.
　지대(地代) 남의 토지를 이용하는 사람이 토지 소유자에게 치르는 돈이나 그 밖의 물건.
반동분자(反動分子) 반동적인 행위를 하는 자.
불순하다(不純--) 딴 속셈이 있어 참되지 못하다.

을 가지구 시골루 내려와 가지구설랑…….”

요는 내 남편이 지방 청년들을 모아 불순한 일을 꾸몄다는 그런 죄목으로 잡혔다는 것이었다.

"이보게, 심 서방, 자넨 이 일을 어떻게 했음 좋겠나?"

이제까지 그렇게 꿋꿋하게 중심을 잃지 않던 시어머님께서 심 서방한테 애원을 하고 나섰던 것이다.

"지가 진작부터 말씀드릴려구 했습죠만 뭐 되지두 않을 소리 같아서 못했습니다만, 네, 방법이야 있습지우."

"뭔가, 그 방법이란 게?"

"창말 멘 인민 위원회˙에서들 모두 나보구 이 집 메느님이 서울서 핵교 선상두 하고 했으니까누 창말 내려와서 일을 협조하게 해야 헌다 — 그런 말들이데유."

"우리 며느리가 뭘 협조해야 한다는 게야?"

시어머님의 목소리가 분에 떨고 있었다.

"우리 샘말이나 창말에선 여성 동무가 벨루 읎다구 야단이데유. 이 집 메느님처럼 배운 분이 나서서 애들한테 김일성 수령님 노래도 가르치구…….”

"알았네, 그 얘긴 더 꺼내지도 말게."

시어머님이 결연하게˙ 잘라 말씀하셨다.

멘 인민 위원회(人民委員會) 면 인민 위원회. '멘'은 '면(面)'의 사투리. '인민 위원회'는 사회주의 국가의 행정 집행 기관.
결연하다(決然--) 마음가짐이나 행동에 있어 태도가 움직일 수 없을 만큼 확고하다.

"아니에유, 마님 동무, 글쎄 지 말씀을 들으시라니께유. 메느님이 창말 내려가 일을 거들어 주시면서 창배 동무한테 의용군*을 지원하라구 허세유. 내가 여러 날 곰곰이 생각해 봤는데 이 집 부자분이 무사하게 살아날 길은 그것밖에는 뾰족한 수가 없으니께유, 글쎄 지 말대루 해 보세유."

"우리 창배가 인민군엘 가란 말인가?"

"왜 아니래유. 글쎄 그 길밖에 없으니까 알아서들 허세유."

나는 내 방에서 두 사람이 나누는 얘기를 듣고 힘이 생겼다. 왜 내가 여직 집 안에 박혀 시아버님이나 남편을 구할 생각을 못했나 하는 후회였다. 내 힘으로 그 두 사람을 구해 낼 수 있다는 자신이 생겼다. 나는 그때 세상 돌아가는 일에 대해서 너무나 아는 게 없었다. 난리가 왜 일어났는지, 누가 옳고, 누가 그른 것인지 나와 가까운 사람들이 난리와 무슨 상관이 있느냐 하는 그런 생각을 가지고 그 난리를 맞았던 것이다. 나는 내가 그들에게 잠시 협조한다는 것이 시아버님이나 남편을 구하는 의미 외에 어떠한 죄도 된다는 생각을 하지 않았다. 그랬기 때문에 나는 펄쩍 뛰는 시어머님을 그예* 설득하고야 말았던 것이다.*

의용군(義勇軍) 국가나 사회의 위급을 구하기 위하여 민간인으로 조직된 군대. 또는 그런 군대의 군인.
그예 마지막에 가서는 기어이.
✱ 나는 그때 세상 돌아가는 일에 대해서 ~ 그예 설득하고야 말았던 것이다 자신이 세상 물정을 몰랐기에 심 서방의 조언에 따라 협조하게 되었다는 말이다. 국군이 이 마을 되찾고 나면 인민군에 부역했다는 죄목으로 처벌받게 될 줄도 몰랐던 것이다.
부역(附逆) 국가에 반역이 되는 일에 동조하거나 가담함.

아베의 가족

초록은 동색*이라고 역시 붉은 완장을 차고 설치는 심 서방의 말은 창말 그 패들의 뜻과 통하는 바가 많았다. 나는 창말에 내려가 그들의 열렬한 환영을 받았다. 그들의 안내로 내무서 책임자도 만나 보았다. 그는 눈이 작고 교활해 보이는 사람이었는데 나와 잠깐 이야기하는 동안 혁명˙과업˙이란 말을 열 번도 더 써먹었다. 나는 하루에 한 번씩 창말과 샘말을 돌아다니며 그들이 시키는 일을 했다. 저녁에 국민학교 교실에 부녀자˙들을 모아 놓고 그들이 주는 선전˙ 책자도 읽어 주었고, 아이들에게 노래도 가르쳤다.

 그들은 며칠 가지 않아 남편을 내놓아 주었다. 남편은 시아버님의 친구 동생이라는 내무서 사람을 통해서 의용군에 지원한다는 각서를 쓰고 풀려난 것이다. 남편이 의용군에 들어가는 날로 시아버님을 풀어 놓겠다는 것이었다. 남편은 며칠 사이에 몹시 수척해 있었고 또한 풀이 죽어 있었다.

 "창배 동무, 참 잘 생각허신 일이유."

 심 서방이 남편한테 말했다.

❀ 초록은 동색 풀색과 녹색은 같은 색이라는 뜻으로, 처지가 같은 사람들끼리 한패가 되는 경우를 비유적으로 이르는 말.
혁명(革命) 이전의 관습이나 제도, 방식 따위를 단번에 깨뜨리고 질적으로 새로운 것을 급격하게 세우는 일.
과업(課業) 꼭 하여야 할 일이나 임무.
부녀자(婦女子) 결혼한 여자와 성숙한 여자를 통틀어 이르는 말.
선전(宣傳) 주의나 주장, 사물의 존재, 효능 따위를 많은 사람이 알고 이해하도록 잘 설명하여 널리 알리는 일.

"글쎄 절보구 창배 동무를 감시하라는구먼유. 그러니까 딴 생각은 마시는 게 좋겠구먼유."

남편은 고개를 끄덕거렸다. 그리고 그날 밤 내게 말했다. 시키는 대로 의용군으로 들어가 도망을 치겠다는 의견이었다. 내가 뒷일을 책임질 것이니 몸을 피하라고 하자 고개를 설레설레 흔들었다. 도망을 쳐 봤자 잡히게 될 확률이 더 많을 뿐더러 시아버님이 풀려나지 못하게 될 게 아니냔 것이었다.

"이제 전쟁은 멀지 않았다구. 내 곧 도망쳐 어디 숨어 있다가 전쟁이 끝나면 집에 돌아오겠소."

남편은 그동안 내가 창말 인민 위원회 패들 놀음에 놀아난 일을 두고 한마디 했다.

"당신 거기 안 껴드는 건데 잘못한 거 같아."

말은 그렇게 하면서도 남편은 그동안의 내 입장을 이해해 준다는 뜻으로 나를 가슴에 안았다. 그러나 나는 남편의 그 한마디 말에 하늘이 내려앉는 느낌이었다. 내가 하도 실심해하니까 남편은 내 배를 쓰다듬으며,

"신경 쓸 거 없어요. 내 얘긴 우리 애길 생각해서 그런 거라구. 당신 몸조심하라는 얘기지. 무릴 하면 못써요."

남편은 그다음 날로 마을 사람 다섯과 함께 춘천으로 떠났다. 심 서방은 우리 집 대문에 붉은 깃발을 꽂았다. 의용군의 집이

실심하다(失心--) 근심 걱정으로 맥이 빠지고 마음이 어수선하고 뒤숭숭하다.

라는 것이었다.

나는 창말에서 남편을 전송했다.

"내 꼭 살아올 거라구. 몸조심해야 돼요."

남편은 내게 아이들처럼 눈을 찔끔해 보이면서 떠났다. 가을로 접어들고 있었다. 국민학교 운동장에 둘러선 미루나무 잎이 누렇게 물들어 가고 있었다. 나는 내가 며칠 일하던 인민 위원회 사무실 앞을 지나다가 그들이 수군거리는 소리를 들었다. 남조선을 해방시키는 것은 시간문제라고 떠들던 그들이 얼굴에 그늘을 깔고 수군거리는 걸로 미루어 전세가 그들에게 매우 불리한 모양이라고 나는 생각하면서 그 앞을 급히 지나쳤다. 이제 그들과 얼굴을 맞댈 아무런 이유도 내게는 없었다. 시아버님은 아침나절 풀려나 시어머님과 함께 집으로 넘어가셨던 것이다. 내게는 이제 전쟁이 어서 끝나 내 남편 창배 씨가 돌아와 우리의 아기 출생을 축하해 주는 일만이 이 세상에서 가장 큰 바람으로 남아 있을 뿐이었다.

그러나 남편을 떠나보내고 돌아오는 발걸음은 허전허전 맥이 없었다. 우수수 서낭당 고개 초입에서 가을바람이 불어 마른 풀을 흔들고 있었다.

전송하다(餞送--) 예를 갖추어 떠나보내다.
시간문제(時間問題) 이미 결과가 뻔하여 조만간 저절로 해결될 문제.
전세(戰勢) 전쟁, 경기 따위의 형세나 형편.
허전허전 다리에 힘이 아주 없어 자꾸 쓰러질 것 같은 모양.
초입(初入) 골목이나 문 따위에 들어가는 어귀.

대문에 꽂혔던 붉은 깃발이 보이지 않았다. 나는 시아버님 방으로 가 큰절을 했다. 시아버님 얼굴이 말 아니게 수척해진 게 정말 가슴이 아파 눈물부터 쏟아졌다. 그러나 시아버님은 겨우 인사를 받고 난 뒤 돌아앉아 담배를 입에 무신 다음 한마디 말도 없으셨다. 나는 가슴이 쿵 내려앉았다. 시어머님이 밖에 나와 나한테 말씀하셨다.

"느 시아버님이 심기가 매우 좋지 않으시다."

당신의 아들이 의용군에 끌려간 것이며 며느리가 빨갱이들과 어울려 놀아났다는 사실을 아시고 일체 입을 여시지 않는다는 것이었다. 행랑채 심 서방이 앞에 나타나면 아예 눈을 감고 말씀을 안 하셨다. 집 안 구석구석 침묵이 깔린 속에서 나는 시집을 온 이래 처음으로 외로움을 느꼈다. 시어머님께서도 내게 뜨악한 기분으로 대해 주시는 것 같아 나는 정말 괴로워 견딜 수가 없었다.

"주경희 동무, 창말 여맹에서 왜 안 내려오시느냐고 야단이데유."

심 서방이 이제는 내 이름까지 불러 대며 성화를 부렸다.

"이놈아, 저 하늘을 봐라!"

심기(心氣) 마음으로 느끼는 기분.
뜨악하다 마음이나 분위기가 맞지 않아 서먹하다.
여맹(女盟) '민주 여성 동맹'의 준말. 북한의 여성 단체.
성화(成火) 몹시 귀찮게 구는 일.

느닷없이 안방 미닫이가 열어젖혀지면서 시아버님이 고함을 쳤다.

"이 배은망덕한 것, 내 며느린 빨갱이가 아녀!"

"어르신네 동무, 섭섭하신 말씀 허시네유? 배은망덕이라니유? 어르신네 동무께서 이렇게 집에 돌아오신 게 누구 덕인데 그러세유. 이 집 안 뺏기구 사시는 것만 해두 다 지 덕인 줄 아세야 해유. 아까 아침나절 어르신네 동무가 대문에 꽂은 깃발 찢어 버린 거 창말에서 알면 큰일 난다는 거 아세야 할 거예유."

이미 시아버님은 상종을 않겠다는 듯 방문을 닫은 뒤였다. 나는 강릉집한테 배가 불러 이제 더 이상 창말에 내려갈 수 없으니 얘기해 달라는 말을 했다. 일이 더 시끄러워지는 것을 겁낸 까닭이었다.

마을 공기가 이상해졌다. 마을 앞 강변길을 통해 인민군이 무더기 무더기 북쪽으로 밀려간다는 얘기였다. 하긴 오래전부터 춘천 일대는 비행기가 새까맣게 몰려와 폭격을 하면서 그 폭음이 샘말까지 들려왔다. 세상이 또 바뀔 징조가 분명해지자 붉은 완장을 찬 지방 빨갱이들은 눈에 더욱 살기를 띠고 창말과

미닫이 문이나 창 따위를 옆으로 밀어서 열고 닫는 방식. 또는 그런 방식의 문이나 창.
배은망덕하다(背恩忘德--) 남에게 입은 은덕을 저버리고 배신하는 태도가 있다.
상종(相從) 서로 따르며 친하게 지냄.
공기(空氣) 그 자리에 감도는 기분이나 분위기.
징조(徵兆) 어떤 일이 생길 기미.

춘천을 들락거렸다. 많은 젊은 사람들이 끌려 나갔고 들판에는 아직 거두지 못한 벼가 누렇게 출렁이고 있었다.

어느 날 새벽에 일어나 보니 강릉집이 안채 마당에 꿇어 엎드려 울고 있었다. 세 살배기 화순이도 그 옆에 붙어 서서 울었다.

"자네가 뭘 잘못했는가. 세상이 그른 거지. 다 잊어버리구 함께 사세."

시어머님이 화순이를 안아 올리며 말했다. 심 서방이 밤사이 북쪽으로 도망을 쳤다는 것이다.

"난 지금두 믿어지지 않네. 심 서방같이 착한 사람이 그렇게 변할 수가……."

"그러게 말이에유. 저두 뭐한테 홀린 것 같아서 뭐가 뭔지 모르겠어유."

그러나 세상이 아직 바뀐 건 아니었다. 낮이면 인민군 패잔병들이 떼를 지어 마을에 나타나 밥을 해 먹고 북쪽으로 사라졌다. 오히려 여느 때보다 마을은 더욱 휘휘하게 무서웠다. 산에 숨었던 동네 청년들이 나타나 인민군과 총싸움을 벌이는가 하면 민가에 든 인민군을 생포해 뒷산 금광굴로 끌고 가기도 했다. 강릉집도 마을 사람들이 몰려와 포박을 한 다음 산 밑 움집에 가둬 버렸다.

패잔병(敗殘兵) 싸움에 진 군대의 병사 가운데 살아남은 병사.
포박(捕縛) 잡아서 묶음. 또는 그런 줄.
움집 움을 파고 지은 집. 움막보다 조금 크다.

무서운 일은 마을 사람들이 우리 집에 얼씬도 하지 않는 일이 었다.* 시아버님이 한숨을 쉬며 마당을 어정거렸다. 의용군 나간 남편 소식은 알 길이 없었다. 남편과 함께 나갔던 마을 청년들도 매한가지로 소식이 없는 모양이었다. 나는 쥐구멍으로 들고 싶도록 괴로운 시간을 보내야 했다. 시아버님의 한숨 소리가 가슴에 째지듯 울려 어떻게 처신해야 할는지 난감하기만 했다. 그런 중에도 시어머님은 하루에 한 번씩 내 불룩한 배를 어루만져 주시며

"아가, 너무 상심하지 마라. 넌 홑몸이 아니여."

그럴 때마다 나는 눈물이 쏟아졌다. 어서 남편이 돌아와 내 가슴을 탁 털어 보이고 그 무릎에 엎드려 엉엉 소리 내어 울고 싶었다.

"아가, 너 이리 좀 오너라."

어느 날 대낮 내가 텃밭에 나갔다가 대문 앞에 이르니 시어머님께서 내 손목을 끌고 집에서 꽤 떨어진 이웃집으로 데리고 들어가는 것이었다. 시어머님의 얼굴이 새까맣게 죽고 손은 부들부들 떨고 계셨다.

"어머님, 왜 그러세요?"

내가 몇 번씩 다그쳐 물어도 시어머님은 아무것도 아니다—

❋ 무서운 일은 마을 사람들이 우리 집에 얼씬도 하지 않는 일이었다 달라진 인심을 보여 주는 대목이다. 아들은 인민군으로 갔고 며느리도 그들에 동조하여 부역했으니, 이제 국군이 마을에 들어오면 화를 당하게 될 것이라는 생각 때문에 마을 사람들이 멀리하는 것이다.

란 말만 되풀이하며 이까지 덜덜 떨고 계셨다. 임신한 나한테 무슨 놀라운 소식을 안 알리려고 그러신다는 생각을 하니 더욱 불안해 못 견딜 지경이었다. 그때 총소리가 여러 방 우리 집 쪽에서 들려왔다. 시어머님이 땅바닥에 털썩 주저앉더니 어느새 뿌르르˙ 일어나 집 쪽으로 허둥허둥 달려가시는 게 아닌가.

대청마루에 시아버님이 쓰러져 계셨다. 피가 마루로 흘러 봉당까지 적셔 내렸다. 그 총소리 이후 흔적도 볼 수 없었던 마을 사람들이 꽤 오랜 뒤에 하나둘 모여들기 시작했다. 마루에 밥상이 넘어진 채 뒹굴었다. 일의 경위˙가 밝혀진 것은 시어머님이 제정신을 찾은 밤중이었다.

인민군 둘이 총을 들이대고 들어와 밥을 해내라고 얼러˙ 댔다. 시아버님이 눈짓으로 밥상을 봐 오라고 해 시어머님이 부엌에 계신 동안 시아버님은 인민군들과 이런저런 얘길 나누고 계셨다. 아들 소식을 알까 하고 그러는가 싶었는데 시아버님이 부엌에 슬쩍 들러 귓속말을 했다.

"얼른 밥상 봐 놓고 임잔˙ 며느리 못 들어오게 막고 있어야 하네. 내 저놈들 한번 붙잡아 볼라네."

그렇게 말해 놓고 다시 대청으로 들어간 시아버님이었다. 그

뿌르르 사람이나 짐승이 부리나케 달려가거나 쫓아가는 모양.
경위(經緯) 일이 진행되어 온 과정.
어르다 으르다. 상대편이 겁을 먹도록 무서운 말이나 행동으로 위협하다.
임잔 임자는. '임자'는 나이가 지긋한 부부 사이에서, 상대편을 서로 이르는 이인칭 대명사.

아베의 가족

리고 내가 시어머님과 이웃집에 있는 사이에 일을 당하셨던 것이다. 나는 눈물도 나오지 않았다. 그렇게 급작스레 그리고 처참하게 돌아가신 시아버님 앞에서 하늘이 무너지는 느낌뿐이었다.

이상한 것은 인심이었다. 그렇게 싹 발을 끊었던 마을 사람들이 시아버님이 인민군 총에 맞아 돌아가신 뒤 자기 부모 죽은 것 이상 애석해하며 밤샘을 했다. 비로소 이웃 아낙네들이 나를 쏘아보던 그 냉랭한 눈빛을 풀고 다정하게 말을 붙여 왔다.*

난리 통이라 제대로 장사를 지낼 수 없어 뒷산에 가매장으로 모셨다. 시어머님은 다리가 움직이지 않는다고 해서 동네 아낙네들이 부추겨 안고 내려왔다.

"아가, 너 몸 괜찮으냐?"

그런 경황 속에서도 시어머님은 틈틈이 내 몸 걱정을 하셨다.

시어머님이나 나나 소복으로 차려입고 이십 칸 휑뎅그렁하게 드넓은 집 속에 던져져 하루해를 보내고 있었다. 그러나 아들을 기다리고 지아비가 돌아오길 고대하는 두 여자의 영혼은

� 이상한 것은 인심이었다. ~ 다정하게 말을 붙여 왔다 시아버님이 인민군 병사를 붙잡아 보려고 했던 이유를 짐작할 수 있는 부분이다. 인민군을 무사히 붙잡았으면 좋았겠지만, 실패하여 죽음을 당함으로써 자신의 가문이 인민군에 동조하는 집안이 아님을 증명해 낼 수 있었던 것이다. 그렇게 하지 않았다면 적어도 며느리는 무사하지 못했을 것이고, 마을 사람들의 오해나 거리 두기(부역자 집안과 어울리다 함께 화를 당할까 하는 걱정 때문)도 해소되지 않았을 것이다.
통 어떤 일이 벌어진 환경이나 판국.
가매장(假埋葬) 임시 매장. 시체를 임시로 묻음.
소복(素服) 하얗게 차려입은 옷. 흔히 상복으로 입는다.
휑뎅그렁하다 속이 비고 넓기만 하여 매우 허전하다.

그렇게 무척 외롭지만은 않았다.

시어머님은 내 배를 자주 어루만지시며 안타까운 듯 혀를 차시곤 했다.

"괜찮아요. 어머님!"

나는 배 속의 우리 아기가 그 어떤 고통 속에서도 꿋꿋하게 견뎌나 우렁찬 울음소리를 내며 이 세상에 태어나 축복받은 아이로 자랄 것을 의심하지 않았다. 이 이상의 고통과 어려움을 하느님이 내리지는 않을 것이라는 신념이 가슴속에 자랑처럼 피어올랐던 것이다.

그러나 내 몸에 내리는 신의 저주는 끝나지 않았던 것이다. 정작 신의 저주는 그때부터 시작되었던 것임을 어쩌랴.

"창말에 아군 선발대가 지나갔대더라."

마을을 다녀오신 시어머님께서 바깥소식을 가지고 오셨다.

"춘천엔 그 미국 사람인가 뭔가 하는 코가 큰 병정들도 왔다고 하더구나."

이제 남편도 돌아오겠지. 나는 설레는 가슴을 안고 집 안 청소를 하고 있었다. 그러나 가슴 한구석엔 남편이 북쪽으로 갔거나 더 뭣한 생각까지 껴들어 뒤숭숭한 것을 어쩔 수가 없었다.

뒤꼍 장독대를 보살피고 있는데 안쪽에서 뭔가 심상찮은 기

선발대(先發隊) 먼저 출발하는 부대 또는 무리.
뭣하다 무엇하다. 언짢은 느낌을 알맞게 형용하기 어렵거나 그것을 표현할 말이 생각나지 않을 때 암시적으로 둘러서 쓰는 말.

척이 났다. 난생 처음 보는 외국 병정들이 대여섯 명 마당 한가운데 서 있었다. 시어머님이 그들에게 잡혀 시커먼 손아귀에 입을 막힌 채 대청으로 끌어올려지고 있었다. 어느 한순간 시어머님의 눈길이 내 눈길과 부딪쳤다. 애원과 절망과 공포와…… 그런 모든 것을 한꺼번에 내쏘는 눈빛이었다.

나는 그 자리에 얼어붙은 채 온몸의 힘이 싸악 빠져 내리는 느낌이었다. 시커먼 짐승 셋이 다가오는 것을 멀거니 바라보며 그 자리에 주저앉았다.

안방으로 끌려 들어가면서 나는 내가 할 수 있는 온갖 힘을 뻗쳐 발버둥 쳤다. 나는 무심결에 내 배를 그러쥐며 애원하는 손짓도 해 보았다. 있는 힘을 다해 소리를 질렀다. 넓적한 손아귀가 내 입을 막았다. 나는 그 짐승들의 냄새를 맡았다. 그것은 노린내였다. 짐승들의 흰 이빨이 보였다. 그들은 낄낄낄 웃음소리를 내고 있었다.

나는 의식이 있는 동안 하느님을 찾았다. 하느님의 이름을 빌려 그 짐승들을 저주했다. 나는 드디어 무서운 고통 속에서 하느님 그분을 저주하며 의식을 잃었던 것이다.

의식이 살아 올랐을 때 나는 밖에 웅성거리는 사람들의 말소리를 들었다. 문득 내 머릿속에 서울에 두고 온 늙으신 친정어머니의 얼굴이 떠올랐다. 눈물이 주르르 흘러내렸다. 그러나 다음 순간 내 흐트러진 아랫도리가 천 근만큼 무겁다는 것을 느꼈을 때 나는 나를 낳아 준 어머니를 저주했다.

짐승들은 대청마루에 레이션˚ 상자 두 개를 놓고 갔다. 건넌방에서 마을 할머니들의 혀 차는 소리가 들려왔다.

"난리여, 난리 땐 무슨 짓을 당해도 헐 수 없는 벱이여."

"아무리 난리기로서니 이럴 수가……."

"아니여, 죽지 않고 산 것만 해도 다행으로 생각해야 하는 게여."

시어머님은 두 번이나 목을 매었다. 한 번은 내가 광 속에서 발견했고 또 한 번은 집 뒤껻 대추나무에 목을 맨 걸 강릉집이 풀어냈다. 두 번이나 저승길을 가던 시어머님께서는 그것도 기진맥진 방에 몸져 누운 채 눈을 감고 아무하고도 얘기를 나누려 하지 않았다. 꼬박 나흘씩이나 입에 물 한 모금 대지 않았던 것이다. 코에서 수수 뜨물˚ 같은 피를 술술 쏟으면서도 사람만 접근하면 손을 내저어 쫓았다.

"새댁을 생각해서두 이러시면 안 돼유 글쎄."

움막에서 풀려나온 강릉집이 애원을 했다.

"걔 어떻게 됐나?"

처음으로 들어 보는 시어머님의 목소리였다.

"어머님, 저 아무렇지도 않아요."

그날부터 시어머님은 거짓말같이 일어나 앉아 음식도 입에

레이션(ration) 미군의 군사용 휴대 식량.
뜨물 곡식을 씻어 내 부옇게 된 물.

대고 다시 내 배를 만져 보시며 생기를 되찾으셨다.

  나는 그 일 이후 가끔 배에 통증을 느끼고 있었지만 시어머님을 실망시킬 것이 두려워 나 혼자 배를 안고 뒹굴었다. 그런대로 통증은 멎어 가고 나는 내가 살아 있다는 그 사실 하나만으로도 다시 하느님을 생각하기 시작했다. 시어머님이 목을 매는 일이 생기지 않았더라면 나는 이 세상에 살아 있지 않았을 것이다. 결국 시어머님이 나를 살려 주신 셈이다. 비록 더럽혀져 죄를 지은 몸이지만 내 배 속에는 우리들의 씨가, 끝내는 축복받아야 할 최창배 씨 가문의 핏줄이 꿋꿋하게 살아 있었던 것이다. 남편이 어서 돌아오고 그리하여 그이 앞에 우리들의 아기를 안겨 준 다음 그 자리에서 죽어도 좋을 것 같았다. 그때까지 축복 받아야 할 우리들의 아기가 태어날 때까지는 어떠한 일이 있어도 살아야 한다는 생각이 오기처럼 뻗쳤다.

  그해 겨울 동짓달 나는 해산을 했다. 예정일보다 두 달 앞서 여덟 달 만에 사흘간의 무서운 진통을 거쳐 낳은 애였다.

  "이보게, 강릉집. 거기 뒤주 위에 낫 좀 가져오게."

  시어머님의 목소리가 달떠 있었다. 아들을 낳아야 낫으로 태

생기(生氣) 싱싱하고 힘찬 기운.
오기(傲氣) 1. 능력은 부족하면서도 남에게 지기 싫어하는 마음. 2. 잘난 체하며 방자한 기운.
뒤주 쌀 따위의 곡식을 담아 두는 세간의 하나. 나무로 궤짝같이 만드는데, 네 기둥과 짧은 발이 있으며 뚜껑의 절반 앞쪽이 문이 된다.
달뜨다 마음이 가라앉지 아니하고 조금 흥분되다.
태(胎) 태반이나 탯줄과 같이 태아를 둘러싸고 있는 여러 조직을 일상적으로 이르는 말.

를 가른다던 시어머님이었다.

"아가야, 내가 손줄 봤구나."

태를 가르고 난 뒤에야 시어머님이 말씀하셨다. 나는 아득하게 가라앉는 그 몽롱한 의식 속에서 시어머님의 말소릴 듣고 눈물을 흘렸다. 하느님 감사합니다.

그러나 하느님은 내 간사한 마음을 비웃기라도 하는 듯 끝내 얼굴을 돌리셨다. 나는 술가재처럼 형태가 제대로 잡히지 않는 핏덩이를 내려다보며 몸서릴 쳤다. 그러나 그 핏덩이는 숨 쉬고 있었다. 나는 하나의 생명을 이 세상에 내던졌던 것이다.

산골에는 눈이 더 많이 내렸다. 정강이에 차는 눈을 아예 치울 생각도 못한 채 새해를 맞았다.

그 겨울 막바지에 또 한 번의 난리가 벌어졌다. 1·4 후퇴였다. 이번 난리는 여름에 댈 것이 못 된다고 모두 벌벌 떨면서 피란 보따리를 싸 짊어지고 집을 떠났다. 마을은 텅텅 비었다. 북쪽에서 밀려 내려오는 피란민들이 빈집에 하룻밤씩 머물러 가면서 휘휘한 소문만 남겼다. 빨갱이들이 독이 올라 이제는 사람을 보는 대로 죽인다고 했다. 누비옷을 입은 뙤놈들은 빨갱이들보다 더 무섭다고 했다.

술가재 '성장 과정에서 허물을 벗고 새 껍질이 아직 자리를 잡기 전의 흐물흐물한 가재'를 이르는 사투리.
누비옷 두 겹의 천 사이에 솜을 넣고 줄이 지게 박음질하여 지은 옷.
뙤놈 되놈. 중국 사람을 낮잡아 이르는 말.

그러나 시어머님과 나, 그리고 화순이를 등에 매달고 다니는 강릉집— 이렇게 세 여자는 남들이 다 떠 버린 마을에 남아 한 가닥 기대 속에 살고 있었다.

"애 아버이가 오면 제발 맘 고쳐먹고 발 뻗구 자다가 죽자구 할 거예유."

강릉집은 남편이 당장 마을로 들어서기라도 하는지 매일 화순이를 업고 대문 밖에 나가 서성거렸다.

시어머님도 당신의 아들이 이번에야말로 꼭 돌아올 것으로 알고 솜 둔* 바지저고리를 짓는 등 들떠 있었다. 나는 갓난것을 품에 안고 남편의 귀가를 기다렸다. 도저히 살아날 가망˚이 없는 애를 시어머님의 정성으로 살려 냈다. 이처럼 발육이 불완전한 애가 어떻게 젖을 빨 것인가 싶었지만 갓난것은 믿어지지 않을 만큼 억센 힘으로 젖을 빨았다. 나는 가끔 그 아이가 무서운 생각이 들 때가 있었다. 이것은 사람이 아니다. 나는 아이를 방바닥에 밀어 놓고 치를 떨었다. 온몸이 부들부들 떨렸다. 내 배 속의 아기를 위해 이를 악물고 억눌러 왔던 그 증오가 분수처럼 거세게 솟구쳐 올랐던 것이다. 그 시커먼 짐승들을 칼로 퍽퍽 찔러 검고 끈적끈적한 살갗 그 깊숙한 데서 콸콸 쏟아지는 피를 받아 이웃 사람들 눈앞에 내보이고 싶은 충동이었다. 가끔 우리

---

* 솜 둔 솜을 넣은.
가망(可望) 될 만하거나 가능성이 있는 희망.

집에 들러 내 아기를 마치 징그러운 뱀을 보듯 몸서리치며 바라보는 이웃 사람들에 대한 분노가 함께 치민 것이다. 나는 발작˙처럼 손끝으로 뻗치는 증오 때문에 더 견디지 못하고 마루로 뛰어나가곤 했다.

강릉집이 발을 얼리면서 밖에서 기다리는 그네의 남편은 그해 겨울이 다 가도록 돌아오지 않았다. 강릉집은 징징 울면서 마을 앞 강변길까지 내려가 남편을 기다렸다.

"얘가 어떻게 된 거냐?"

평소 일절 부성거리는˙ 것을 모르던 시어머님께서 아들의 바지저고리를 마지막 손질하면서 말씀하셨다.

"에미야, 더 기다려 보자꾸나. 걔가 이 에미하고 제 자식을 보기 전엔 절대 안 죽을 게다. 두고 보렴. 갠 절대 안 죽었어. 언제고 꼭 돌아올 게여."

난리 전보다 열 살은 더 늙어 버린 시어머님의 얼굴에 경련이 일고 있었다. 자신의 마음속에 어떤 확신을 심는 그 고통의 그림자였던 것이다.

우리 식구들은 인민군과 다시 나타난 지방 빨갱이로 해서 또다시 시달림을 받아야 했다. 창말에서 나를 다시 찾고 있었지만 나는 결코 대문 밖을 나가지 않았다.

발작(發作) 어떤 병의 증세나 격한 감정, 부정적인 움직임 따위가 갑자기 세차게 일어남.
부성거리다 문맥상 '걱정하며 조급하게 굴다'의 의미로 쓰임.

중공군˚들이 뭐라고 쏼라대며 우리 마당을 파헤쳤다. 집 안에는 한 톨의 감자도 남아 있지 못했다. 중공군들이 시어머님 가슴에 총을 들이대며 어디다가 곡식을 감췄는지 당장 내놓으라고 발을 굴렀다. 시어머님은 태연한 자세로 버티고 서서 고개만 저었다.

강릉집이 마을의 빈집을 돌며 먹을 것을 구해 와 겨우 끼니를 이었다. 먹는 것이 부실하자 갓난것은 빈 젖을 더욱 악착같이 빨아 댔다.

중공군이 다시 밀려 올라가면서 샘골 일대는 치열한 싸움터가 되었다. 낮이면 비행기 폭격으로 산이 불붙었고 밤이면 고막이 터져 나가는 총소리 속에 싸움이 붙었다. 산골짜기에는 중공군 시체가 나뭇등걸처럼 쌓여 바람이라도 있는 날이면 그 썩는 악취가 마을까지 풍겨 왔다.

"에미야, 이제야 애비가 오는가 부다."

다시 아군이 마을을 지나 북쪽으로 갔을 때 시어머님은 대청을 서성거리며 마을 입구 샛길을 기웃거리셨다. 강릉집은 싸움이 뜸한 어느 날 화순이를 업고 나간 채 영영 돌아오지 않았다.

피란 나갔던 사람들이 돌아오고 얼었던 땅이 녹아 묵은밭˚에 풀이 무성해졌지만 내 남편 최창배 씨는 돌아오지 않았다. 북쪽

중공군(中共軍) 중국 공산당에 딸린 군대.
묵은밭 '묵정밭'의 사투리. 오래 내버려 두어 거칠어진 밭.

에서 풋소리가 계속 울려오는 속에 또 1년이 흘렀다. 그러나 어린것은 아직 뒤치지도 못했다. 커 갈수록 배냇병신 티가 분명히 드러났다.

"얘, 인민군들이 숱하게 잡혔다는구나. 그 사람들을 이승만 대통령이 죄다 풀어 줬대드라."

마을 사람들이 얘기하는 1953년 6월의 반공 애국 포로 석방을 두고 하시는 말씀이었다. 나 역시 거기에 기대를 걸고 살았던 것이다. 남편이 자진해서 포로가 되었다가 이번 기회에 풀려났을 것 같은 확신이 마음속에 생겼던 것이다. 그러나 남편은 그 여름이 다 가도록 돌아오지 않았다. 그해 7월 27일 휴전 협정이 돼 전쟁이 끝났는데도 우리들이 그처럼 기다리는 사람은 영영 모습을 보이지 않았다.

나는 그동안 서울 친정집 소식을 들을 수 있었다. 늙으신 어머니는 물론 오빠까지 난리 통에 폭격으로 돌아가셨다는 소식이었다. 혼자 된 올케가 애들 둘을 데리고 샘골까지 왔다가 내 형편이 또한 기구한 것을 알고 그날로 떠나 버렸던 것이다.

뒤치다 엎어진 것을 젖혀 놓거나 자빠진 것을 엎어 놓다. 여기에서는 '등이 바닥에 닿도록 눕혀 놓은 아기가 혼자 몸을 돌려 엎드리다'라는 뜻으로 쓰임.
배냇병신(--病身) '선천적 장애 또는 기형'을 일상적으로 이르는 말.
반공 애국 포로 석방(反共愛國捕虜釋放) 반공 포로 석방. 휴전 협상이 진행 중이던 1953년 6월에 이승만 대통령이 남한에 수용되어 있던 북한 포로를 석방한 사건. 송환을 거부하는 모든 포로를 중립국에 넘긴 다음 남북한 가운데 하나를 자유로이 선택하도록 한다는 휴전 회담의 협정에 불만을 품고 대부분의 반공 포로를 석방한 것이다.
기구하다(崎嶇--) 세상살이가 순탄하지 못하고 탈이 많다.

더 견딜 수 없는 것은 시어머님의 마음이 변한 일이었다.

"애, 어미야, 애빈 꼭 온다."

말씀은 늘 그렇게 하시면서도 당신의 답답한 마음을 주체하지 못해 툭하면 마을 사람들과 싸우고 돌아오셨다.

싸움의 발단은 언제나 시어머님께서 상대편에 대해 듣지 못할 소리로 악담을 퍼 대기 때문이었다. 그렇게 싸우고 들어오신 시어머님께서는 방바닥에 널브러진 채 헐떡거리고 있는 어린 것을 향해,

"에이, 더러운 놈의 씨!"

이같이 욕을 퍼 댄 다음 하루 종일 거들떠보지도 않았다. 그 어린것이 깜둥이들의 씨라는 실로 말 같지도 않은 욕을 퍼 댈 때마다 나는 시어머님의 그 독이 오른 얼굴을 뻔히 쳐다볼 뿐 아무런 말도 나오지 않았다. 시어머님의 그 악담은 더욱 잦아졌고 나는 모두 다 팽개치고 도망쳐 버리고 싶은 생각이 하루에도 몇 번씩 치밀곤 했다.

그러나 나는 고개를 저었다. 시어머님이나 내 어린것이나 둘 다 버릴 수 없는 사람들이었다. 나는 일꾼들을 사서 아버님이 짓던 농사를 짓느라 이런저런 시름을 잊고 있었다.

아베가 다섯 살이 되는 해 봄이었다. 아베는 네 살부터 겨우 기기 시작하여 이제 갓난애처럼 겨우 걸어 다녔다. 그것도 사지를 뒤틀면서 아주 어렵게 일어서서 걸었다. 입을 벌려 소리 낼 수 있는 것은 고작 '아…… 아…… 아…… 베'였다.

내가 부엌에서 낮설거지를 하고 있는데 아베를 안고 마당에 들어선 사람이 있었다. 아베는 대문 밖에서 아랫도리를 아예 입지 않은 채 놀고 있었던 것이다. 아베를 안고 들어온 사람은 키가 크고 흰 얼굴이 무척 수척해 삼십이 훨씬 넘어 뵈는 사람이었다. 나중에 안 사실이지만 그때 그는 겨우 27세였다.

나는 그를 처음 보았을 때 부엌에서 뛰어나가고 싶은 충동을 억지로 참았다. 도무지 처음 보는 사람 같지가 않았던 것이다. 5년 전 의용군에 끌려간 남편이 연상돼서였는지 아니면 남들이 한 번도 안아 보는 일이 없는 내 아들을 가슴에 덥석 안고 있는 그에 대한 어떤 알 수 없는 끌림이었는지도 모른다.

"뉘기시오?"

방에 앉아 계시던 시어머님도 어지간히 놀란 기색이었다. 그러나 실망과 의혹이 섞인 그런 눈으로 그 사람을 훑어보고 계셨다.

"아기가 밖에서 혼자 놀고 있기에 데리고 들어왔습니다."

아직도 아베를 가슴에서 떼 놓지 않은 채 그는 시어머님한테 허리를 굽혀 절했다.

"게 좀 올라앉구랴."

시어머님이 마루를 가리켰다. 낯선 사람만 보면 아들 소식을 얻을까 해서 붙들고 늘어지는 시어머님이었다.

낮설거지 문맥상 '점심 식사 후의 설거지'를 뜻함.

그는 그렇게 해서 우리 집 식객이 되었다. 강릉집이 살던 다 쓰러져 가는 행랑채가 그의 거처가 되었다. 시어머님은 행색이 그야말로 초라한 그가 밥을 허겁지겁 퍼먹는 것을 바라보다가 돌아앉아 눈물을 닦으시곤 했다. 시어머님이 여러 가지를 물어 보셨다.

"고향은 어디우?"

"황해도 장연입니다."

"이북이구먼. 집엔 부모님들이 생존해 계시겠구먼?"

"모르겠습니다. 떠난 지가 오래돼서요."

삼팔선이 그어지기 전에 여동생 하나와 서울 외삼촌네 집에 와 학교를 다니다가 난리가 터져 다시는 고향에 돌아가지 못했다는 것이다. 난리 때 외삼촌네 집은 풍비박산이 돼 남쪽에 있는 단 하나 여동생마저 잃어버렸다는 것이다. 그는 시어머님 앞에 신원이 확실하다는 걸 보여 주기 위해 도민증과 군대 제대증까지 내보였다.

"그럼 아주 외톨이구먼. 헌데 젊은 사람이 왜 이렇게 떠도누?"

그 말에 그는 대답하지 않았다. 그의 밥그릇이 싹싹 비워졌다.

"아…… 아…… 아…… 베."

식객(食客) 남의 집에 얹혀 있으면서 밥을 얻어먹고 지내는 사람.
풍비박산(風飛雹散) 사방으로 날아 흩어짐.
신원(身元) 개인의 성장 과정과 관련된 자료. 신분이나 평소 행실, 주소, 직업 따위를 이른다.
도민증(道民證) 예전에, 일정한 도(道) 안에 사는 주민임을 증명하기 위하여 도지사가 발행하던 신분 증명서.

아베가 마루에 걸터앉은 그 사람 앞으로 뒤우뚱뒤우뚱 다가가자 그는 서슴없이 애를 안아 올렸다.

참으로 거북스러운 일이었다. 여자만 사는 집에 외간 남자가 함께 기거하면서˚ 얼굴을 쳐다보고 살아야 한다는 것은 남편 없는 젊은 여자로서는 차마 못할 일이었다. 그는 새벽같이 논에 일을 나가고 집에 들어오면 아베하고만 어울렸다. 나한테 할 말도 꼭 아베한테 말했다.

"야, 아베야, 나 냉수 좀 줄까?"

그런 식이었다. 그는 믿어지지 않을 만큼 아베를 좋아했다. 그냥 이쪽 눈에 들기 위해 그러는 게 아니라 남이 보지 않는 데서도 아베를 안아 주는 등 진심에서 우러나오는 것 같았다. 호랑이도 제 새끼를 귀여워하면 침을 흘린다더니* 그렇게 천대받던 아베가 사랑받는다는 것을 본다는 것은 하늘을 얻은 것 같은 기분이었다. 시어머님도 그 젊은이를 좋아했다.

이웃 사람들이 이상한 눈으로 기웃거리며 수군거렸다. 그러나 이미 남의 눈총을 받는 데는 익숙해진 터라 별로 두려울 것이 없었다. 문제는 나 자신의 마음이었다. 집 안에 외간 남자를 두고 산다는 것이 괴로웠다. 하루에도 몇 번씩 그 사람이 아베의 아버지 같은 착각에 놀라곤 했다. 남편에 대한 죄의식이 가

기거하다(起居--) 일정한 곳에서 먹고 자고 하는 따위의 일상적인 생활을 하다.
✽ 호랑이도 제 새끼를 귀여워하면 침을 흘린다더니 누구라도 제 자식을 예쁘다고 하는 사람을 나쁘게 대하지 않는다더니.

슴 밑바닥을 송곳처럼 쑤시고 올라왔다. 나는 밤이면 내 방에 누워 문득 행랑채의 그 남자를 생각하고 소스라쳐 놀라곤 했다. 그런 다음 날 아침이면 나는 시어머님이나 그 사람의 얼굴을 쳐다볼 수 없을 정도로 민망스러웠다.

"살아 있을까?"

"그럼요. 틀림없이 아베 아버지는 살아 있습니다. 저도 군대 생활을 했지만 군대에선 마음먹은 대로 할 수가 없어요. 더구나 인민군에선 더욱 그렇지요. 도망이 어디 그렇게 쉽습니까? 어쩔 수 없이 이북 어딘가에 살아 있을 겝니다."

그 사람은 늘 시어머님과 아베의 아버지 얘기를 나누었고 그럴 때마다 내 남편이 반드시 어딘가 살아 있을 것이라는 말을 힘주어 말하곤 했다.

"그놈에 통일이 언제 되지?"

"됩니다. 틀림없이 통일이 될 것입니다. 이렇게 살아 계시다가 보면 아드님 만나 뵙는 좋은 날을 반드시 보실 겝니다."

그는 시어머님한테 희망을 불어넣기 위해 무척 애를 쓰는 것처럼 보였다.

그가 우리 집에 머문 지 다섯 달이 넘고 있었다. 가을걷이를 하면서 나는 그와 자주 마주쳤다. 마차에 볏단을 싣다가 서로

가을걷이 추수(秋收).
볏단 벼를 베어 묶은 단.

같은 볏단을 잡은 적이 있었다. 문득 그가 나를 쳐다보았다. 나는 그의 눈이 깊고 그리고 그 깊은 데서 활활 타오르는 빛을 보았다. 그 순간 내 온몸의 피가 꽝꽝 요란스러운 소리를 내며 밖으로 터져 나오는 것 같았다.

다만 그것뿐이었다. 그러나 같은 여자의 입장에서는 상대편에 대해서 매우 민감한 것이 보통이다. 나는 며칠 사이에 시어머님의 눈치가 달라진 것을 알았다. 그 눈초리가 냉랭하고 무서웠다. 자연 내 쪽에서도 시어머님을 맞바로 쳐다보지 못하고 서로 마주치는 걸 피하게 됐다. 시어머님 스스로도 자신의 마음을 달래느라 무척 괴로워하시는 것 같았다. 휭하니 밤마을˚을 나가기가 예사˚였다. 그렇게 되면 텅 빈 집에 그 사람과 나만 남겨지게 됐다.

"이제 그만 우리 집에서 떠나 주셔야 하겠어요."

나는 마음을 도사려˚ 먹고 말했다.

"알겠습니다. 그러잖아도 떠난다 떠난다 하는 것이 그만 아베한테 정이 들어서요."

그가 쉽게 대답했다.

거짓말하지 마세요. 나는 그렇게 부르짖고 싶었다. 당신이 그 흰 손으로 농사일을 하는 걸 나는 더 볼 수가 없어요. 당신은 농

밤마을 밤에 이웃이나 집 가까운 곳에 놀러 가는 일.
예사(例事) 보통 있는 일.
도사리다 마음을 죄어 다잡다.

사꾼이 아녜요. 더구나 당신은 내 남편이 살아 있다고 몇 번씩 말했어요. 그래요. 내 남편은 살아 있어요. 우리 아베의 아버지는 언제고 돌아올 거예요. 나는 그이의 아내예요.

그러나 나는 이미 방에 들어와 잠든 아베를 끌어안고 숨죽여 울었을 뿐이다. 그런데 뜻밖에 그 사람과 내가 아베를 데리고 떠나야 할 일이 생겼던 것이다. 그것은 시어머님이 그렇게 만드신 일이었다. 아닌 밤중 홍두깨요 맑은 하늘에 벼락*이었다.

"에미야, 넌 이제 내 식구가 아니다."

어느 날 시어머님께서 나를 불러 앉히고 말씀하셨다. 너무나 뜻밖에 당하는 일이라 어리둥절해 있는 나를 향해 시어머님이 계속하셨다.

"나를 더 속여야 소용없다. 내가 이미 다 알고 있었다."

"무슨 말씀이세요, 어머님?"

"다 안대두 그러는구나. 내 이웃 챙피해서두 큰소리 안 내겠다. 어여 느덜 짐 싸 가지고 나가거라."

시어머님의 말소리는 너무 착 가라앉아 소름이 끼칠 정도였다.

"뭘 꾸물거리고 있는 게냐? 어서 짐을 싸라니까. 애까지 데리고 가는 거다. 그건 느덜 씨니까 말이여."

"어머님, 무슨 말씀을 하고 계시는 거예요?"

✽ 아닌 밤중 ~ 하늘에 벼락 갑자기 뜻밖의 일을 당하는 경우를 비유적으로 이르는 말.

"너 그렇게 계속 시치밀 떼야 하겠냐?"

시어머님의 언성이 높아졌다.

"그렇다면 내 물어보겠다. 너 우리 집에 시집온 게 언제지?"

나는 무슨 말씀인지 몰라 대답을 못하고 말았다.

"너 시집와서 몇 달 만에 앨 낳았는지 그건 알겠구나?"

나는 뭐가 뭔지 더욱 아리송해 시어머님 얼굴만 쳐다볼 수밖에 없었다.

"그래, 입이 열 개 있어두 말 못할 게다."

"어머님, 무슨 말씀이신지 전 도무지……."

"잔소리 더 할 것 없다. 이것들아, 내가 그렇게 어수룩한 줄 알았더냐? 그래 어떤 부처님이 제가 맨들지두 않은 병신 애새낄 끌어안구 다닌다더냐?"

시어머님이 하시는 말씀의 뜻이 한꺼번에 짚여 들자 나는 그만 온몸의 힘이 빠져 나간 것처럼 허탈해졌다. 요는 행랑채의 그 사람이 아베의 친부가 틀림없다는 시어머님의 주장이었다. 결혼한 지 여덟 달 만에 애를 낳고 다시 5년 뒤에 떠돌이 서울 사람이 찾아와 남들이 사람 새끼로 취급도 안 해 주는 병신 아베를 안고 다니는 그의 수상쩍은 행동거지를 두고 하시는 말씀이었다.

언성(言聲) 말하는 목소리.
짚이다 헤아려 본 결과 어떠할 것으로 짐작이 가다.

나는 어느 결에 대문 밖에 몰려온 마을 아낙네들을 바라보면서 치를 떨었다. 내가 몇 년 사이에 겪어 낸 그 어떤 고통보다 큰 아픔이 쇠뭉치가 되어 내 머리통을 쳐 갈기는 것이었다.

"어머님……."

"닥쳐라, 내 입에서 더 못된 소리 나오기 전에 어서 떠나지 못할까?"

시어머님은 입도 벙긋 못하게 호통을 치셨다. 행랑채 남자가 달려 나왔지만 시어머님은 이미 내 옷가지와 패물들을 마루에 내던지고 있었다.

시간이 흐르면 시어머님께 내 억울한 사정을 이해시킬 수 있을 것 같아 마당에 무릎을 꿇고 앉아 버텨 보았지만 시어머님은 바늘 하나 찌를 틈도 주지 않으셨다.

"사정이야 다 있겠지만 저렇게 가라구 할 때 어서 떠나게."

마을 사람들이 몰려와 혀를 차면서 별의별 소리를 다 떠들었다.

"염치가 없구먼. 해두 너무했어."

칼로 배를 찢어 내 속을 보여야 마땅한 일이로되 그 더러운 삶의 한 가닥 애착 때문에 저주받은 씨 하나를 안고 마을을 떠났다. 저만큼 앞서 행랑채 사내가 보따리 하나를 들고 휘청휘청 걷고 있었다.

패물(佩物) 귀금속 따위로 만든 장식물. 가락지, 팔찌, 귀고리, 목걸이 따위가 있다.

"내 자식은 반드시 돌아온다. 이 더러운 것아, 다시는 발걸음 비치지두 말거라."

울음 섞어 질러 대던 시어머님의 말소리가 귀에 쟁쟁했다. 마을 사람들은 쫓겨나는 우리들을 향해 쯧쯧 혀를 차는가 하면 모질게 침을 뱉기도 했다. 이를 악물었지만 눈에 눈물은 쉬임 없이 흘러내렸다.

김상만 씨. 그는 하느님 당신이 저주 내리신 불쌍한 아베를 위해 특별히 보내 주신 사람이라고 나는 그렇게 믿고 싶었다. 아베를 위해서, 그리고 나 자신의 아직 꺼지지 않고 있는 그 더러운 생명의 마지막 연소를 위해서 나는 그 사람과 결혼했다. 그는 가능한 한 6·25 때 실종된 내 전남편 최창배 씨 앞으로 출생 신고 된 아베를 완전히 자기 자식으로 바꿔 놓고 싶다고 그 법적 절차까지 다 알아 두고 있었다.

그러나 나는 그 문제만은 단호하게 머리를 저었다. 아비 없는 자식으로 키우기보다는 차라리 떳떳이 김 씨 성을 주어 자식을 삼겠다는 그의 진심을 내가 모르는 바 아니었지만 나는 마음속에서 그것을 용납할 수 없었다. 아무리 저주받은 병신으로 이 세상에 제구실을 못하고 죽을 그런 인간이지만 아베는 어디까

쟁쟁하다(錚錚--) 전에 들었던 말이나 소리가 귀에 울리는 듯하다.
연소(燃燒) 불이 붙어서 타는 현상.
용납하다(容納--) 어떤 물건이나 상황을 받아들이다.

지나 최 씨 가문의 핏줄이었던 것이다. 더욱이 아베는 4대 독자 집안의 유일한 뿌리로 남았던 것이다. 아베가 더 뿌리를 내리든 아베 대에서 그 뿌리가 끊겨지든 그것은 문제가 아니었다. 아베는 어디까지나 최창배의 자식이지 김상만 그의 자식은 될 수 없는 게 아닌가.

나는 내 둘째 남편 김상만 씨가 어떤 불치의 병을 가지고 있는 사람이라는 걸 쉽게 알아냈다. 물론 그 병은 눈으로 가늠할 수 있는 어떤 육신의 병이 아니었다. 뭔가 삶의 의욕을 잃은 것 같은 그의 그 멍청함을 통해 나는 한 인간이 지닌 고뇌의 깊이를 생각할 수 있었다.

우리들 사이에서 첫애가 태어나기 전에 나는 내 가슴에 새겨진 상처 하나를 그에게 털어 보였다. 남들이 말하는 부부의 쾌락을 우리는 전혀 느끼지 못하고 있었고 나는 그 원인이 모두 내 상처에서 비롯된다고 그렇게 믿고 있었기 때문이다. 우리들은 몸에 불을 붙여 활활 타오른 다음 그 육체적 결합을 통해 구원받고자 안간힘을 썼다. 그이는 나보다 더 집요하게 자신의 몸에 불을 당기기 위해 발버둥쳤다. 그러나 우리는 동물이 생식

가늠하다 어림잡아 헤아리다.
고뇌(苦惱) 괴로워하고 번뇌함.
✤ 우리들 사이에서 첫애가 ~ 믿고 있었기 때문이다 두 사람은 서로와의 성관계에서 만족감을 느끼는 것이 불가능했다. '나(아베의 엄마)'는 그것이 미군 병사들에게 성폭행을 당하여 생긴 정신적 상처 때문이라 생각하고, 그 일에 대해 고백한 것이다.
생식(生殖) 생물이 자기와 닮은 개체를 만들어 종족을 유지함. 또는 그런 현상.

본능에 의해 갖는 그런 요식 행위 이상의 결합을 가질 수 없었다. 우리는 서로 몸을 기댄 채 허망한 마음으로 안타까움을 달래곤 했다. 그럴 때 나는 참지 못하고 여자가 무덤 속까지 가지고 가야 할 그런 과거를 털어놓았던 것이다.

"다 알고 있었소. 동네 사람들이 그 얘기부터 해 줍디다."

나는 내 몸이 천 길 낭떠러지로 떨어져 내리는 현기증을 느꼈다.

"당신 그러면 그 일 때문에……?"*

내가 신음처럼 중얼거리자 그이는 고개를 가로저으며 내 어깨를 어루만졌다.

"아베 엄마, 당신 지금도 그 사람들을 미워하고 있소?"

얼마 만에 그이가 조용히 물었다.

"그럼 제가 그 사람들을 사랑해야 되겠어요? 난 이제 아무도 미워하지 않아요. 미운 건 오직 내가 왜 이렇게 끈질기게 살아야 하는가 하는 그 의문이에요. 나는 이 의문이 머릿속에 떠오를 때마다 두려워서 견딜 수가 없어요."

"무슨 소릴 하는 거요. 당신은 아베를 키워야 할 엄마고 또한 우리들이 갖게 될 아이들의 엄마이기 때문에 당당하게 살

요식 행위(要式行爲) 일정한 방식을 필요로 하는 법률 행위. 여기에서는 문맥상 '명목에 겨우 맞출 수 있을 뿐, 만족스럽지는 못한 정도의 행위'를 의미함.
✤ 당신 그러면 그 일 때문에……? 그 일을 알고 있어서, 깨끗하지 못한 여자라는 생각 때문에 성관계에 몰입할 수 없었던 것이냐는 물음이다.

아야 하는 거요."

"아베는 키울 만한 가치가 없는 병신이에요. 그런데 당신은 입때껏 아베를 사랑해 왔어요. 아니에요. 사랑하는 척해 왔어요. 나는 그 사실이 무서워요. 줄타기에 나간 애인을 바라보는 여자처럼 나는 겁나고 조마스러워요. 어떻게 자신의 핏줄이 아닌 병신 자식을 사랑할 수 있단 말예요."

"사랑할 수 있소. 난 아베를 내가 낳은 자식처럼 사랑하면서 살 수 있소. 두고 보면 알 것이오."

"그렇지 않아요. 우리들 사이에서 아이들이 태어나면 당신 마음이 달라져요. 동정과 사랑은 같을 수가 없어요."

나는 여자의 본능으로 내 자식에 대한 사랑을 확인받고 싶었던 것이다.

"동정이든 사랑이든 아베를 버릴 수가 없소. 아베는 내 자식이오."

그이가 결연하게 외쳤다. 그리고 말하기 시작했다.

— 내가 아베와 거의 비슷한 아이를 만난 것은 1·4 후퇴 당시 황해도 내 고향 근처의 어느 산속에서였소. 서울서 대학을 다니다가 난리를 만났고 유엔군과 함께 북진하는 국군에 뛰어든 거요. 고향에 두고 온 내 부모를 만나고 싶었던 것이오. 북쪽

입때껏 여태껏.
조마스럽다 일에 대하여 마음이 초조하고 불안한 느낌이 있다.
북진하다(北進--) 북쪽으로 진출하거나 진격하다.

으로 가기만 하면 내 부모들을 만날 수 있을 것이라고 생각했던 거요. 물밀 듯 밀고 올라갈 때는 이제 아무 때고 부모를 만날 수 있다는 생각에 무턱 고향을 지나쳤지만 막상 중공군에게 밀려 내려오게 됐을 때 나는 고향 땅을 그냥 지나칠 수가 없었소. 불현듯˚ 고향 마을이 눈에 삼삼히˚ 잡히고 삼팔선이 막히기 전 마지막 본 부모님과 형들이 미치게 보고 싶었소. 더구나 고향 마을에는 양가˚ 부모님들끼리 내약해˚ 놓은 내 약혼자가 있었던 것이오. 나는 그때 고향 집에 돌아가고 싶다는 생각 외는 아무것도 생각할 수 없었소. 사상도 나라도 내게는 상관이 없는 거였소.

  나는 후퇴하는 부대 후미로 뒤처지기 시작했소. 산 하나를 넘으면 내 고향 마을이 보일 수 있는 그런 낯익은 길을 걷고 있었소. 나는 정말 잠깐 동안이면 내 고향 집에 다다라 보고 싶은 얼굴들을 만날 수 있을 것 같았소. 그리고 내 부모들을 이끌고 남하할˚ 그런 계산도 가지고 있었던 것이오. 나는 내 계획대로 부대에서 이탈하는˚ 데 성공했소. 그러나 나는 내가 숨어 있던 바위 뒤에서 몸을 일으킨 순간 좀 떨어진 곳에 세 사람의 아군이 내 쪽으로 오고 있는 것을 보았소. 한 사람은 부상을 당해 두 사

불현듯 불을 켜서 불이 일어나는 것과 같다는 뜻으로, 갑자기 어떠한 생각이 걷잡을 수 없이 일어나는 모양.
삼삼히 잊히지 않고 눈앞에 보이는 듯 또렷하게.
양가(兩家) 양쪽의 집.
내약하다(內約--) 남몰래 은밀하게 약속하다.
남하하다(南下--) 남쪽으로 내려가다.
이탈하다(離脫--) 어떤 범위나 대열 따위에서 떨어져 나오거나 떨어져 나가다.

아베의 가족

람이 그를 부축해서 걸어오고 있었소. 나는 몸을 숨길 겨를도 없이 그들에게 발각되었소. 그들은 이제 내 적이었소.

"어이, 이것 좀 받아 줘."

그들 중에서 한 사람이 내게 자신들의 총을 내주었소. 가운데 부축을 당한 병사는 외상이 아닌 듯 배를 움켜쥐고 신음하고 있었소. 부대는 이미 산모퉁이를 다 돌아가 보이지 않고 있었소. 나는 그들 뒤에서 총을 쏘아 댔던 것이오. 세 사람이 땅에 쓰러져 뒹굴었소. 나는 카빈총 하나를 들고 길을 벗어나 산속으로 치뛰기 시작했소. 얼마쯤 치뛰다가 문득 길 쪽을 돌아보니 그 순백의 눈 속에 넘어졌던 세 병사 중에서 한 사람이 일어나 한쪽 무릎을 땅에 끌며 움직이고 있었소. 그는 얼마 못 가 다시 눈 속에 넘어졌다간 다시 일어나 그렇게 어려운 걸음을 떼어 놓고 있었소. 나는 다시 정신없이 산을 치뛰기 시작했소. 바람에 눈이 몰려 어떤 지점은 허벅지까지 눈에 덮였지만 나는 몇 시간이고 그렇게 산속을 헤맸던 것이오. 아무리 겨냥해 봐도 내가 목표로 했던 고향 마을의 낯익은 산은 찾을 수가 없었소. 나는 다음 날 새벽까지 그 눈 덮인 산속을 헤맸던 것이오. 나는 몸에 지닌 건빵 한 조각도 없이 산속을 헤매느라 기진맥진하였고 무

외상(外傷) 몸의 겉에 생긴 상처를 통틀어 이르는 말.
카빈총(carbine銃) 비교적 가벼우며, 자동식 및 반자동식이 있는 미국 육군의 소총.
치뛰다 아래에서 위를 향하여 뛰다.
기진맥진하다(氣盡脈盡--) 기운이 다하고 맥이 다 빠져 스스로 가누지 못할 지경이 되다.

서운 허기를 느꼈소. 발과 손이 얼어 감각을 잃었고 나는 아무데나 쓰러져 잠들고 싶도록 지쳐 있었던 것이오. 그때 내 눈앞에 문득 초가 한 채가 보였소. 산 밑 외딴집이었소. 그 외딴 초가로부터 꽤 떨어진 곳에 서너 채의 인가가 또 보였소. 나는 모자와 계급장을 다 떼어 버리고 그 외딴집으로 숨어들었소. 봉당에 한 아이가 앉아 똥을 누고 있었는데 아랫도리는 아베처럼 아예 벌거벗고 있었소. 대여섯 살쯤 돼 보이는 아이였소. 그 아이가 사립문을 들어선 나를 향해 히쭉 웃었소. 나는 총을 겨누면서 봉당에 올라서자 방문을 열어젖혔소. 식구들이 껌껌한 방에 모여 앉아 밥을 먹고 있는 중이었소. 나는 그들을 방 한구석으로 몰아붙인 다음 상 위의 밥을 허겁지겁 퍼 넣기 시작했던 거요. 우툴두툴한 옥수수밥이었는데 나는 지금도 그 옥수수밥 맛을 잊을 수가 없소. 방구석에서 쯧쯧 혀를 차는 소리가 들렸소. 정신없이 밥을 퍼먹던 나는 무의식중 그리로 총구를 들이댔소. 벌벌 떨면서 웅크리고 앉은 사람들 속에 얼굴이 쪼글쪼글 늙은 안노인네가 내 얼굴을 딱하다는 그런 눈빛으로 쳐다보고 있었소. 그러나 다른 식구들, 중년 부부와 열예닐곱쯤 돼 보이는 처녀, 그리고 사내아이가 둘— 그들은 살기 띤 내 눈을 피해 얼굴을 돌리며 몸을 와들와들 떨고 있었소. 나는 다시 정신없이 옥

허기(虛氣) 속이 비어 허전한 기운.
인가(人家) 사람이 사는 집.
안노인네(- 老人 -) 집안의 여자 노인.

수수밥을 퍼먹다가 소스라치게 놀랐소. 누가 내 등에 업힌 것이었소. 나는 그것을 방바닥에 밀어 던졌소. 봉당에서 똥을 누던 그 어린애였소. 놈은 방바닥에 나가떨어져서도 나를 향해 히죽이 웃었소. 밥을 다 퍼먹고 나자 얼었던 몸이 방 안 온기에 풀리면서 나는 심한 식곤증˙을 느끼었소. 나는 총을 거머쥔 채 벽에 기대 눈을 감았던 거요. 형언할 수 없는 그런 안식˙이 내 몸 전체를 녹여내리고 있었소. 깜박 졸았던 모양이오. 어떤 기척에 퍼뜩 정신을 차려 보니 방 안 공기가 이상했소. 사십대 그 주인 남자가 보이지 않았소. 나는 문을 열어젖혔고 거기 봉당을 내려서는 그를 보았소. 나는 정말 무의식중에 그 사내를 향해 총을 쏘았던 것이오. 그리고 귀청을 찢는 비명을 들었소. 나는 몸을 돌려 어둑한 그 방구석을 향해 총을 난사했소. 턱이 덜덜 떨리는 공포를 느끼면서 실탄˙ 케이스를 갈아 끼운 다음 다시 총을 쏘아 대기 시작했소. 그리고 밖으로 뛰쳐나왔소. 내가 쏜 그 주인 남자가 봉당에서 마당으로 떨어진 채 피를 쏟으며 쓰러져 있었소. 사립˙을 나서면서 나는 문득 방 쪽을 돌아다보았소. 그때 방문턱에 벌거벗은 아랫도리를 그냥 내놓은 채 걸터앉아 나를 향해 히죽 웃고 있는 그 반편이˙ 사내아이를 보았던 것이오.

식곤증(食困症) 음식을 먹은 뒤에 몸이 나른해지고 졸음이 오는 증상.
안식(安息) 편히 쉼.
실탄(實彈) 쏘았을 때 실제로 효력을 나타내는 탄알.
사립 사립문. 나뭇가지를 엮은 문짝을 달아서 만든 문.
반편이(半偏-) 지능이 보통 사람보다 모자라는 사람을 낮잡아 이르는 말.

나는 비로소 정신을 되찾아 도망치기 시작한 거요. 나는 후퇴하는 다른 잔류 부대를 만나 곧 원대 복귀할 수 있었고, 정신에 이상이 있다고 낙인이 찍혀 병원으로 넘겨져 거기서 제대를 했던 것이오.

나는 길거리에서 다리를 저는 상이용사만 만나면 가슴이 철렁 내려앉으면서 며칠씩 손에 맥살이 풀렸소. 한쪽 무릎을 끌고 눈길을 걷다가 쓰러지고 다시 일어나 걷곤 하던 그 병사의 환영이 나를 괴롭혔던 것이오. 나는 내가 죽인 사람들 때문에 괴로워한 게 아니라 내가 죽이지 못한 사람, 그 절름거리는 병사와 문턱에 걸터앉아 나를 향해 웃던 반편이 사내아이가 내 삶의 알맹이를 모조리 빼앗아 가 버렸던 것이오. 나는 어렸을 때 강둑에서 살모사 한 마리를 죽인 적이 있는데 뱀에 대한 극도의 공포로 해서 나무 막대기를 정신없이 내리쳐 흐치흐치 문드러질 정도로 만든 다음 풀숲에 던지고 돌아왔던 것이오. 그러나 저녁을 먹고 잠자리에 든 순간 문득 살모사는 꼬리만 성하면 땅 기운을 맡아 다시 살아나서 원수를 갚는다는 아이들 말이 생각났소. 나는 부랴부랴 잠자리에서 일어나 어두워진 강둑으로 달려가 그 죽은 뱀을 찾아냈던 것이오. 그리고 이제는 더 살아날 수 없을 정도

잔류(殘留) 뒤에 처져 남아 있음.
원대(原隊) 파견 또는 지원을 나온 부대나 병력이 본래 소속되어 있는 부대.
상이용사(傷痍勇士) 군에서 복무하다가 부상을 입고 제대한 병사.
맥살(脈-) 맥(脈). 기운이나 힘.
환영(幻影) 눈앞에 없는 것이 있는 것처럼 보이는 것.

까지 돌로 짓이겨 놓은 다음 뽕나무 가지에 걸어 놓고 돌아왔던 것이오. 이제야 잠을 잘 수가 있었소. 아마 나는 그곳이 휴전선 이쪽이었다면 당장 달려가 그 아이를 찾아내었을 게 틀림없소. 그리고 그 반편이 아이를 죽였을는지도 모르오. 그리고 여기저기 떠돌며 살다가 당신이 살고 있는 그곳에서 아베를 본 것이었소. 나는 결코 내 눈을 의심하지 않았소. 나는 아베가 바로 몇 년 전 내가 죽이지 못한 그 아이라고 생각했소. 물론 나이도 모습도 많이 틀렸지만 나는 그런 것을 생각할 겨를이 없었던 거요. 나는 아랫도리를 벌거벗고 땅바닥에 앉아 노는 아이를 안아 올렸소. 아무 생각도 없이 그렇게 했던 것이오. 그 순간 나는 실로 형언할 수 없는 충동으로 몸을 떨었소. 그것을 뭐라고 설명해야 될는지……. 그렇소. 나는 가슴으로 끓어오르는 뜨겁고 커다란 것을 분명히 느낄 수 있었던 것이오. 그것은 사랑이었소.

남편은 그 사랑을 충분히 입증해 보였다. 우리들 사이에서 네 아이가 태어나 큰애 진호가 열여덟 살이 되도록 아베에 대한 남편의 사랑은 변함이 없었다. 그는 어떠한 경우, 어떠한 사람 앞에서도 아베를 자기 자식이라고 말했다. 아버지, 어째서 아베는 호적에 안 올라 있는 거예요? 고등학교에 들어가기 위해서 주민

틀리다 문맥상 '다르다'의 뜻으로 쓰임.
입증하다(立證--) 어떤 증거 따위를 내세워 증명하다.

등록을 떼어 온 진호가 그렇게 난처한 질문을 던졌다. 그런 난처한 경우가 한두 번이 아니었다. 그럴 때마다 남편은 대답했다. 병신 자식이라 남들이 다 제대로 살지 못할 거라고 해서 한두 해 미루다가 이렇게 됐구나. 그처럼 남편은 철두철미하게 아베를 자기의 자식들과 구별 없이 키웠다. 아베로 인해서 집안이 시끄럽고 아이들이 비뚤어져 나가도 그이는 이렇다 말 한마디 없이 지내 왔다. 오히려 그는 아베로 인해서 내 마음이 상하는 게 괴로운 듯 늘 안타까운 얼굴을 보이곤 했던 것이다. 나는 다시 한 번 당신이 저주 내리신 불쌍한 아베를 어여삐 여기사 그 사람을 보내 주신 하느님한테 감사했다.

아아, 그러나 하느님은 아직 내 편이 아니었다. 나는 이제 하늘을 잃었다. 어둠과 절망과 내 가슴을 찢기는 아픔만이 내게 남아 있었다.

동두천에서 온 남편의 여동생, 아이들의 고모가 찾아왔을 때부터 나는 가슴에 구멍이 뚫리기 시작하는 남편을 알아볼 수 있었다. 고모의 몸에서는 노린내가 났다. 나는 그 노린내를 맡으면서 이상한 예감으로 가슴을 떨었다. 그 여자가 아베를 짐승처럼 바라보던 그 눈을 통해서 나는 육감적으로 어떤 불길한 생각

철두철미하다(徹頭徹尾--) 처음부터 끝까지 철저하다.
육감적(六感的) 어떤 상황이나 일에 대하여 예측되는 본능적 느낌이 드는 것.

을 떠올렸던 것이다.

　남편은 이제 아베를 버리고 자기의 혈육인 그 여동생을 통해서 구원받으려 하고 있었다. 남편은 타고나기를 심약한˙ 기질˙이라 아베를 통해 한 가닥 빛을 찾았을 뿐 그 뒤로도 계속 죄의식에 시달리는 생활을 해 왔던 것이다. 그의 가슴속에는 아직도 확인하지 못한 그 절름거리는 병사와 그가 죽인 사람들이 하나 둘 살아나서 그를 괴롭히고 있었던 것이다. 그는 항상 멍청해 있지 않으면 어렵게 얻은 직장을 쫓기듯 허둥허둥 물러나와 겁먹은 얼굴로 방에 숨어 살았다. 그이는 자기와 같은 피부, 같은 생각, 자기와 같은 말을 하는 사람들을 겁내고 있었다. 그이는 한국을 떠나 어디 먼 곳에 가 살고 싶다고 늘 말해 왔다. 숨이 막혀. 그는 늘 기어들어 가는 소리로 말했다. 북한에 살아 계실는지도 모르는 그의 부모 형제 얘기만 나오면 가슴을 쥐어뜯으며, 아이구 답답해, 아이구 답답해, 그렇게 신음하곤 했다.

　그러한 남편으로 해서 우리 가족은 오늘의 안일˙은 물론 내일의 희망까지 빼앗긴 채 늘 우울하고 암담한 시간을 가져야 했다. 나는 그 숨 막히는 어둠 속에서 우리 가족을 건져 올리고 싶었다. 암담한 뿌리를 송두리째 끊어 버리고 보다 희망 있는 굳건한 뿌리를 뻗게 하고 싶었던 것이다. 그러나 우리는 가난을,

---

심약하다(心弱--) 마음이 여리고 약하다.
기질(氣質) 자극에 대한 민감성이나 특정한 정서적 반응을 보여 주는 개인의 성격적 소질.
안일(安逸) 편안하고 한가로움. 또는 편안함만을 누리려는 태도.

그 비참한 가난을 헤어나지 못하고 허덕거려야 했으며 이제 스물다섯으로 접어드는 아베로 해서 집안은 항상 음습했다. 아베는 커 갈수록 동물의 본능인 그 성적 욕구를 발산하지 못해 에미인 나한테까지 몸을 비벼 대곤 했다. 아베와 피가 다른* 우리 아이들은 정말 본능적으로 아베를 싫어했다. 남편의 그 무기력과 아베로 인해서 우리 아이들은 떡잎부터 누렇게 시들고 있었다. 진호가 학교에서 제적을 당하고 그리고 계속해서 사고를 냈다. 제 친구 여럿과 함께 벌인 그 사고를 알았을 때 나는 죽어 버리기로 마음먹었다. 이때껏 그 굴욕과 고통에 찬 삶을 용케 견뎌 온 나로서도 진호의 그 일을 보고서는 정말 이 세상이 싫었던 것이다.

이때 미국에 사는 아이들 고모한테서 초청장이 날아왔던 것이다. 아이들은 물론 남편까지 좋아라 날뛰었다. 사실 남편은 오래전부터 동생으로부터 초청장이 오기를 기다려 오던 터였다. 나 역시 한때 기뻤다. 내 남편이 그처럼 좋아하는 일이며 내 사랑하는 자식들을 위해서라면 어딘들 못 갈 것인가. 그래, 남편에게 숨이 트이는 넓은 하늘을 주자. 그리고 빛을 받지 못해 휘어진 내 아이들이 싱싱한 빛깔을 되찾아 꼿꼿이 뿌리를 내리

음습하다(陰濕--) 정서적으로 느끼기에 음산하고 눅눅하다.
✱ 피가 다른 여기에서는 '아버지가 다른'이라는 뜻으로 쓰임.
제적(除籍) 학적, 당적 따위에서 이름을 지워 버림.
굴욕(屈辱) 남에게 억눌리어 업신여김을 받음.
한때 일시(一時). 어느 한 시기의 짧은 동안에.

는 그 역사의 현장으로 가자. 나는 남편과 아이들의 뜻에 순순히 따르기로 했다.

이민에 따르는 그 어려운 국내 여권 수속은 주로 내 힘으로 했다. 남편은 지레 겁을 집어먹고 그 일에 나서지 않으려 했다. 오십 나이에 태권도다 용접 기술이다 그런 데만 쫓아다니느라고 정신이 없었다. 그이는 어린애가 됐다. 나는 남편이 보이는 그런 배신적 변화에 대해 이를 악물고 아무런 불평 한마디 하지 않았다. 그는 어디까지나 내 하늘이었던 것이다. 그러나 나는 그 까다로운 수속에 필요한 서류를 구비하느라 오랜 시간을 보내면서 아무도 몰래 울음을 삼켰다. 나는 그 미어지는 가슴을 누구에게 털어 보일 수가 없었다. 물론 죽음도 생각해 보았다. 그러나 내 남편과 아이들을 위해서 그것은 있을 수 없는 일이라고 나는 마음속에 다짐했다. 그들과 함께 미국으로 가 그들 곁에서 그들에게 힘을 보태야 하는 것이 아내와 에미로서의 도리라고 생각한 것이다.

어제 비자 발급을 위한 면접을 했다. 우리 식구들은 대사관

구비하다(具備--) 있어야 할 것을 빠짐없이 다 갖추다.
미어지다 (비유적으로) 가슴이 찢어질 듯이 심한 고통이나 슬픔을 느끼다.
비자(visa) 사증(査證). 외국인에 대한 출입국 허가의 증명.
대사관(大使館) 대사가 주재국에서 공무를 처리하는 기관. 또는 그런 청사(廳舍). 일반적으로 주재국의 수도에 설치하며, 국제법에 따라 본국 영지(領地)와 동일하게 간주되며 불가침권을 가진다. 여기에서는 주한 미국 대사관을 의미한다.
　주재국(駐在國) 대사, 공사 따위의 외교관이 나라의 명령으로 머물러 있는 나라.

영사과에 나갔다. 영사과 정문 수위의 출입 확인을 받는 순간 남편의 손은 떨고 있었다. 아침 8시에 들어가 12시에 호출을 받기까지 남편은 안절부절하지 못했다. 나는 은근히 겁이 났다. 우리들이 비자 신청 서식에 답한 그 42가지의 질문 중 '당신은 체포되거나 유죄 판결 혹은 감옥에 구금된 일이 있습니까' 란 것이 있는데, 만약 영사관 쪽에서 그런 걸 물으면 남편이 '예, 나는 사람을 죽였습니다.' 그렇게 대답할 것 같은 얼굴을 하고 있었기 때문이다.

기다린 시간과는 달리 면접 시간은 빨랐다.

"여기 적은 모든 사항이 거짓이 없다는 것을 맹세할 수 있습니까?"

미국인의 말을 한국 여자가 통역했다.

남편은 우물우물 입속말로 대답했다. 물론 우리들이 기재한 그 내용에는 아무런 하자가 있을 수 없었다.

남편과 나, 진호, 정희, 진구 그리고 막내— 한 호적에 올라 있는 우리 여섯 식구는 분명한 가족이며 이민 허가가 제한되는 정신병자, 심신 허약자, 알코올 중독자, 마약 중독자, 귀머거리,

---

영사과(領事科) 외국에 있으면서 본국의 무역 통상의 이익을 도모하며 아울러 자국민의 보호를 담당하는 부서.
서식(書式) 증서, 원서, 신고서 따위와 같은 서류를 꾸미는 일정한 방식.
구금되다(拘禁--) 피고인 또는 피의자가 구치소나 교도소 따위에 갇혀 신체의 자유가 구속되는 강제 처분을 받다.
기재하다(記載--) 문서 따위에 기록하여 올리다.
하자(瑕疵) 흠(欠). 있어야 할 것이 없거나 잘못된 상태.

벙어리가 아니라는 증거가 신체검사 결과서에 나타나 있었던 것이다.

면접을 끝내고 집에 돌아오니 아베가 방구석에 갇힌 채 잠들어 있었다. 아이들이 집을 나갈 때 문고리를 밖에서 잠갔던 것이다. 아베 나이 스물여섯, 열흘만 지나면 그의 생일이었다.

오늘도 식구들은 아베에 대해서 일체 입을 열지 않았다. 하느님이 당신의 버리신 자식을 위해서 보냈다고 내게 믿음을 주셨던 남편마저 아베 같은 건 까맣게 잊고 있었다.

다만 막내가 한마디 했을 뿐이다.

"엄마, 아베도 정말 같이 가는 거지?"

"그러엄, 큰형도 가고말고!"

나는 더 참지 못하고 밖으로 뛰쳐나왔다. 하느님 아버지, 원하옵건대 제발 이 죄인에게 힘을 주옵……

3

저녁 8시쯤 돼서 석필이가 나타났다. 예비군들이 입는 얼룩무늬 옷에 머리는 빡빡이었다. 4년 세월이 그 애송이 얼굴을 어느 정도 어른 티가 나게 바꿔 놓고 있었다.

애송이 애티가 나는 사람이나 물건.

"재두 갠 너 미국 가구 얼마 안 돼 뱃놈 된다구 부산 내려가선 아직 소식 깜깜이다. 그때 걔 애기론 원양 어선 타구 외국에 나가 배에서 도망친다고 했다."

"재두 걔, 간질병이 심하잖니?"

"누가 아니래. 그러니까 아무도 아는 사람이 없는 외국에 나가 혼자 살다가 죽겠다는 거지."

"부산 간 뒤론 정말 소식이 없단 말이지?"

"그렇다니까. 나쁜 새끼 같으니라구. 걔네 꼰댄 천호동 사는데 한 번 찾아가 봤더니 아직두 사는 게 말 아니더라. 재두 여동생이 벌어서 먹구산대."

"형표 걘 군대 갔다면서?"

"그래, 작년 봄에 갔다. 휴가 한 번 나왔었는데 최전방이라구 하더라. 저쪽 놈들하고 서로 얼굴을 쳐다보면서 웃기도 한다더라."

"군대 생활 할 만하대?"

"집에서 지내는 것보다 백번 낫다구 하더라. 삼 년 푹 썩으면서 사람 되는 거지 뭐."

"걔 군대 가기 전에두 또 사고 냈냐?"

뱃놈 배를 부리거나 배에서 일을 하는 사람, 즉 '뱃사람'을 낮잡아 이르는 말.
원양 어선(遠洋漁船) 먼바다를 장기간에 걸쳐 항해하며 어업을 할 수 있도록 설비를 갖춘 배.
간질병(癎疾病) 경련과 의식 장애를 일으키는 발작 증상이 되풀이되는 병.
꼰댄 꼰대는. '꼰대'는 '늙은이' 또는 '선생님'을 가리키는 은어. 여기에서는 '아버지'를 뜻함.
최전방(最前方) 적과 맞서는 맨 앞의 전선(戰線). 여기에서는 '휴전선 바로 이남의 부대'를 뜻함.

"별루. 참, 형표 군대 가기 전에 페인트 만드는 공장에 취직했었다. 한 달에 육만 원씩 받아 적금두 들구 즈 살림에도 보태고……."

"야, 정말 놀랬다. 그런데 형표 아버지 병은 고쳤냐?"

"고치긴— 너 미국 가구 금방 돌아가셨다. 돈이 있었으면 수술을 했을 건데 그냥 질질 시간만 끌다가 간 거지 뭐."

"결국 고향에두 못 가 보고 돌아가셨구나!"

"돌아가시면서 그러더랜다. 이북에 있는 큰아들이 불러서 간다구."

"큰아들?"

"너 몰랐구나? 형표 아버진 6·25 때 월남해서 이북에 두고 온 가족 때문에 주욱 결혼 안 하구 있다가 나중에 결혼해서 형표를 낳은 거야."

"그랬었구나, 어쩐지……."

그러다가 나는 문득 석필이 형 생각이 났다. 우리 4인조 중에서 석필이네 가정 형편이 제일 나은 편이었다. 석필이 형은 대학에 다녔다. 수재라고 소문이 자자했다. 그러던 중 대학의 무슨 학생 서클 관계로 제적을 당했던 것이다. 제적을 당하고도 학교에 드나들며 무슨 일을 일으켜 끝내 감옥에 간 것을 보고 우리는 미국으로 떠났던 것이다.

월남하다(越南--) 북쪽에서 삼팔선이나 휴전선의 남쪽으로 넘어오다.

"야, 느 형 어떻게 됐냐?"

"응, 1년 하고도 3개월 치르구 나왔다."

"학교는?"

"고만이지 뭐. 집에서 빈둥빈둥 놀다가 요즘 맘 잡구 산업 전사 됐다."

"산업 전사?"

"공돌이 된 거지 뭐. 적성에 딱 맞는대. 야 참, 더 웃기는 건 말이야, 너 놀래지 마!"

"말해 봐, 난 미국 시민이다."

"너, 내 얘기 믿어지지 않을 거다. 우리 형 결혼했다."

"미국 시민은 그런 유머에 안 웃는다. 미국 사람두 결혼하거든."

"인마, 그게 아냐. 우리 형이 누구하고 결혼했는지 그걸 알면 미국 놈도 놀랄 거다."

"누군데? 여자냐?"

"그래, 여자다. 너 유성애란 여자 기억나겠지?"

"유성애? 글쎄…… 듣던 이름 같다."

"역시 미국은 좋은 나란가 보다. 넌 행복하구나."*

산업 전사(產業戰士) 주로 예전에, 생산업에 종사하는 사람들을 명예롭게 칭하던 말.
공돌이(工--) 공장에서 일하는 남자를 낮잡아 이르는 말.
✽ 역시 미국은 좋은 나란가 보다. 넌 행복하구나 한국 땅에서 있었던 불행한 일, 부끄러운 일들을 잊어버릴 수 있으므로 미국은 '좋은 나라'라는 것이다.

"말해 봐. 그 유성애란 여자가 니 형수님이란 말이지?"

"너 도깨비시장서 열쇠 장수 하던 유 씨라면 생각날 게다. 우릴 경찰서에서 꺼내 준 바로 그 사람 말이다."

"…… 그 유 씨 딸이 느 형하고?"

"기쁘다. 미국 놈도 놀래 줘서. 어떻든 느덜이 나눠 가져야 할 괴로움 나 혼자 때우느랴 말씀 아니다."

"느 형 미쳤구나!"

"우리 형이 미친 게 아니라 우리 형수님이 뻔뻔이스트지."

나는 벌떡 일어나 여관방 벽에 걸린 남방셔츠를 벗겨 입었다.

"나가자!"

"너 일기 쓰냐?"

석필이가 가방 옆에 놓인 대학 노트를 끌어당기며 물었다. 나는 석필이 손에서 그 노트를 낚아채어 가방 밑바닥에 넣은 다음 지퍼를 채웠다.

"일기가 아냐, 역사책이다."

"너 미국 사람 되더니 늦게 사람 됐구나. 공불 다 하구!"

"그래, 나 공부 좀 더 하러 왔다. 4인조 해단식도 해야 하겠고……."

도깨비시장(---市場) 도떼기시장. 질서가 없고 시끌벅적한 비정상적 시장.
때우다 다른 수단을 써서 어떤 일을 보충하거나 대충 해결하다.
뻔뻔이스트 '뻔뻔하다'의 어근에 사람을 뜻하는 영어 어미 '-ist'를 결합한 말장난. '뻔뻔한 사람'이라는 의미.
해단식(解團式) 단체를 해산하는 의식.

"해단식?"

"결단식이 있었으면 해단식도 있는 법이다. 생각이 깊어지면 어릴 때 한 짓이 우스꽝스러워진다."

"미국식이냐?"

"우리 아버지식이다 왜."

석필이가 뭔가 얘기를 더 하고 싶어 했지만 나는 앞장서서 여관을 나왔다.

"아저씨, 늦게 들어오실 거예요?"

잡채밥 하나를 얻어먹은 사내애가 문턱 나무 의자에 앉았다가 아는 체를 했다.

"그래, 내 방에 가방 좀 잘 봐줘라."

여관 현관 위의 전등에 날파리가 어지럽게 날고 있었다. 비라도 올 듯 후덥덥한 여름이었다.

"너 아는 데 맥주집 하나 안내해라. 미국 시민은 돈이 많다."

시장통을 걸으면서 내가 말했다. 밖에 나오자 석필이는 어느새 빡빡머리에 얼룩무늬 모자를 쓰고 있었다.

"맥주 마심 나 배탈 난다. 우리 쐬주 먹자!"

"쐬주? 우리 둘이서?"

"난 혼자서두 잘 마신다. 우리 형수님 얼굴 본 날은 꼭 혼자서

결단식(結團式) 단체를 결성하는 의식.
쐬주 소주(燒酒).

쐬줄 마셔야 잠이 온다. 넷이 먹어야 할 걸 나 혼자 마신다."

그래, 그때 우리는 넷이서 처음으로 술을 입에 댔지. 지금 저 어둠 속 천수산 중턱에 모여 앉아 아랫동네에서 사 가지고 올라온 4홉들이 소주 두 병을 돌려 가며* 거꾸로 물고 나팔을 불었지.* 그렇지만 우리들은 꿀꺽꿀꺽 먹는 시늉만 떨었을 뿐 술은 좀처럼 없어지지 않았어. 반은 그냥 흘려 버렸지. 그러나 몇 모금씩 목구멍을 넘어간 소주는 우리들을 풍선처럼 부풀려 올렸던 거야. 죽어 버리고 싶다, 내가 말했지.

나두. 석필이가.

나는 살고 싶지 않다. 형표 말을 받아 재두가 말했다.

이하 동문이다. 우리들은 더 많은 말을 했다.

그러나 — 내가 말했다. 그러나 우리는 죽을 수 없다. 죽을 필요가 없다구. 이 병신 천치 머저리 같은 새끼들아, 우리가 왜 죽니?

맞아, 우린 죽지 않는다. 석필이가 말했다. 성공해야 한다. 우린 성공해야 한다.

그래, 돈을 버는 거다. 돈, 여자 — 그리고 오래오래 잘 먹고 잘 사는 거다.

4홉들이 4홉이 들어가는. '홉'은 곡식·가루·액체 따위의 부피를 잴 때 쓰는 단위로, 한 홉은 약 180 mL에 해당한다.
❋ 돌려 가며 번갈아 가며.
❋ 나팔을 불었지 '나팔(나발)을 불다'는 '술이나 음료를 병째로 마시다'라는 뜻이다.
이하 동문(以下同文) 아래 내용은 똑같다. 여기에서는 '마찬가지다'라는 뜻으로 쓰임.

재두가 그렇게 말하면서 이제까지 허풍과는 달리 벌떡벌떡 병 나팔을 불었다.

자, 우리 4인조 사자 클럽 결단을 위해서! 형표가 재두의 술병을 빼앗아 벌떡벌떡 들이켜기 시작했다.

우리 위대하신 담임 선생님을 위해서. 내가 술병을 빼앗아 들었다. 나는 그날 무려 4시간 동안이나 교무실 앞 복도에 꿇어앉아 있었다. 선생들이 지나다니며 내 머리통을 쥐어박았다. 이놈 정말 문제아군. 저 새끼 작년에 내가 담임했는데 정말 골치 아팠다구. 부모가 뭐 하는 사람인데? 몰라, 낯짝두 한번 못 봤으니까. 학교 한번 오라구 그렇게 연락을 해두 끄떡두 안 하는 거야. 교무실 사환 계집애가 드나들며 헬금헬금 웃었다. 차가운 시멘트 바닥의 그 습기가 배 속까지 번져 올랐다. 또 한 번 끝종이 울었다. 교실에 들어갔던 선생들이 몰려나오며 또다시 머리통을 쥐어박기 시작했다. 이 새끼, 똑바로 앉지 못해! 교련 선생이 내 꿇어앉은 무릎을 구둣발로 짓이겼다. 나는 4시간 30분 만에 교무실로 불려 들어갔다. 얼어붙은 다리가 저려 일어나다가 그냥 주저앉았다. 담임은 난로가에 앉아 적금 통장을 뒤적이고 있었다. 반성했나? 담임이 물었다. 선생님, 제가 뭘 잘못했는지 말씀해 주십시오. 담임의 얼굴이 험악해졌다. 이 새끼야, 너 정

낯짝 '낯'을 속되게 이르는 말.
사환(使喚) 관청이나 회사, 가게 따위에서 잔심부름을 시키기 위하여 고용한 사람.
끝종 수업 시간이 끝났음을 알리는 종.

말 몰라서 묻냐? 네, 저는 제가 잘못한 걸 모르고 있습니다. 이 새끼 봐라, 이거 너 정말 기어오르기냐? 선생님, 전 등록금을 연기해 달라고 말씀드린 일밖에 없습니다. 이 새끼야, 느 애비 에미가 와서 연기하라구 내가 몇 번씩 말했냐? 우리 부모님들은 학교에 오실 수 없습니다. 교무실의 다른 선생들이 내 주위로 몰려들었다. 야, 이 새끼야, 차렷! 너 인마, 복장 상태가 그게 뭐냐? 이 새끼 이거 지난번 교외에서 만났는데 사복을 입고 다니잖아! 교련 선생이 구둣발로 조인트를 먹였다.✢ 시멘트 바닥에서 얼어붙은 정강이에 무거운 아픔이 왔다. 야, 이 새끼야, 너 학교 다니기 싫지? 담임이 내 멱살을 잡아 풀무질하듯 앞뒤로 흔들어 댔다. 학교 다니기 싫지? 네, 학교 다니기 싫습니다. 자퇴할래? 네, 자퇴하겠습니다.

석필이, 재두, 형표는 중학교 동창이었다. 나하고 비슷한 처지로 학교를 그만두었다. 그러나 유독 재두만은 고질인 간질병 때문에 비관하고 있었다.

자, 시작하는 거다. 4인조 사자 클럽!

교외(校外) 학교의 밖.
✢ 조인트를 먹였다 '조인트(joint)'는 본래 기계·기재 따위의 접합이나 이은 자리를 의미한다. 그러나 여기에 쓰인 '조인트를 먹이다'라는 표현은 '구둣발로 정강이뼈를 걷어차다'라는 의미의 속된 표현이다.
풀무질하다 풀무로 바람을 일으키다.
  풀무 불을 피울 때에 바람을 일으키는 기구.
유독(唯獨/惟獨) 많은 것 가운데 홀로 두드러지게.
고질(痼疾) 오랫동안 앓고 있어 고치기 어려운 병.
비관하다(悲觀--) 인생을 어둡게만 보아 슬퍼하거나 절망스럽게 여기다.

형표가 말했다. 우리들은 담배 한 개비씩을 나누어 물었다. 똑같은 시간에 담배에 불을 붙였다. 그리고 힘껏 다섯 모금씩 빨아들인 다음 서로의 얼굴을 쳐다봤다. 처음 먹은 술에 얼굴이 붉게 물들어 있었다. 우리는 다시 두 번 힘껏 담배를 빨아들이면서 둘씩 짝을 지어 앉았다. 나는 재두의 왼손을 잡았다. 재두 역시 내 왼손을 잡았다. 우리는 동시에 담뱃불을 시곗줄을 걸치는 그 팔목 위에 댔다. 우리는 신음했다. 그러나 이를 악물고 입을 모아 하나…… 두울…… 세엣…… 네엣…… 다섯…… 여섯…… 스물까지 세었다. 살 타는 냄새가 났다. 담뱃불에 지져진 그 시커먼 데서 노란 액체가 줄줄 흘러나왔다. 우리는 그 상처 위에다가 먹다 남은 소주를 부었다. 네 사람 입에서 각기 무서운 비명이 나왔다. 그리고 서로의 얼굴 위에 솟은 땀방울을 쳐다보며 웃었다. ㅎ, ㅎㅎㅎ.

이 세상에 이처럼 무서운 고통은 또 없다! 누군가 말했다.

그렇다. 우리는 이러한 무서운 고통을 참고 견뎠다. 내가 외쳤다.

"아주머니, 여기 날두부˙ 한 접시하고 쐬주 한 병!"

4년 전에도 있었던 낡은 건물 한구석에 자리 잡은 술집에 들어서면서 석필이가 주모˙를 향해 말했다.

날두부 조리하지 않은 그대로의 두부.
주모(酒母) 술청에서 술을 파는 여인.
  술청 술집에서 술을 따라 놓는 널빤지로 만든 긴 탁자.

"웬 날두부냐?"

"우리 형두 교도소서 나올 때 친구들이 연탄재 뒤집어씌우고 날두부 멕이더라, 그렇게 하는 거래."

"야, 내가 교도소서 나온 사람이냐?"

"마찬가지야. 우린 느네가 미국 떠나는 거 보고 부러웠다. 그래서 이렇게 생각했다. 느네가 대역˚죄인이라서 유배˚를 간 거라구. 넌 지금 집행 유예˚로 풀려난 거야. 우리 형처럼 사람이 달라져 나왔겠지!"

유배 — 그렇다. 우리 식구들은 귀양˚을 간 거야. 도피가 아니라구.

"참, 느네 형 생각했던 거보다 빨리 나왔구나. 그때 칠 년이니 팔 년이니 하더니."

"사람이 됐다니까 자꾸 그러는구나. 친구들을 배신한 것만 빼고 —."

"배신?"

"그래, 배신한 거야. 자기만 깨끗했다구 주장한 거지."

"느 형 깨끗했을 거다."

대역(大逆) 국가와 사회의 질서를 어지럽히는 큰 죄. 또는 그런 행위.
유배(流配) 조선 시대의 다섯 가지 형벌 가운데 죄인을 귀양 보내던 일. 그 죄의 가볍고 무거움에 따라 원근(遠近)의 등급이 있었다.
집행 유예(執行猶豫) 3년 이하의 징역 또는 금고의 형이 선고된 범죄자에게 정상을 참작하여 일정한 기간 동안 형의 집행을 유예하는 일. 그 기간을 사고 없이 넘기면 형의 선고 효력이 없어진다.
귀양 고려·조선 시대에, 죄인을 먼 시골이나 섬으로 보내어 일정한 기간 동안 제한된 곳에서만 살게 하던 형벌.

"천만에, 깨끗한 사람이 아냐. 그게 괴로워서 유성애하고 결혼한 거다."

"우리 아버지식이구나."

"느네 아버지?"

나는 대답하지 않았다. 대답을 할 수가 없다. 이해할 수가 없기 때문이다. 그러나 아버지가 어머니를 배신한 것만은 틀림없다. 유배지에서 풀려나기 위해서인지 모른다. 그러나 어머니는 침묵하고 있다. 귀양 온 걸 억울해하고 있는 게 분명하다.

"야, 석필아, 느 형 얘기 마저 듣자. 유성애하고 결혼한 그 얘기."

"얘긴 간단하다. 형이 잡혀 들어가기 전에 우리가 그 일을 저질렀잖니! 그때 우리 집 내 보호자로 형이 왔다 갔다 했잖아. 그러다가 잡혀 들어간 거구, 그 속에서 내내 유성애만 생각했겠지. 그리고 풀려나자 결혼한 거야."

"한국엔 아직도 그런 정신병자가 많구나."

"그런 정신병자 때문에 오히려 많은 사람이 피해를 입는다."

"피해?"

"그래. 물론 우리 형은 따로 나가 산다. 그렇지만 우리 어머니는 며느리 앞에서 고개를 못 든다. 나 괴로운 건 더 말할 수도 없다."

유배지(流配地) 귀양 가서 지내는 곳.

"정말 많이 변했구나. 네가 그 일을 가지고 괴로워하다니! 정말 괴로운 거냐?"

"그래, 괴롭다. 너두 내 입장이 돼 봐라. 형표 걔두 괴로워하더라."

"그렇게 말하는 네 얼굴을 보니까 한국은 정말 살기 좋은 나라라는 생각이 든다. 이제 4인조 사자 클럽은 해체하겠다. 자, 건배!"

우리들은 세상에 무서운 게 없었다. 담뱃불로 팔목을 지글지글 지지던 그 고통을 함께 나눈 우정을 가지고 우리는 하나처럼 움직였다. 산동네와 시장통 어깨들이 우리를 피할 정도였다. 체육관 패들도 우리에게 손을 내밀었다. 미친 어린 개한테 물리긴 싫다. 그들이 그렇게 말했다. 우리는 가끔 천수산 중턱 그 바위 밑에 앉아 술을 마셨다. 미성년인지라 술이 깨기 전엔 마을로 내려갈 수 없었다. 청량리에서 우리 같은 애들한테만 몰래 파는 그 노골적인 성인 만화를 구해다가 그런 시간에 읽었다. 여체와 성기와 그 교성이 환장할 정도로 리얼하게 그려져 있었다. 우리는 견딜 수 없었다. 수음을 했다. 어느 날 그 불량 만화를 보던 중 재두가 간질을 시작했다. 사지를 뒤틀면서 게거품을 입에 물

어깨 힘이나 폭력 따위를 일삼는 불량배를 속되게 이르는 말.
교성(嬌聲) 여자의 간드러지는 소리.
수음(手淫) 손이나 다른 물건으로 자기의 성기를 자극하여 성적(性的) 쾌감을 얻는 행위.
간질(癎疾) 간질병(癎蛭病). 여기에서는 '간질병으로 인한 발작'을 의미함.
게거품 사람이나 동물이 몹시 괴롭거나 흥분했을 때 입에서 나오는 거품 같은 침.

었다. 그리고 잠시 후 부시시 일어나 씨익 웃었다. 그때부터 재두는 말을 잃었다. 우리는 우울했다. 그러나 성기는 팽창한 채 몹시 툴툴거렸다. 그때 우리들 눈앞에 그 계집애가 나타난 것이다. 유성애. 그 현란한 여름옷이 우리의 눈을 현혹했다. 맵시 있게 차려입은 옷이었다. 우리들은 동시에 일어섰다. 재두 혼자만 멍청히 앉아 있었다. 그 계집앤 가까이 보니 생각보다 나이가 들어 보였다. 그러나 우리는 행동을 개시했다. 막상 벗기고 보니 몸이 너무 빈약했다. 그 만화 속의 그림과 같은 것은 오직 그네의 그곳뿐이었다. 그래서 우리는 해치웠다. 만화의 내용과는 너무 달랐다. 우리는 다만 실망과 열적은 그 찜찜한 기분으로 도망쳤다. 그리고 재두네 집에 모여 앉아 기타를 치다가 잡혔다. 우리가 해치운 그 여자애는 시장통 양장점에서 일하는 계집애였다. 어쩐지 옷이 맵시 있더라니. 우리는 속은 게 분했다. 몸이 그렇게 빈약한 계집애도 있다니. 우리는 경찰서 대기실에 앉아 툴툴거렸다. 우리들의 보호자가 불려 왔다. 형표네는 칠십이 가까운 병든 개 아버지가 왔다. 석필이 형은 제적을 당했으면서도 대학 교복을 입고 있었다. 그는 우리를 둘러보며 으르렁거렸다. 우리 어머니가 그들을 데리고 그 양장점 계집애가 있는 병원으로 달려갔다. 도깨비시장에서 열쇠 장사를 하는 유 씨가 자

현혹하다(眩惑--) 정신을 빼앗겨 하여야 할 바를 잊어버리다. 또는 그렇게 되게 하다.
개시하다(開始--) 행동이나 일 따위를 시작하다.
양장점(洋裝店) 여자의 양장 옷을 짓고 파는 가게.

기 딸을 범한 우리들을 위해 경찰관에게 애원하고 있었다. 내가 잘못했습니다유. 제 에미가 위장병에 걸려 내가 개더러 산에 들어가 삽초싹* 뿌리를 캐 오라고 한 것이 잘못이었지유. 그리고 제 딸년이 옷을 너무 야하게 입고 있었던 것두 잘못이지유. 우리 어머니와 석필이 형이 하루에 한 번씩 경찰서에 왔다. 합의서*를 썼다고 했다. 우리는 미성년자였다. 잡혀 들어간 지 두어 주일 만에 풀려날 수 있었다. 다시는 재수 없는 그 계집애 얼굴을 못 봤다. 다만 그 계집애 어머니가 시립 병원에 입원했다는 말만 들었다.

"야, 진호, 이 개새끼야, 너하고 술 마시니까 드럽게 취한다."

우리는 2홉들이 소주 세 병을 다 바닥내고 있었다. 석필이는 저녁을 먹지 않은 속이라 무척 취하는 모양이었다.

"야, 인마, 이젠 니 얘기 좀 해라. 미국 가서 잘 먹고 잘 살다가 뒈질라고 이민 간 그 얘기 말이다."

"우리 얘기하러 여기까지 오지 않았다. 느덜 얘기가 듣고 싶어 한국에 온 거다."

"인마, 네 속 내가 모를 줄 아냐? 비참한 우리들 얘기 듣고 싶어 그러지?"

"그건 오해다. 그렇다면 내가 단 한 가지만 얘기해 주지. 우린

삽초싹 '삽주'의 사투리. 국화과의 여러해살이풀로서 어린잎은 식용하고 뿌리는 약용한다.
합의서(合意書) 가해자가 피해자에게 끼친 손해를 적절하게 보상해 주겠다고 피해자와 합의를 하기로 하고 작성하는 문서.

아파트에 산다. 저 아래 도깨비시장 옆 열두 평짜리 서민 아파트보다 통로가 더 좁고 불결한 그런 아파트에 산다. 바퀴벌레가 버글버글한다. 위층에서는 돼지같이 생긴 흑인 연놈˚들이 생음악˚을 연주하며 카펫도 깔리지 않은 데서 댄스파틴지 지랄인지 밤낮없이 발광을 한다. 우린 그런 데서 여기서와 똑같은 밥, 같은 반찬을 먹고 산다. 오히려 여기서보다 더 못 먹고 더 맛없는 반찬을 먹고 산다. 믿지 못하겠지만 믿어 줘라."
"느네가 그렇게 사는 건 그래두 미래를 위해서 그러는 거 아니냐?"
"미래? 누구, 누구의 미래냐? 뿌리가 없는데 어떻게 꽃이 피겠냐? 우리 식구들은 지금 화병에 꽂힌 꽃망울과 같다. 어쩌면 한때 꽃이 필 수도 있겠지. 그러나 결국은 머지않아 쓰레기통 속에 집어 던져질 것이다."
"인마, 진호야, 나 너한테 그런 식으로 위로 안 받아도 좋다. 네가 생각하는 것처럼 한국 사람들이 모두 미국을 동경하고 있는 줄 아냐?"
석필이가 빈정거리고 있었다. 그러나 나는 그 빈정거림에 맞서고 싶은 생각이 없었다. 나는 가슴이 허전하게 비어 들었다. 문득 빈약한 가슴을 가진 채 시들시들 메말라 가고 있는 이 씨

연놈 계집과 사내를 함께 낮잡아 이르는 말.
생음악(生音樂) 녹음한 것을 트는 것이 아니라 그 자리에서 직접 연주하거나 노래하여 들려주는 음악.

의 딸이 생각났다. 그네는 꽃망울인 채 시들어 가고 있었다. 누가 화병에 물을 갈아 넣어 줄 것인가. 누가 그 꽃나무를 깨끗한 물모래에 꽂아 매일매일 물을 주어 뿌리를 내리게 할 수 있단 말인가. 누가 우리 아버지의 자책으로 인한 그 거짓의 삶에 일깨움을 주어 병든 영혼이 구원받을 수 있는 길을 열어 줄 것인가. 나는 아버지가 그처럼 열심히 탐닉하는 천한 노동과 휴일이면 찾는 한인 교회 기도를 통해서도 결코 구원받지 못한 채 방황하고 있는 것을 잘 알고 있었다. 누가 내 동생들에게 따뜻한 손길을 내밀어 눈먼 그네들에게 참되게 사는 빛을 줄 것인가. 어머니, 그래 어머니만이 우리 모두에게 사랑과 호된 채찍을 휘둘러 그 드넓은 땅 메마른 흙 속에 뿌리를 내리게 할 수 있었다.

그러나, 그러나…….

"야, 진호야, 한 가지만 물어보자."

석필이가 내 어깨를 쳤다. 앉은 채 잠깐 졸더니 술이 좀 깬 것 같았다.

"아주머니, 여기 술 한 병 더!"

이번에는 내가 주모한테 주문했다.

"진호야, 느네 형, 아베 잘 있는지 그게 늘 궁금했다."

물모래 바닷가나 냇가에서 판 모래.
탐닉하다(耽溺--) 어떤 일을 몹시 즐겨서 거기에 빠지다.

석필이가 말했다. 우리 형, 아베가 잘 있는지 궁금하다고. 놀라운 일이다. 이 세상에 아베에 대해서 생각하는 사람이 또 하나 있다는 것은 우선 놀라고 볼 일이다. 누가 남의 집 키우던 짐승에 대해서 안부를 묻겠는가. 저걸 왜 집에 둬두니? 언젠가 우리 집에 왔던 석필이 제 놈이 그렇게 물었었다.

"내가 오늘 여기 와서 너하고 술을 먹는 것은 네가 궁금해하는 그 아베의 행방에 대해서 알고 싶기 때문이야."

내가 역습을 했다. 석필이가 무슨 소리냐는 듯 고개를 갸우뚱거렸다.

"석필아, 너 우리 집 아베 못 봤냐? 보진 못했더래도 뭔 소식이라도 못 들었니?"

"너 지금 무슨 소릴 하는 거야? 아베를 못 봤느냐구? 도대체 너……?"

"그래, 우리 형 아베를 못 봤느냐고 그렇게 물었다."

"그럼 아베가 한국에 나왔단 말이냐?"

"아베는 미국에 가지 않았다."

"아니, 그럼 어떻게 된 거냐?"

"그건 나도 모른다."

어머니는 아베에 대해서 말하지 않았다. 아버지 또한 아베에

둬두다 '두어두다'의 준말. 본디 있던 그대로 건드리지 않고 두다.
역습(逆襲) 상대편의 공격을 받고 있던 쪽에서 거꾸로 기회를 보아 급히 공격함.

대해서 말하지 않았던 것이다. 비자가 나오고 그리고 우리가 떠나야 할 날이 다가왔을 때까지 아베는 평시와 다름없이 집에 있었다. 아무도 아베 같은 것에 대해 관심을 둘 만큼 한가하지 않았다. 어머니마저도 우리들을 데리고 동대문 시장을 다니면서 우리 식구들이 입어야 할 내복을 사 짐을 꾸리기에 정신이 없었다. 산동네 우리들이 살던 무허가 건물이 꽤 비싼 값으로 팔렸기 때문에 아버지는 태권도 도장 사범과 저녁을 먹는 등 전에 없이 활기를 띠고 있었다. 우리들은 미국에 가 돈을 벌어 비행기 표값을 월부로 갚기로 계약했기 때문에 집이랑 몇 가지 쓸 만한 가재도구를 판 돈으로 미국에서 사기 어려운 생활필수품을 사들이기에 여념이 없었다. 우리 식구들은 공중에 붕붕 떠다니는 기분으로 한국에서의 마지막 날들을 보내고 있었다.

"나 오늘 외사촌 형한테 다녀와야겠소."

출국일을 이틀 앞두고 아버지가 경기도 광주에 이사 가 사는 단 하나의 친척인 당신의 외사촌 형 집에 인사를 간다고 아침 일찍 떠났다. 우리 남매들도 친구들을 마지막 만나 보기 위해 가슴에 실로 묘한 감상을 매달고 밖으로 뿔뿔이 흩어져 나갔다. 집에 남겨진 것은 아베와 어머니뿐이었다.

월부(月賦) 물건값이나 빚 따위의 일정한 금액을 다달이 나누어 내는 일. 또는 그 돈.
가재도구(家財道具) 집안 살림에 쓰는 여러 물건.
여념(餘念) 어떤 일에 대하여 생각하고 있는 것 이외의 다른 생각.
감상(感想) 마음속에서 일어나는 느낌이나 생각.

그날 우리들은 어머니가 밤늦게까지 돌아오지 않아 잠을 자지 않고 기다렸다. 물론 아베도 집에 없었다.

"어머니가 느덜한테 아무 말도 안 했단 말이지?"

아버지가 초조한 기색으로 우리한테 거듭거듭 묻고 있었다. 우리 남매들은 고개를 가로저으며 서로 눈길을 피했다.

"형, 아벤 미국 안 가는 거지?"

아베에 대해서 말한 것은 막내뿐이었다. 그것도 내 귀에다 대고 속삭였던 것이다.

"야, 인마, 낼 일찍 일어나려면 빨리 자기나 해!"

내가 막내를 향해 핀잔주었다. 막내는 방 한구석에 쓰러져 한국에서의 마지막 잠을 잤다. 진구도 정희도 잠들었다.

"너두 그만 자거라."

아버지가 또 다른 담배에 불을 붙여 물며 말했다. 12시가 넘어 산동네 그 아래의 소음도 잠들어 버린 시간이었다. 나는 몰래 훔치듯 아베를 생각했다. 아베의 그 헤벌린 입과 거기서 끊이지 않고 흘러내리는 침과 그 냄새와……. 나는 되도록 아베의 더러운 것만 골라 생각했다. 아베는 사람두 아니야. 그래, 차라리 아베보다 살모사가 더 기르기 좋을 거야. 아베 때문에 우리 식구들은 입때껏 고통을 당했어. 아베 때문에 나는 학교에서 제적을 맞은 거야. 아베 때문에……. 아베 때문에 우린 내일 떠날 수 없을는지도 몰라. 나는 속이 아베에 대한 분노로 부글부글 끓어올랐다. 그리고 얼마 후에 잠들었다.

우리는 김포 공항에 늦어도 오후 4시까지 나가야 했다. 5시 반에 비행기가 뜨기로 돼 있었던 것이다. 어머니는 전날은 물론 그날 오후 1시까지 집에 돌아오지 않고 있었다. 아버지는 계속 담배를 피워 댔다. 아버지의 그 커다란 체구가 형편없이 짜부라져 차마 맞바로 보기에 민망할 정도였다. 아버지는 안절부절하지 못하며 아주 크게 한숨을 몰아쉬었다. 우리 판잣집을 산 사람들이 그때 들이닥쳤다. 그들의 지저분한 이삿짐이 쪽마루에 가득가득 쌓여졌다. 장독이 들어오고 연탄도 날라 들여왔다. 우리들은 몇 개의 작은 가방들을 저마다 하나씩 들고 그 이삿짐 사이를 이리저리 비켜서야 했다. 막내가 징징 울기 시작했다. 아버지의 입술이 꺼칠하게 타들고˙ 있었다. 아버지, 엄마 놔두고 우리끼리 가! 정희가 악쓰듯 말했다.

그때 어머니가 나타난 것이다. 나는 시계를 보았다. 2시 45분이었다. 아무도 어머니한테 말을 붙이지 못했다. 나는 아직까지 그렇게 초췌해진 어머니를 한 번도 본 적이 없었다. 그렇다. 어머니의 그 넋 나간 것같이 멍청해진 얼굴은 그때부터였다. 아침부터 우리 집을 기웃거리던 이웃 사람들도 어머니의 그런 표정을 보면서 아무것도 물어 오지 않았다.

그러나 어머니는 애써 그 굳은 표정을 풀면서 선후˙를 가려

타들다 입술이나 목구멍 따위가 바짝 말라 들다.
선후(先後) 먼저와 나중을 아울러 이르는 말. 여기에서는 '먼저 할 일과 나중 할 일' 정도의 의미로 쓰임.

떠날 채비를 했다. 남은 연탄 다섯 장은 바로 앞집 여자에게 넘기고 다 돌려주고 아직도 남았던 작은 항아리 하나는 옆집 혼자 사는 할머니한테 넘겼다.

"이쪽 쪽마루를 조심해서 디디세요. 아주 오늘 손봐서 드시는 게 좋으실 거예요."

우리 집을 사고 이사 온 아낙한테 어머니가 쪼개진 쪽마루를 가리켜 보이면서 말했던 것이다.

"이제 고만들 들어가세요. 정말 잊지 못하겠어요."

골목 그 아래까지 따라온 이웃 사람들을 향해 어머니가 마지막 인사를 했다. 아버지가 약국 앞에서 택시 두 대를 잡았다. 앞차에는 아버지와 정희 그리고 진구가 탔다. 나는 어머니와 함께 뒤차를 탔다. 막내가 뒷자리 어머니 곁에 붙어 앉았다. 시장통을 다 빠져나가 차가 6차선 큰길을 내달릴 때도 어머니는 말이 없었다. 내 이마 위 백미러를 통해 어머니 얼굴을 찾았다. 백미러 속 어머니 얼굴은 눈을 감은 채 굳어 있었다. 강변도로를 달릴 때 막내 목소리가 뒤에서 들렸다.

"엄마, 아벤 어딨어?"

나는 창밖 빠르게 흘러가는 경치를 바라보면서 신경을 곤두세웠다. 그러나 나는 공항에 다 이를 때까지 아무 소리도 듣지 못했다. 어린아이들에겐 용기가 있다. 그러나 아무리 용기 있는

쪽마루 집의 바깥쪽 기둥에 덧달아 낸 마루.

막내라 할지라도 그 이후 어머니 앞에서 아베 이름을 두 번 다시 입에 올리는 것을 볼 수가 없었다.

"야, 석필아, 집에 가서 자라!"

우리들은 맥줏집에 옮겨 와 있었고 테이블 위에 놓인 맥주 다섯 병은 겨우 세 개가 비어 있었을 뿐이다. 석필이는 알아들을 수 없는 소리를 홍얼거리며 의자에 목을 꺾어 기댄 채 잠들어 있었다. 나는 내가 하나도 취하지 않았다는 걸 알고 놀랐다. 인마, 네 배 속에 기름이 져서* 그런 거다. 나쁜 새끼 같으니라구. 내가 술이 취하지 않는 이유를 석필이가 그렇게 말했던 것이다.

"이제 고만들 가세요. 술집에 와서 술두 안 먹구 자는 사람이 어딨어요!"

옆에서 술을 따르던 계집애가 가슴이 많이 파인 옷을 흔들어 몸에 땀을 식히며 툴툴거렸다. 아무리 희미한 조명 아래 술 취한 눈으로 보아도 결코 예쁘지 않은 얼굴이었다. 그러나 나는 몹시 목이 말랐다. 계집애 몸 하나는 좋았던 것이다. 불량 만화책 속에 그려진 그런 풍만한 여체, 그런 한아름 되는 허벅지를 가진 계집이었다.

나는 문득 시외버스 속에서 한자리에 앉았던 미스 박이란 여대생이 적어 주던 전화번호를 생각해 냈다. 수첩 갈피에 그 쪽지가 있었다. 시계를 보았다. 11시 5분이었다. 쪽지 속의 전화번호

---

* 배 속에 기름이 져서 잘 먹어 몸에 살이 올라서.

를 내려다보면서 나는 생각했다. 시간은 내일도 있다. 그리고 다음 주도 또 그 다음 주도……. 그러나 나는 가로 고개를 저으면서 그 종이쪽지를 반으로 접었다. 그리고 한 번 두 번 세 번…….* 나는 손끝에서 발기발기 찢긴 그 종이 부스러기를 내 눈앞, 풍만한 젖가슴을 가진 그 계집 얼굴에다 뿌렸다.

"여자야, 너 아베가 어디 있는지 아니?"

"이 손님 참 이상해서……."

계집이 자기 얼굴에 붙은 종이 부스러기를 떨어내며 다시 말했다.

"아베가 누군데 저한테 그런 걸 물으시는 거예요?"

"대답만 해! 아베가 어디 있냐?"

"글쎄 그걸 제가 어떻게 알아요."

그래서 너한테 묻고 있는 거다. 우리 어머니가 그걸 나한테 알려 주지 않았다. 어머니는 그 수기를 다 끝맺지 못하고 있었다. 어찌 더 쓸 수 있었으랴.

"……하느님 아버지, 원하고 원하옵건대 제발 이 죄인에게 힘을 주옵……."

✽ 그러나 나는 가로 고개를 ~ 한 번 두 번 세 번…… '나'의 심리 변화를 단적으로 드러내는 부분이다. 작품 첫머리에서 '나'는 주한 미군 병사로 한국에 왔다는 점에 우쭐한 기분을 느끼고 있었다. '나'가 거짓말로 여대생의 환심을 사서 연락처를 받은 것은 그런 우월감에서 비롯된 행동이다 (그녀에게 거짓말을 하다가 자신과 가족의 현실을 새삼 깨닫고 우울함을 느끼며 도망치듯 버스에서 내렸지만 말이다). 그녀의 연락처가 적힌 종이쪽지를 찢어서 버리는 이 행동은 그런 거짓과 우쭐함에서 벗어나 현실과 정면으로 대결하고자 하는 '나'의 의지를 나타낸다. 친구 석필과 대화하면서, 아베를 찾아서 자신과 가족의 삶을 바로잡아야 한다는 목표를 더 뚜렷이 의식하게 된 것이다.

"말해 봐, 우리 어머니가 아베를 어떻게 했지?"

"손님, 도대체 아베가 뭔데 그러세요?"

"아베······. 아벤 사람이다. 우리 형이다."

"그런데 뭘 그러세요. 사람이면 집에 있겠지요 뭐."

"집?"

"그래요. 아버지, 어머니, 할머니가 있는 집 말예요. 나두 우리 할머니가 있는 시골집에 가구 싶어 죽겠어요."

"할머니가 있는 집?"

"그렇다니까요. 돈만 벌면 나두······."

"알았어! 네가 그랬지? 할머니가 있는 집이라구?"

나는 뛸 듯이 기뻤다. 테이블 위의 술병 하나를 병째 들어 올려 벌떡벌떡 마시기 시작했다.

"여자야, 너 오늘 밤 나하고 자자!"

"손님, 여기는 술집이에요!"

나는 뒷주머니에서 돈지갑을 꺼내 펴 들었다.

"난 급해! 너 분명히 말해라. 몸은 안 팔겠다는 거냐?"

계집이 내 얼굴을 한참이나 쳐다봤다. 그리고 고개를 떨구며 작은 목소리로 말했다.

"요즘은 불경기예요. 더구나 여긴 가난한 동네기 때문에 팁

불경기(不景氣) 경제 활동이 일반적으로 침체되는 상태. 물가와 임금이 내리고 생산이 위축되며 실업이 늘어난다.
팁(tip) 시중을 드는 사람에게 고맙다는 뜻으로 일정한 대금 이외에 더 주는 돈.

도 못 받아요."

"그래서?"

"나 여기에 11시 반까지 있을 거예요. 자기, 어디 있을 거예요?"

계집이 고개도 들지 않은 채 눈만 살짝 치떠 쳐다보았다.

"너, 저 윗동네 극장 바로 옆에 있는 여관 알아?"

"한강 여관 말이지요?"

나는 그 계집에게 계산서를 가져오게 한 다음 술값과 몸을 사는 데 들 만한 돈을 고액환으로 두 장 내놓았다. 계집의 눈이 휘둥그레졌다. 술값을 제하고 제 몸값을 젖가슴 속에 집어넣는 그네의 그 얼굴에 가느다란 경련이 스쳐 가는 것을 나는 보았다. 윤정아, 핏기 없는 네 얼굴에 빛깔을 주기 위해 나는 어른이 되고 싶은 거야, 윤정아. 나는 입속으로 난생 처음 이 씨 딸의 이름을 불러 보았다.

"오우, 원더풀!"

토미가 연해 감탄을 쏟아 놓았다. 지난주 내 장난으로 해서 내렸던 그 시골의 풍경도 좋았지만 오늘 나와 함께 걷고 있는 이 물가 풍경은 자기가 이때까지 본 경치 중에서 단연 으뜸이란

치뜨다 눈을 위쪽으로 뜨다.
고액환(高額換) 큰 액수의 지폐. 즉 '고액권(高額券)'의 의미로 쓰임.
경련(痙攣) 근육이 별다른 이유 없이 갑자기 수축하거나 떨게 되는 현상.

것이다. 춘천에서 버스를 타고 다시 30분을 달려와 내린 다음 엄청난 규모의 댐 둑을 바라보면서 호수를 끼고 펼쳐진 산비탈 길을 걷고 있었다. 토미의 감탄이 아니라도 나 또한 한 폭 그림 속에 든 느낌이었다. 우리가 걷고 있는 산비탈˚ 그 뒷산이 호수 속에 푸른 그림자를 선연하게˚ 던지고 있었다. 길 아래 물가 드문드문 목˚ 좋은 곳을 골라 앉은 낚시꾼들의 그 침묵이 또한 그대로 그림이었다.

  우리는 자동차 하나가 겨우 다닐 수 있는 그런 산비탈 길을 터벅터벅 걷고 있었다. 새벽까지 내린 비에 우거진 녹음˚이 한결 싱싱해 보였고 흙길은 먼지 하나 일지 않았다.

  우리들 앞에서 경운기˚ 한 대가 탈탈거리며 다가오고 있었다. 그 경운기 소리에 한여름 대낮의 침묵이 괜찮게 깨져 낚시꾼들이 새삼 낚싯대 미끼를 갈아 끼느라 조금씩 움직임을 보였다. 우리들 앞에 달려온 그 경운기 위에는 웃통을 벗어 버린 젊은 사람이 앉아 있었다.

  "샘골이 아직도 멀었습니까?"

  그 젊은이가 경운기를 가볍게 세우면서 토미와 나를 얼마간 경계하는 눈빛으로 훑어보았다.

산비탈(山-) 산기슭의 비탈진 곳.
선연하다(鮮姸--) 산뜻하고 아름답다.
목 자리가 좋아 장사가 잘되는 곳이나 길 따위.
녹음(綠陰) 푸른 잎이 우거진 나무나 수풀. 또는 그 나무의 그늘.
경운기(耕耘機) 동력을 이용하여, 논밭을 갈아 일구어 흙덩이를 부수는 기계.

"우리 샘골까지 갑니다. 아직 멀었습니까?"

그러자 그 젊은이가 문득 자기가 돌아온 호수 그 위쪽 한군데에 눈길을 주었다간 되돌리며,

"샘골은 지금 없어졌어유. 이 댐이 생기기 전까지 저 꼭대기 밤나무 많은 그 안쪽 골짜기가 샘골이었지우. 여기서 보기보다 아주 엄청 큰 마을이 거기 있었지만 지금은 물이 들어차서 산비탈에 몇 집만 남아 있을 뿐예유."

"몇 집 남아 있긴 하군요?"

"그렇지만 아무도 거길 샘골이라곤 하지 않아유."

"혹시 거기 살던 최창배 씨라고 기억나세요?"

그는 생각해 보는 눈치더니,

"그런 사람 모르겠는데유."

그러면서 다시 한 번 토미와 나를 번갈아 훑어본 다음 경운기에 발동을 넣고 있었다.

"저쪽 산모퉁이를 돌아가면 그 샘골로 들어가는 초입에 가겟집이 하나 있어유. 거기 가서 물어보시게유."

나보다 네댓 살 위로 보이는 그 청년은 경운기를 몰고 떠났다.

"지노 킴, 네가 찾고 있는 사람이 거기 살고 있다는 건가?"

토미가 묻고 있었다. 나는 토미를 쳐다보았다. 껑충하게 큰 키에 팔뚝에는 누런 털이 징그럽게 덮여 있었다. 그 순간 나는

발동(發動) 동력을 일으킴.

노린내 같은 걸 맡았다. 그들 속에 묻혀 살면서도 한 번도 맡아 보지 못한 냄새였다. 나는 걸으면서 물었다.

"토미, 너 6·25 사변을 아니?"

"안다, 잘 안다."

물론 우린 신병 훈련소에서 정훈˚ 교육 시간에 한국 역사에 대해서, 우리들 임무와 관련된 6·25에 대해서 배웠다.

"토미, 말해 봐라. 뭘 아는가?"

"형제가 싸웠다."

토미가 대답했다. 그는 자기가 유머를 쓰고 있다고 생각하는 양 싱글싱글 웃고 있었다.

"그래서?"

"우리 미국이 너희 한국 사람을 도와서 이기게 한 전쟁이다."

그는 자랑스럽게 말했다.

"인마, 웃기지 마!"

내가 한국어로 씹어뱉었다.˚

"홧?"

"네 말이 옳다는 뜻이다. 토미, 그때 이겼다면 너는 왜 지금 여기 와 있는가?"

"한국은 아직 전쟁 중이다. 한국의 형제들이 원하지 않아도

정훈(政訓) 군인을 대상으로 한 교양, 이념 교육 및 군사 선전, 대외 보도 따위에 관한 일을 통틀어 이르는 말.
씹어뱉다 (속되게) 말을 아무렇게나 되는대로 지껄이다.

치러야 하는 그런 싸움이다. 그래서 우리가 도우러 왔다."

"왜, 무엇 때문에 돕는 거냐?"

"친구니까."

"인마, 그렇다면 붕우유신이라는 말씀부터 명심해라!"

내가 다시 한국어로 씨부렁거렸다.

"홧, 홧스 민?"

그러나 나는 대답하지 않아도 좋았다. 우리들은 이미 아까 그 청년이 일러 준 골짜기 입구 길 옆에 위치한 구멍가게에 이르러 있었던 것이다.

가게 진열대 한구석 마루에서 젊은 아낙네 하나가 아기한테 젖을 물리고 있다가 황황히 몸을 돌려 앉으며 옷매무시를 바로 잡고 있었다. 젖을 빨던 어린애가 입 언저리를 젖으로 흥건히 적신 채 가게 앞에 선 우리 둘을 말똥말똥 쳐다보았다. 그때 우리는 뒤에 어떤 인기척을 느꼈다. 가게 앞에 평상이 두 개 놓여 있고 그 한쪽에 안노인네 하나가 모로 누워 있다가 몸을 일으키고 있었다. 토미와 나는 그 평상 한쪽에 궁둥이를 붙이고 앉아

붕우유신(朋友有信) 오륜(五倫)의 하나. 벗과 벗 사이의 도리는 믿음에 있음을 이른다.
✳ 인마, 그렇다면 붕우유신이라는 말씀부터 명심해라! 미국 또는 미군이 그리 믿을 만한 친구가 아니었다는 말을 하는 것이다. 문득 토미에게서 노린내(어머니의 수기에 '그 짐승들의 냄새'라 나와 있던)를 느끼고는, 어머니가 미군 병사들에게 당한 일을 떠올렸기 때문이다.
씨부렁거리다 주책없이 쓸데없는 말을 함부로 자꾸 지껄이다. '시부렁거리다'보다 센 느낌을 준다.
옷매무시 매무시. 옷을 입을 때 매고 여미는 따위의 뒷단속.
인기척(人--) 사람이 있음을 알 수 있게 하는 소리나 기색.
평상(平牀/平床) 나무로 만든 침상의 하나. 밖에다 내어 앉거나 드러누워 쉴 수 있도록 만든 것.
모로 옆쪽으로.

땀을 닦았다. 이제까지 우리가 끼고 올라온 호수의 원줄기와는 달리 가게 앞쪽으로 또 다른 호수가 넓게 펼쳐 들고 있었다. 청년이 말한 옛날 샘골이 바로 여긴 모양이었다.

내가 주문한 대로 아낙네는 사이다 두 병과 맥주 두 병, 그리고 과자 한 봉지를 평상 있는 데까지 날라 왔다. 사이다와 맥주는 집 안마당으로 들어가더니 물에 젖은 걸 들고 나왔다. 그런대로 병이 차가웠다. 우물물에 담갔던 모양이다.

가게 마루에 혼자 남은 아기를 향해 걸어가는 그 안노인네를 내가 붙들었다. 칠십쯤 되는 아주 작은 체구의 그 노인은 토미를 자꾸 흘금거리며 평상에 엉거주춤 앉았다. 나는 노파에게 사이다를 따라 건넸다. 그리고 가게 안마루에서 이쪽을 겁먹은 눈으로 보고 있는 아이에게 과자를 쥐어 주고 왔다. 나는 노파가 우리들에 대한 경계심을 풀게 하기 위해 이것저것 시골 일에 대해 묻고 마루에 있는 아기에 대해서도 물었다. 아기는 그 노파의 넷째 아들이 낳은 어린애였다. 아들 넷, 딸 둘의 몸에서 열여덟 명의 손자 손녀를 둔 체구가 작은 그 노파는 올해 여든둘의 나이답지 않게 정정해 보였다. 귀도 전혀 어둡지 않았다.

"할머니, 여기 샘골에 오래 사셨어요?"

"오래 살다마다! 열여섯에 조 너머 창말서 일루 시집을 와 가

원줄기(元--) 근본을 이루는 줄기.
정정하다(亭亭--) 늙은 몸이 굳세고 건강하다.

지고설랑 칠 년 전에 여기 물이 들어차서 다들 대처루 떠났지만 아즉두 끄떡없이 살구 있으니께 육십여섯 핼 에서만 산 게여."

노파는 점방에 앉아 사람을 많이 겪은 탓인지 비교적 쉽게 얘기가 됐다.

"할머니, 그럼 최창배란 사람 아시겠네요?"

노파는 잠시 옛날 마을이 있었던 호수 한가운데로 눈을 돌리고 생각하는 눈치더니,

"그런 사람은 모르겠구먼. 샘골에 최 씨라면 최 멘장 최두세이밖에 없었는데……."

"맞아요, 할머니. 그 최 뭐라는 부면장 하시던 분의 아들이 바로 최창배 씨 아녜요?"

"그럴지도 모르지. 그 최 멘장한테 아들이 하나 있긴 했지만……."

"그 최 면장 아들이 어떻게 됐어요?"

"내가 아나. 죽었는지 살았는지. 6·25 난리 때 인민군에 끌려가선 입때 소식이 없으니께."

"그러면 그 집 할머니가 여기 샘골에 사셨을 텐데요?"

노파는 새삼 내 얼굴을 휘휘 뜯어보고 나서 말했다.

대처(大處) 도회지(都會地). 사람이 많이 살고 상공업이 발달한 번잡한 지역.
점방(占房) 가게로 쓰는 방.

"최 멘장 마누라 말인가?"

"네, 그래요, 할머니!"

"거 왜 새삼스레 죽은 사람을 찾수?"

"죽었어요, 그 할머니가?"

나는 퉁기듯 평상에서 일어났다가 도로 주저앉았다. 토미는 가게 마루에 걸터앉아 그 어린애를 무릎에 앉혀 데리고 놀고 있었다. 그의 요란스런 남방셔츠 깃을 다잡아 쥔 채 그 어린애가 키들키들 웃고 있었다.

"죽었어. 그놈에 친구 맨날 나보다 십 년은 더 산다구 자랑해 쌓더니, 4년 전에 저세상에 갔수!"

"4년 전이오?"

"거 왜, 남북이 왔다 갔다 한다구 한참 떠들썩하던 해 말이유. 그때 그 늙은이, 아들 만나게 됐다구 덩실덩실 춤을 추더니만……."

해가 쩡쩡한 여름 대낮인데 노파는 눈물을 질금거렸다.

"젊은인 신문도 못 봤는가? 우리 애들이 그러는데 그 늙은이 죽은 거 강원도 신문에 크게 났다던데……."

"어떻게 돌아가셨는데요?"

"그놈에 돈이 웬수지."

"돈이요?"

"아들 돌아오구 손자 찾으면 준다구 꽁꽁 뭉쳐 뒀던 돈 말이지. 최 멘장네 땅이 샘골서 제일 많았지. 댐이 생겨 물에 잠기는 값으로 타낸 돈이지. 돈이 적기나 한가, 남들이 위험하다고 춘천 은행에 맽기라구 그렇게들 얘기했건만……. 난리가 나면 은행두 못 믿는다구 집 안에 감춰 가지고 있더니만 결국 당한 거지 뭐."

"범인은 잡혔나요?"

"웬걸, 창말 살던 건달패 녀석인데 돈을 싹 쓸어 가지고 도망을 쳤지. 얘기들이 없는 걸 보니까 안즉 못 잡은가 봐."

"그 할머니 어디에 사셨는데요?"

"먼저 그 큰 집이야 저 물속에 잠겼구……. 저기 보이는 저쪽 저 낡은 집이우. 게다가 집을 짓고 혼자 살았지. 대처루 나가면 아들과 손자가 돌아와두 못 찾을 게라구 하면서……."

나는 노파가 가리켜 보이는 골짜기 안쪽 노송이 두어 그루 물쪽으로 가지를 펼치고 있는 언덕 위의 그 오뚝한 집 한 채를 바라보았다.

"저기 지금 누가 사나요?"

"누가 그 흉한 델 들어가 살겠수. 빈집으루 저렇게 썩어 가는 거지. 가끔 낚시꾼들이 비를 피해 들더구만."

나는 어깨에 힘이 쭈욱 빠져 나가는 느낌이었다.

"그 할머니 산소가 어딥니까?"

"그 친구 저 죽으면 즈 영감태기 옆에 묻어 달라구 해서 그

노송(老松) 늙은 소나무.

옆에다가 아무렇게나 파묻었지. 합장˚을 해 줄래야 돈이 있어야지. 땡전 한 푼 안 남기고 다 털렸으니 어쩌. 마을 사람들이 추렴˚을 해서 장살 지냈지."

"거기가 어딘데요?"

"왜, 찾아가 볼래우?"

노파가 다시 내 아래위를 훑다가 말했다.

"그 늙은이와 뭔 관곈지 몰라두 여튼 반갑수."

노파는 그 두 그루 노송 있는 언덕 뒤편 골짜기를 가리키며 자세히 일러 주었다. 그리고 혼잣소릴 했다.

"그래두 그 친구 무덤을 찾는 사람이 또 있군!"

"할머니, 누가 또 찾아왔었어요?"

"왔었지. 시어머이 죽은 지 반년 만인가 그 최 씨 집 메누리가 그때 데리구 나간 병신 자식과 같이 왔더구만. 그 늙은이가 그렇게 찾아 나서던 손잔데, 그땐 이미 죽은 걸 으쩌누. 올려면 진작 올 게지. 매정한 것들!"

"그 할머니가 손자를 찾았다구요?"

"찾다마다! 한 해에 한 번씩은 대처를 휘휘 나댕기다가 실심한 얼굴루 돌아와선 늘어진 걸 내 눈으루 직접 보구 살았구면."

합장(合葬) 여러 사람의 시체를 한 무덤에 묻음. 또는 그런 장사. 흔히 남편과 아내를 한 무덤에 묻는 경우를 이른다.
추렴 모임이나 놀이 또는 잔치 따위의 비용으로 여럿이 각각 얼마씩의 돈을 내어 거둠.

"왜 찾았어요?"

"이런 사람! 아, 제 핏줄을 찾는 게 인지상정 아닌가. 그 늙은이 생각 한 번 잘못해 가지고 죽을 때까지 가슴 치며 살았어. 그래두 제 깐엔 젊은것 잡아 둘 수 없다고 맘 크게 먹고 일부러 구실 붙여 내쫓긴 했지만 손자까지 왜 줬는지 모르겠다고 땅을 치며 애통하데."

"할머니, 그때 찾아왔던 그 여자하고 병신 아들은 어떻게 됐지요?"

"어떻게 되긴, 지 얘기룬 시어머니가 내쫓은 뒤 재가해서 자식 여럿 두고 잘 산다고 하면서, 시어머니 죽은 걸 꽤나 애통해하더구먼. 제엔장할 것, 그렇게 애통하면 죽기 전에 찾아뵐 거지. 못써어! 젊은 사람들 우리 같은 늙은이 속 너무 모른다구!"

"저기 저 집에 갔었나요? 그 며느리하고 손자……."

"갑디다. 그 몸을 잘 가누지두 못하는 병신 자식을 껴안구 산솔 찾아갑디다. 핏줄이 뭔지……."

"그리고 돌아갔나요?"

"아 그렇잖구, 아무도 없는 게서 뭘 하겠나."

인지상정(人之常情) 사람이면 누구나 가지는 보통의 마음.
깐 일의 형편 따위를 속으로 헤아려 보는 생각이나 가늠.
애통하다(哀痛--) 슬퍼하고 가슴 아파하다.
재가하다(再嫁--) 결혼하였던 여자가 남편과 사별하거나 이혼하여 다른 남자와 결혼하다.
산솔 산소를.

"할머니가 직접 보셨어요? 그 사람들이 저기서 돌아오는 거 말입니다."

노파는 무슨 소리냐는 듯이 다시 한 번 내 얼굴을 쳐다보고 나서,

"봤수다. 올라간 뒤 몇 시간이 돼두 안 내려오길래 참 이상타 했더니 날이 꽤 어두워서야 내려옵디다."

"그 병신 남자두요?"

"그랬을 거유. 우리 가게서 빵이랑 사이다랑 잔뜩 사 멕여 가지고 저쪽 길루 내려갔으니께."

노파는 좀 전 토미와 내가 걸어온 산비탈 길을 턱으로 가리켜 보였다.

"잘 걷지도 못하는 병신 자식하고 그 컴컴한 길을 우트게 갔는지……. 서울 산다구 하더구만."

나는 평상에서 일어섰다. 그리고 젊은 여자한테 물건값을 치렀다.

아울러 4홉들이 소주 한 병과 곰팡이 낀 마른 북어 두 마리를 사서 누런 봉투에 넣었다.

"헤이, 토미!"

토미는 그 가겟집 어린애를 안고 물가 고추밭에서 잠자리를 잡기 위해 우스꽝스럽게 몸을 웅크린 채 누런 털이 숭숭한 그

우트케 '어떻게'의 사투리.

팔을 내뻗고 있었다.

  나는 토미를 그네들의 무덤까지 데리고 갈 참이었다. 그리고 내 친구 토미에게 소주를 먹일 생각이었다. 한국을 알고 싶어 하는 미국 사람에게는 소주로부터 시작할 일이다. 또한 황량한 들판에 던져진 그 시든 나무들의 꿋꿋한 뿌리가 돼 줄는지도 모를 우리의 형 아베의 행방을 찾는 일도 우선 그 무덤에서부터 시작해야 한다고 나는 그렇게 생각했던 것이다.

■ 「한국문학」(1979) ; 『한국문학 대표작선집 7 - 아베의 가족』(문학사상사, 1987)

황량하다(荒凉--) 황폐하여 거칠고 쓸쓸하다.

아베의 가족 **작품 해설**

●등장인물 들여다보기

| **어머니**(주경희)

6·25 전쟁으로 인해 순탄하고 평화롭던 삶을 송두리째 빼앗긴 인물입니다.

전쟁이 일어나기 전에 그녀는 남편의 사랑과 시부모의 자상함에 행복을 느끼며 살고 있었습니다. 하지만 전쟁이 일어나자 모든 것이 뒤바뀌게 됩니다. 남편과 시아버지는 인민군 치하에서 반동으로 몰려 처형당할 위기를 겪고, 그녀는 이들을 구하기 위해 부역을 담당하게 되지요. 그러나 결국 남편은 인민군으로 끌려가 생사를 알 수 없게 되고, 시아버지는 인민군 패잔병을 생포하려다 총에 맞아 죽게 됩니다. 인민군이 쫓겨 간 뒤에도 고통은 끝난 것이 아니었습니다. 임신 중이었던 그녀는 시어머니와 함께 미군에게 윤간을 당하고 말지요. 그리고 이 일로 인해 열 달을 채우지 못하고 여덟 달 만에 아이를 출산하게 되는데, 미숙아로 태어난 아이는 선천적으로 심각한 정신적·육체적 장애를 갖게 됩니다.

이후 아들이 살아 돌아오리라는 희망을 잃은 시어머니는 다른 남자와 떠나도록 그녀의 등을 떠밀었고, 그녀는 새 남편과 함께 전쟁의 상처를 딛고 어떻게든 살아 보려 애를 씁니다. 그러나 새 남편과 그 사이에서 태어난 자녀들을 위해 미국 이민을 받아들인 후에 삶의 의욕을 완전히 잃어버리게 됩니다. 이민을 가기 위해 전남편과의 사이에서 태어난 장애인 아들, 아베를 어쩔 수 없이 버린 일이 그녀의 정신을 허물어 버리고 만 것이지요.

아버지(김상만)

6·25 전쟁 중에 살인을 저지르고 그 죄의식으로 괴로워하며 살아가는 인물입니다.

황해도 출신으로 서울에서 대학을 다니던 그는, 전쟁이 일어나자 고향 집의 가족을 만나 남쪽으로 데려 오기 위해 국군에 입대합니다. 그러나 1·4 후퇴 때에 고향 근처를 지나게 되자, 다시는 기회가 없을지도 모른다는 초조감에 탈영을 하여 고향 집으로 향합니다. 이 과정에서 그는 탈영을 들키게 될 것이라는 두려움 때문에 아군 병사들과 무고한 양민 가족을 살해하게 됩니다.

시간이 지나 전쟁이 끝나고 그는 어느 집 대문 밖에서 놀고 있는 아베를 안고 집 안으로 들어온 것이 계기가 되어 어머니 집에 몇 달 동안 식객으로 머물게 됩니다. 그러다 그를 어머니와 맺어 주려 한 시어머니(어머니의 시어머니)의 거짓 의심에 떠밀려 그 집을 떠나게 되고, 결국 어머니와 결혼하여 아베를 데리고 살게 됩니다. 그는 아내가 전남편과의 사이에서 낳은 장애인 아들, 아베를 사랑하고 아낌으로써 살인의 죄의식을 덜어 보려 하지만, 죄의식과 불안감 때문에 정상적인 사회생활을 할 수 없게 됩니다. 그러던 중 6·25 전쟁 때 헤어졌던 동생(고모)과 만나게 되고, 그녀가 미군과 결혼해 미국으로 건너간 뒤 초청장을 보내오자, 멀고 낯선 땅으로 이민을 떠남으로써 그 모든 것을 잊고 살아가려 합니다. 하지만 표면적인 변화에도 불구하고 미국에서의 삶 또한 그의 정신적 고통을 진정으로 구원해 줄 수 있을지는 의문입니다.

아베
6·25 전쟁 중에 선천적 장애를 가지고 태어나 전쟁이 남긴 상처를 상징적으로 보여 주는 인물입니다.

전쟁이 일어나기 전에 어머니와 전남편 최창배의 사이에서 생겨났으나, 어머니가 임신 중에 미군 병사들에게 성폭행을 당하고 조산을 하여 결국 심각한 정신적·육체적 장애를 갖고 태어나게 됩니다. 언어 능력은 물론이고 지능이라고 할 만한 최소한의 정신 능력조차 갖추지 못한 그가 입을 열어 낼 수 있는 소리는 오직 '아……아…… 아…… 베'뿐이었습니다. 늘 집 안 구석에 처박혀 이부동생(아버지는 다르고 어머니는 같은 동생)들에게 천대를 받으며 지내다가 '나'의 가족들이 미국 이민을 떠나기 직전에 어머니가 데리고 나간 후로 행방을 알 수 없게 됩니다.

나(김진호)
이 작품의 서술자로, 가족이 입은 상처를 극복하고 희망을 되찾기 위한 방법을 모색하는 인물입니다.

한국에서 그는 심각한 장애를 가진 형과 사회 부적응자인 아버지를 원망하며 비뚤어진 삶을 살았습니다. 그러던 그가 친구들과 함께 윤간을 저지르자 그 일에 충격을 받은 어머니가 할 수 없이 미국 이민을 받아들여 한국을 떠나게 됩니다. 하지만 미국 이민 생활에서도 그는 미래를 위한 희망을 발견할 수 없었습니다. 그러다 우연히 어머니의 수기를 읽고 6·25 전쟁이 자기 가족에게 남긴 상처를 알게 되고, 한국에 버려 두고 온 형 아베를 찾는 것만이 심각한 우울증에 빠진 어머니를 구하고 또 자신의 가족을 구하는 길임을 깨닫게 됩니다. 그리하여 그는 미군에 입대하여 한국 파견을 지원하고, 주한 미군 병사로 한국에 오게 된 것입니다.

● 작품 Q&A

"선생님, 궁금해요!"

Q 이 작품의 시간적 배경과 구성에 대해 설명해 주세요.

A 이 작품은 1979년에 발표되었으며, 작품의 내용을 통해 1979년이 작중 현재임을 알 수 있습니다. 아베는 1953년에 태어났고, 그가 5세가 되던 해인 1957년 가을에 김진호의 아버지와 어머니가 결혼했으며, 그들 사이의 첫아이인 김진호가 18세 때에 이민을 가서, 그로부터 4년이 지난 시점이 작중 현재이니까요.

1절은 '나(김진호)'가 주한 미군으로 한국에 와서 처음으로 외출하는 장면으로 시작됩니다. '나'가 옛 친구들을 만나기 위해 서울로 오면서 미국 생활에 대해 회상하는 내용이 주로 나오지요. 이 부분은 작중 현재인 1979년과 그로부터 몇 해 되지 않은 가까운 과거를 서술하고 있으며, 1인칭 주인공 시점으로 되어 있습니다.

2절은 어머니의 수기입니다. 서술자인 어머니가 전쟁이 일어나기 전인 1950년 봄부터 이민을 가기 직전인 1975년까지의 사건을 회상(수기를 쓴 것은 미국 이민 이후)하여 서술한 부분이지요. 전남편인 최창배 씨와의 결혼과 임신, 전쟁 중의 일들, 전쟁 후에 현재의 남편인 김상만 씨와 만나 결혼하고 아이들을 낳아 기르다가 미국 이민을 준비하는 과정이 나옵니다. 서술자는 다르지만, 이 역시 1인칭 주인공 시점으로 되어 있습니다(2절의 서술자인 '나'는 어머니). 그리고 수기 중간에 포함되어 있는 아버지의 고백은 주로 1951년의 사건에 대한 것입니다(고백하는 시점은 1958년 무렵이며, 이 또한 1인칭 주인공 시점으로 되어 있습니다).

3절은 다시 현재로 돌아와서, '나(김진호)'가 옛 친구인 석필을 만나고, 이후에 동료 주한 미군 병사인 토미와 함께 어머니의 시댁이 있던 샘골로 찾아가는 내용입니다. '나'의 고등학교 시절과 미국 이민 직전의 상황이 회상으로 나타나 있고요. 3절에 나타난 사건 속 시간은 1절에 나타난 사건 속 시간에 바로 이어져 있습니다.

앞의 설명에서도 알 수 있듯이, 이 작품은 '현재 → 과거 → 현재'의 역순행적 구성을 특징으로 합니다. 그리고 이 작품이 액자 소설(액자의 틀에 빗댈 수 있는 전체 이야기 속에, 액자 속 사진에 빗댈 수 있는 또 다른 이야기가 포함되어 있는 소설)이라는 점도 알 수 있겠지요. '나(김진호)'가 전하는 자신과 가족에 대한 이야기 속에, 어머니가 전하는 자신의 삶에 대한 수기가 포함되어 있으니까요. 또한 수기에 포함된 아버지의 고백도 액자 속 사진에 빗댈 수 있을 것입니다. 이중의 액자 구조인 셈이지요.

Q '아베의 가족'이라는 이 작품의 제목은 아베를 이들 가족의 중심에 놓은 표현인데요, 작품 속의 실제 주인공은 아베라고 할 수 없지 않나요? 그런데도 작가는 왜 이런 제목을 붙였을까요? 이들 가족에게 아베라는 인물은 어떤 의미를 갖는 것인가요?

A 그렇지요. 이 작품의 주인공은 아베가 아닙니다. 이야기의 전체 틀을 이루는 1절과 3절에서는 '나', 즉 김진호가 서술자이자 주인공이고, 액자 속 이야기인 2절에서는 또 다른 '나'인 어머니가 서술자이자 주인공이지요. 서술이라는 형식적인 면에서든, 사건 전개라는 내용적인 면에서든 아베가 하는 역할은 거의 없습니다.

그러나 이 작품에서 아베는 핵심적인 역할을 하고 있습니다. 전쟁이 일어나기 전의 평화롭던 삶에서 아베는 어머니와 시부모들의 행복과 기쁨 그 자체였으며, 전쟁 중에는 미군 병사들에 의해 저질러진 악행의 가장 끔찍한 결과였습니다. 또한 전쟁 직후에는 아버지와 어머니를 맺어 준 계기였으며, 그 이후의 삶에서는 가족을 짓누르는 짐이 되었고, 미국 이민 이후에는 어머니의 정신을 병들게 한 원인이었다 할 수 있지요. 이와 같이 아베는 그가 어떠한 행위를 해서가 아니라, 그 존재 자체가 이 작품 속 등장인물들에게 커다란 의미를 갖는다고 할 수 있습니다.

아베라는 인물이 갖는 의미를 한 마디로 표현한다면, '상처'라고 할 수 있을 것입니다. 그는 6·25 전쟁이 한 여인에게 입힌 상처의 표상이며, 그의 가족에게 남긴 불행의 표상입니다. 하지만 이것이 아베라는 인물이 갖는 의미의 전부는 아닙니다. 그는 이 가족의 삶을 다시 일으켜 세울 수 있는 희망의 씨앗으로도 그려지고 있지요. 이에 대한 설명은 이후에 하도록 하겠습니다.

Q 아베라는 인물이 6·25 전쟁의 상처를 나타낸다는 말은 이해가 됩니다. 그런데 김진호의 아버지는 왜 그런 아베를 사랑하고 책임지려 한 것인가요? 자신에게 닥친 불행만으로도 힘들었을 그가 왜 타인에게 지워진 불행을 자기 삶 안으로 끌어안으려 한 것인가요?

A 어머니의 수기 속에 담긴 아버지의 고백에는, 무엇이 아버지를 그토록 괴롭히고 있었는지가 나타납니다. 그는 고향에 있는 가족을 만나기 위해 탈영했다가, 그것이 발각되어 가족을 만날 수 없게 될 것이라는 두려움 때문에 아군 병사들을 총으로 쏘아 죽였습니다. 그리고 밥과 온기를 찾기 위해 들어간 민가에서도 자신을 신고할 것이라는 두려움 때문에 아무 죄 없는 일가족을 쏘아 죽였지요. 물론 이에 대한 죄의식이 그를 괴롭힌 것이겠지만, 또한 그는 자신이 쏜 아군 병사 중 살아남아 상이군인이 되었을 생존자와 쏘아 죽인 일가족 중 살아남아 자신을 바라보고 있었던 '반편이 사내아이' 때문에 두려워했습니다.

그런 그가 우연히 샘골로 흘러들어 왔다가 아베를 만났습니다. 그리고 아무 생각 없이 아베를 안아 들었다가 사랑을 느끼게 되었노라고, 그는 그렇게 말했습니다. 몸에서 몸으로 전해진 체온, 그것이 두려움의 대상이었던 '반편이 사내아이'에 대한 연민과 애정을 불러일으킨 것이라 볼 수 있겠지요. 1·4 후퇴 당시 만났던 그 사내아이에게 그가 마땅히 품었어야 할 감정을 말입니다.

아베에 대한 아버지의 애정과 책임감은 또한 죄의식으로부터 구원받고자 하는 동기에서 비롯된 것이기도 합니다. 석필의 형이 자기 동생과 그 친구들이 성폭행했던 유성애와 결혼했다는 이야기를 듣고 '우리 아버지식'이라고 말한 김진호의 생각처럼 말입니다. 학생 운동을 하던 석필의 형이 동료들을 팔아넘겼다는 죄의식 때문에 유성애와 결혼한 것처럼, 아버지는 아베를 아끼고 돌봄으로써 자신이 저지른 죄를 조금이나마 씻고자 했던 것입니다.

그러나 당연하게도 아버지는 그것으로 구원을 얻을 수 없었습니다. 그는 언제 어느 곳에서 그 살아남았던 병사와 마주칠지 모른다는, 그래서 그 죗값을 치르게 될지 모른다는 두려움을 느꼈습니다 (물론 이 두려움을 죄의식과 다르지 않은 것으로 보아도 되겠지요). 그는 두려움 때문에 한국 땅에서 정상적인 사회생활을 할 수 없었습니다. 그래서 그의 가족은 더더욱 가난과 우울한 분위기에 짓눌려 지내고 있었지요. 이런 상황에서 미국 이민, 멀고 먼 땅으로의 이주는 그에게 구원의 빛처럼 보일 수밖에 없었습니다.

Q 아베의 가족은 그렇게 해서 낯선 미국 땅에서 새로운 미래를 만들어 가려 했습니다. 그런데 김진호는 왜 자기 가족의 미국에서의 삶을 실패라고 하는 건가요? 무엇이 문제였을까요?

A 미국 이민은 아베의 가족에게 정신적인 면에서나, 경제적인

면에서나 가장 좋은 해결책으로 보였습니다. 아버지는 자신의 과거를 아무도 알 리 없는 낯선 땅에서 비로소 두려움을 벗어 던질 수 있었고, 그래서 고된 육체노동이나마 적극적으로 나서서 열심히 할 수 있었지요. 그리고 그곳에서는 그와 같은 육체노동에 적지 않은 경제적 보상이 따랐습니다.

그러나 그것으로 모든 것이 해결되지는 않았습니다. 이국땅으로의 도피를 통해 아버지는 표면적으로 마음의 평안을 얻었지만, 마음 깊은 곳의 죄의식은 어찌할 수 없었습니다. 그가 자신을 천해 보이는 육체노동으로만 몰아붙인 것도 그 죄의식을 보상하기 위한 것이었고, 교회를 찾음으로써 얻고자 한 것 역시 그 죄의식으로부터의 구원이었겠지요.

하지만 무엇보다 심각한 것은 어머니의 상황이었습니다. 낯선 땅의 문화적 충격 속에서 가족의 정신적 구심점이 되어 줄 수 있었던 어머니는 모든 힘을 잃어버리고 멍한 상태가 되었습니다. 그곳에서도 다시 희망 없는 하층민으로 끝나지 않기 위해서는 어머니의 힘이 필요했지만, 한국에서 아베와 아버지가 짐이 되었던 것처럼 미국에서 어머니는 가족의 삶에 어두운 그림자를 드리울 뿐이었지요.

Q 김진호는 자기 가족을 구원할 희망의 씨앗이 아베를 다시 찾는 데 있다고 생각합니다. 그는 왜 이렇게 생각하는 건가요?

A 아베는 어머니에게 단순히 전쟁의 상처만을 의미하는 것이 아니었습니다. 아무런 상처나 그늘도 없이 행복하기만 했던 시절, 전쟁이 일어나기 전의 그 시절이 어머니에게 남겨 준 유일한 열매

이기도 했지요. 사랑했던 남편과의 사이에서 생긴 아들이자 존경했던 시부모의 손자인 아베이기에, 어머니는 끝내 아베를 최창배 가문의 호적에서 김상만 가문의 호적으로 옮기지 않으려 했던 것입니다. 그녀에게 아베는 미군 병사들에게 당한 악몽에도 불구하고 살아야 한다는 의지를 준 끈이었으며, 시어머니의 오해(실은 배려였지만) 앞에서도 목숨을 끊지 않게 한 이유였습니다.

그렇기 때문에 어머니는 아베를 버려두고 떠난 미국에서, 삶의 의지를 잃어버리고 침묵과 우울 속으로 빠져들었던 것입니다. 새로운 뿌리를 내리기 위해 미국에 왔지만, 가족 누구도 행복해질 수가 없게 되었던 것이지요. 가족의 구심점이 되어 줄 어머니의 역할 없이는 이 가족에게 희망적인 미래가 있을 수 없었던 것입니다. 그래서 김진호는 아베를 찾는 것이 남아 있는 유일한 희망이라 생각하게 된 것이지요.

Q 하지만 어머니가 얻은 마음의 병이 무엇에서 비롯되었는지, 가족 모두가 이미 알고 있지 않았나요? 왜 지금에야 아베를 다시 찾으려 하는 것인가요?

A 어머니는 아베를 버려두고 미국으로 떠난 이후부터 줄곧 멍하니 정신을 놓고 지냈습니다. 심각한 우울증에 빠져, 언제 자살할지 모른다는 걱정을 불러일으킬 정도였지요. 아베를 다시 찾는 것만이 그런 어머니를 가족의 구심점으로 되돌려 놓는 길이라는 사실은 너무나 명백합니다. 말은 안 했지만, 그의 가족 누구나 그 사실을 알고 있었을 것입니다.

그러나 어느 누구도 그 사실을 인정하거나 아베를 되찾을 방법을 생각하지 않았지요. 그러고 싶지 않았던 것입니다. 한국에서 함께 지낼 때에 아베는 오직 아버지와 어머니에게서만 가족의 일원으로 여겨졌을 뿐 형제들은 그를 짐승처럼 취급했으니까요. 김진호에게 아베는 저주이며 분노의 대상이었고, 다른 형제들에게도 아베는 한국에 버려두고 싶었던 짐에 불과했습니다. 심지어 어머니 외에 유일하게 아베를 아끼고 사랑했던 사람인 아버지도 이제 다시는 아베에 대해 생각하지 않으려 했습니다. 한국에서의 모든 기억을 버리고 미국으로 도피한 아버지에게 아베는 전쟁의 상처를 다시 떠올리게 하는 존재였을 뿐입니다.

김진호가 아베에 대해 다르게 생각하게 된 계기는 우연히 어머니의 수기를 읽은 일이겠지요. 어머니의 수기를 읽은 후에 그는 비로소 어머니에게 아베가 어떤 의미인지 이해하게 되었고, 아베의 존재로 인한 불편함을 넘어 그를 받아들일 수 있는 마음을 갖게 된 것입니다.

작품의 마지막 부분에서 김진호는, 아베가 "황량한 들판에 던져진 그 시든 나무들" 같은 자신의 가족에게 "꿋꿋한 뿌리가 돼 줄는지도 모를 우리의 형"이라 말합니다. 오직 아버지와 어머니에게서만 가족의 일원으로 여겨졌을 뿐, 다른 가족들에게는 짐승 취급만 받던 아베를 처음으로 형이라 부르고 있지요. 전쟁이 어머니에게 남긴 상처이자, 그럼에도 삶을 지탱할 수 있게 해 주었던 존재인 아베를 비로소 가족으로 인정하고 자신의 삶 안으로 끌어안을 수 있게 된 것입니다.

Q 그렇다면 작가가 아베의 가족 이야기를 통해 말하고자 하는 바는 무엇인가요?

A 6·25 전쟁이 우리 민족에게 남긴 상처는 말할 수 없이 큰 것이었습니다. 사랑하는 가족과의 이별이나 사별, 지옥 같던 전쟁의 기억, 실향과 지독한 가난……. 그 전쟁을 경험한 어느 누구에게도 그것은 끔찍한 악몽이자 상처였습니다.

이 작품이 발표된 것은 1979년입니다. 전쟁이 끝나고 26년이나 흘렀지요. 사람들은 전쟁이 끝나고 많은 시간이 흘렀으니 모든 게 해결되었다고 생각할 것입니다. 그러나 1980년대를 바라보던 그 시점에도 6·25 전쟁은 우리 민족에게 여전히 치유되지 않은 상처를 남기고 있었습니다. 아베와 함께 살아가는 이 가족의 삶이 우울하고 어두웠듯이 현실은 여전히 비루했으며, 아버지의 그 떨치지 못한 죄의식과 불안처럼 우리 사회는 여전히 전쟁이 남긴 깊은 상처를 극복하지 못했습니다.

이는 이산가족이나 실향민만의 문제가 아니었습니다. 이 시대에도 여전히 모든 진보적 이념은 '빨갱이'라는 선고 아래 억압당했으며, 독재에 대한 비판과 저항, 민주주의 실현에 대한 요구마저도 친북 행위이자 이적 행위로 몰렸습니다. 독재 정권에 의한 이와 같은 이념 공세가 여전히 효과를 가질 수 있었던 데서 알 수 있듯이, 전쟁의 상처는 아물지 않은 채 덮여 있을 뿐이었습니다.

이러한 현실 앞에서 이 작품은, 6·25 전쟁이 남긴 상처를 치유하지 않고서는 건전한 미래를 개척해 나가는 일이 불가능하다는 말을 하고 있습니다. 아베를 버리고 떠나는 것이 이 가족에게 행복한 새 출발이 될 수 없었던 것처럼, 6·25 전쟁이라는 불행한 현대사의 상처를 외면하거나 잊으려 하는 것에서는 해결책을 찾을 수 없다는 것입니다. 그 상처를 드러내어 끌어안고 함께 치유해 가는 것이 온전한 미래를 만들어 가기 위한 길이라는 작가의 생각은, 당시 우리 사회의 현실을 정확히 진단한 것이라 할 수 있겠습니다. 동족에 대한 분노와 적대감이 남아 있는 한 분단은 영원히 이어질 것이며, 그것은 남과 북 모두에게 온전하고 바람직한 사회를 건설하는 데 장애가 될 테니까요. 그런 의미에서 보자면, 6·25 전쟁의 상처는 현재까지도 치유되지 않은 채 남아 있는 것일지도 모르겠습니다.

❖ 더 읽어 봅시다 ❖

전쟁이 남긴 상처를 되새기는 소설

황석영, 〈한씨 연대기〉 _ 6·25 전쟁 속에서, 그리고 그 이후의 분단된 반공 사회 속에서 우리 민족이 겪어 온 고통을 그린 작품이다. 이념 대립에 우선하여 인간의 생명을 무엇보다 중시했던 의사 '한영덕'이 겪어야 했던 비극을 통해 시대의 아픔을 고발하고 있다.

현기영, 〈순이 삼촌〉 _ 4·3 제주 민주 항쟁을 소재로 한 작품이다. 학살 사건의 현장에서 기적적으로 살아남았지만, 그 충격으로 30년 세월을 고통 속에 보내다가 결국 스스로 목숨을 끊은 '순이 삼촌'의 삶을 통해, 역사의 비극이 남긴 상처를 다시 돌아보게 한다.

작가 소개

전상국(1940 ~)

전쟁의 상처와 사회의 모순을 성찰하다

전상국은 1963년에 등단하여 현재까지 50년에 걸쳐 창작 활동을 해 왔으며, 지금도 계속하고 있는 작가이다. 그는 전쟁과 실향, 분단이라는 민족사적 문제에 집중해 온 대표적인 작가의 한 사람이며, 또한 교육 현장의 생생한 묘사를 통해 우리 사회의 문제를 비판·고발한 작가이기도 하다.

첫 작품 〈동행〉(1963)에서부터 전상국은 6·25 전쟁이 남긴 상처에 대한 극복과 화해를 주제로 내세웠는데, 이는 그가 이후의 오랜 창작 활동에서 가장 중요하게 여긴 주제의 하나이기도 하다.

〈아베의 가족〉(1979)에서 김진호의 아버지와 어머니는 6·25 전쟁으로 인해 입은 정신적 상처를 수십 년이 지난 후에도 극복하지 못하고 괴로워한다. 전상국의 작품들에서 이런 인물들은 자주 등장한다. 〈안개의 눈〉(1978)의 주인공 한동우가 그렇고, 〈고려장〉(1978)에 나오는 현세의 어머니 또한 그렇다. 전쟁의 상처는 휴전 이후 수십 년이 지난 '지금'까지도 이 인물들을 괴롭히고 그들의 삶을 파괴하고 있는 것이다.

〈안개의 눈〉에서 주인공인 한동우는 여러 차례 결혼하지만, 그의 결혼 생활은 매번 실패하고 만다. 그 원인은 어린아이였던 그가 전쟁 중에 얻게 된 정신적 상처에 있다. 극심한 굶주림 속에서 아기를 낳고는 실성한 여인과 그녀의 어린 여동생을 집단 성폭행하고 아마도 살해한 사내들, 그 사내들이 타고 온 트럭에 함께 타고 고향으로 피란을 떠나기 위해 그들의 만행을 애써 모르는 체하는 자기 부모들의 모습— 어린 시절의 한동우는 최소한의 인간성마저 파괴된 이 비참한 현실을 목격했고, 거기서 받은 정신적 상처는 그가 성인이 된 이후까지도 치유될 수 없었던 것이다.

〈고려장〉에 그려진 것도, 수십 년 세월이 흐른 뒤에도 낫지 않는 전쟁의 상처이다. 주인공인 현세의 아버지는 일제 말기에 독립운동가를 밀고하여 죽게 했다는 누명을 쓰게 되고, 해방 직후 그 독립운동가의 친척들에게 죽임을 당한다. 억울하게 죽은 아버지의 복수를 하겠다고 경찰이 된 현세의 형은 무장 공비 토벌에 나섰다가 실성하고, 전쟁이 발발하자 인민군에게 목숨을 잃는다. 이제 노인이 된 현세의 어머니는 그 오랜 정신적 상처가 원인이 되어 실성하고, 현세는 이 실성한 노인을 도저히 견딜 수 없게 되자 정신 병원 앞에 버리고 돌아온다.

〈안개의 눈〉과 〈고려장〉에서 인물들의 삶은 전쟁의 상처로 인해 파탄을 맞는다. 〈아베의 가족〉에서도 현실은 이와 크게 다르지 않지만, 그럼에도 불구하고 이 작품에는 희망의 실마리가 제시된다. 아베를 다시 찾아내어 가족에게로 함께 돌아가고자 하는 김진호의 행동은 '그 상처를 모르는 체 덮어 두지 않고, 그것을 피해 달아나려

하지 않고, 상처를 드러내고 끌어안으며 살아가려는 태도'를 의미한다고 해석할 수 있을 것이다.

〈하늘 아래 그 자리〉(1978)는, 6·25 전쟁이 군인들 사이의 살육전에 그치지 않고 남녀노소 모든 민간인들의 삶까지 지옥으로 떨어뜨리게 된 원인에 대한 작가의 생각을 암시하는 작품이다. 이 작품에는 상암리와 하암리라는 두 마을이 나오는데, 하층민들이 모여 살던 상암리와 양반들이 모여 살던 하암리 사이에는 수많은 세대에 걸쳐 갈등이 쌓여 있었다. 전쟁이 일어나자 상암리 사람들은 하암리를 무참하게 짓밟는데, 이는 계급 사회에서 겪어 왔던 울분과 분노를 해소하려는 복수심에서 비롯된 행동이다. 다시 말해, 이는 이데올로기의 문제가 아니라 실은 우리 민족사에 오랫동안 잠재해 있던 갈등의 표출이라는 것이다.

첫 작품인 〈동행〉에서 비극의 원인이 된 것도 이와 같은 복수심이다. 이 작품에는 강원도의 눈 덮인 산에서 우연히 동행하게 된 두 남자가 나오는데, 한 사람(최억구)은 살인범이고 다른 한 사람은 그를 잡으러 온 형사이다.

전쟁이 발발하자 최억구는, 가난한 집안에서 태어난 자신을 어린 시절부터 괴롭히고 모욕했던 김득수를 죽이고 '빨갱이' 노릇을 한다. 그 후 마을이 인민군의 손에서 국군의 손으로 넘어가기 전에 그는 도망을 쳤고, 김득수의 동생 김득칠은 형의 원수를 갚기 위해 최억구의 아버지를 죽였다. 최억구는 고향을 떠나 오랜 세월을 지냈지만, 김득칠에 대한 원한과 복수심은 그의 가슴에서 사라지지 않는다. 그래서 이번에 고향으로 돌아와 김득칠을 죽임으로써 아버지의 원수를 갚은 것이고, 이제 아버지의 산소 앞에서 자살하기 위해 산을 오르고 있는 것이다.

　한편, 형사인 사내는 중학생 시절에 산에서 우연히 어린 토끼를 잡은 일이 있었다. 이 토끼를 해부한 뒤에 술안주로 먹을 것이라는 생물 교사의 말을 듣고서 그는 토끼를 구하기 위해 한밤중에 집을 나섰지만, 담을 넘어서는 안 된다는 규범 앞에서 망설이다 결국 그냥 돌아서고 만다. 최억구에게서 어린 시절과 전쟁 중의 일, 그리고 김득칠을 죽인 일까지 모두 듣게 된 형사는 한참 동안 갈등하다가, '이번에는 토끼를 살려야겠다.'고 결심하게 된다. 그는 최억구에게 자신의 담뱃갑(열여덟 개비가 들어 있는)을 건네고 돌아서면서, 꼭 하루에 한 개비씩만 피우라고 말한다. 최억구를 놓아주는 것만이 아니라, 자살하려는 결심까지 돌려놓으려 한 것이다.

　〈동행〉에 그려진 바, 최억구와 김득수 일가 사이의 거듭된 복수는 좌우익 사이의 증오와 복수심을 나타내는 것으로 볼 수 있다. 이는 실제로 전쟁 중에 벌어진 상호 살육을 의미하는 한편, 세월이 지나도 여전히 남아 있는 증오심과 이데올로기 갈등을 나타내는 것이기도 하다. 그리고 최억구를 놓아준 형사의 행동은, 증오심과 복수의 사슬을 넘어 서로에 대한 이해와 애정을 회복하자는 메시지를 나타낼 것이다. 민족이 겪은 전쟁의 상처에 대해 휴머니즘과 동족애라는 치유책을 제시하는 것이라 할 수 있다.

〈아베의 가족〉에서와 마찬가지로, 〈동행〉에서 작가가 제시하는 휴머니즘적인 결말(치유책) 또한 지나치게 추상적인 것은 아닌가 싶기도 하다. 전쟁이 우리 민족에게 남긴 선명한 상처가 휴전 후 수십 년이 흐른 시점에도 여전히 반공 이데올로기로 남아 남한 사회의 개혁을 가로막고 있는 현실 앞에서, 해결책은 독재에 대한 비판 의식과 사회적·정치적 개혁의 필요성에 대한 자각이라는 보다 구체적인 방향, 구조적인 차원에서 찾아야 하지 않았을까 생각해 볼 수도 있다. 그러나 이 작품들이 발표된 시점에서 다시 수십 년이 흐른 현재에도 시대착오적인 반공 이데올로기가 효력을 완전히 잃지 않은 것을 보면, 전쟁의 기억을 선명히 갖고 있던 작가의 세대에게 이 작품들이 제시하는 '추상적' 명제가 아무 의미도 없는 것이라 말할 수는 없을 것이다.

전상국의 작품 세계의 바탕을 이룬 두 가지 중요한 체험 중 첫 번째 것이 6·25 전쟁이라면, 두 번째 것은 그가 평생을 몸담았던 교직 생활일 것이다. 그는 학교(중학교와 고등학교) 현장을 배경으로 한 작품을 다수 남겼는데, 〈우상의 눈물〉(1980)과 〈돼지 새끼들의 울음〉(1975)이 가장 대표적이라 할 수 있다. 합법적 권력에 의해 행해지는 위선과 술수를 비판한 〈우상의 눈물〉처럼, 〈돼지 새끼들의 울음〉 역시 교실이라는 작은 사회를 통해 우리 사회 자체를 비판하고 있다. 학교를 배경으로 한 전상국의 소설들은, 학교라는 작은 사회에 한정된 이야기로 보지 않고 사회 전체로 해석의 차원을 확대함으로써 보다 깊은 의미를 찾아낼 수 있는 것이다.

〈돼지 새끼들의 울음〉에 나오는 교사 최달호는 수학 교사이자 고3 담임으로서 명성과 존경을 누리고 있다. 그는 '정신일도 하사불성(정신을 한곳에 집중하면 이루지 못할 일이 없다)'이라는 말로 학생들에게 늘 강인한 정신력의 중요성을 강조한다. 그는 학급의 일사불란한 질서와 단결이라는 지상 목표 아래 학생 개개인을 예사로 희생시키고, 학생들을 '돼지 새끼들'이라 칭하면서 권위주의적인 태도를 보인다. 겉으로 보이는 그럴듯한 모습에도 불구하고, 실제로 그는 자신의 출세를 위해 학생들을 이용하고, 학부모들로부터 부당하게 돈을 걷어 자신의 부를 늘리는 파렴치한에 불과하다.

독자는 최달호의 이와 같은 모습에서 당시의 독재 정권이 보이던 모습을 떠올리게 된다. 강한 정신력이 있으면 하지 못할 일이 없다는 최달호의 강변은 박정희 정권 때에 유행하던 '하면 된다'라는 모토를 떠올리게 하며, 전체의 질서와 단결을 위해 개인의 자유를 희생시키는 것이 마땅하다는 최달호의 신념은 군부 독재의 전체주의적 속성을 그대로 드러내는 것이기 때문이다. 그의 반 학생들은 담임에게 차츰 불만을 품다가 작은 복수극을 계획하는데, 그것은 교실에 들어서는 최달호에게 기습적으로 침낭을 씌우고 잠가 버리는 행동이었다. 그렇게 최달호를 침낭에 가두었다가 꺼내었을 때 학생들이 보게 된 것은, 경외할 만하고 기세등등한 독재자가 아니라 왜소하고 짜부라진 한 사람의 머저리일 뿐이었는데, 그것이 바로 모든 가면을 벗겨 내었을 때 만나게 되는 그의 본모습이었을 터이다.

〈우상의 눈물〉이나 〈돼지 새끼들의 울음〉은 당시의 우리 사회에 대해 근본적인 비판 의식을 내보이고 있다. 전체주의적인 독재 체제가 개인의 자유를 억압하고 있다는 이 문제의식은, 그 무엇보다 인간의 가치가 소중한 것이라는 휴머니즘과 다르지 않다. 여기에서 우리는, 그가 전쟁의 상처를 다룬 작품들에서나 학교 현장을 소재로 한 작품들에서나 공통적으로 추구해 온 것이 인간에 대한 사랑과 존중이라는 휴머니즘임을 알 수 있다. 그의 작품에 바탕이 되는 이 휴머니즘이라는 가치는, 너무 흔히 말해져 식상한 느낌을 줄 수도 있는 것이지만, 그렇다고 해서 우리가 그것의 중요성을 낮게 평가할 수는 없을 것이다. 가장 흔히 입에 올리는 진부한 격언에 오히려 인생과 사회의 가장 근본적인 진실이 담겨 있는 경우가 많은 것처럼.

연보

1940년 _ 3월 24일 강원도 홍천군 내촌면 물걸리에서 태어나 일곱 살 때까지 그곳 산골에서 자람.

1947년 _ 홍천국민학교에 입학함.

1950년 _ 국민학교 4학년 때에 6·25 전쟁이 일어나, 이후 청주 피난민 수용소와 폐광촌 등을 전전하며 피란 생활을 함. 이때의 전쟁 체험이 그의 작품 세계를 형성하는 중요한 바탕 중 하나가 됨.

1955년 _ 홍천중학교에 입학함. 뤼팽 시리즈 등의 탐정 소설과 외국 명작 소설에 빠져 지냄.

1957년 _ 춘천고등학교에 입학함. '봉의 문학회', '예맥 문학회' 등에 참여하여 동인 활동을 함.

1959년 _ 고등학교 3학년 때에 〈산에 오른 아이〉로 학원 문학상 소설 부문에 입상함.

1960년 _ 경희대학교 국어국문학과에 입학함. 당시 국문과 교수로 재직하던 소설가 황순원의 지도를 받고자 선택한 것이었다고 함.

1963년 _ 대학 4학년 재학 중에 단편 〈동행〉이 「조선일보」 신춘문예에 당선되어 등단함.

1964년 _ 2월, 〈광망〉을 「현대문학」에 발표함.
대학을 졸업하고 곧바로 귀향하여, 원주에 있던 육민관고등학교에서 국어 교사 생활을 시작함.

1966년 _ 춘천중학교로 옮김.

1972년 _ 대학 시절 은사인 시인 조병화의 부름으로 상경하여 모교 부속인 경희고등학교에서 국어 교사로 근무함.

1974년 _ 9월, 10년간의 휴식을 깨고, 단편 〈전야〉를 「창작과비평」에 발표하면서 새로이 작품 활동을 시작함.

1975년 _ 2월, 〈할아버지 묻힌 날〉을 「월간문학」에 발표함.
9월, 〈돼지 새끼들의 울음〉을 「현대문학」에 발표함.

1976년 _ 3월, 〈악동 시절〉을 「현대문학」에 발표함.
8월, 〈껍데기 벗기〉를 「월간문학」에 발표함.
12월, 〈사형〉을 「현대문학」에 발표함.

1977년 _ 〈사형〉, 〈껍데기 벗기기〉로 현대문학상을 수상함.
3월, 〈바람난 마을〉을 「뿌리깊은나무」에 발표함.
첫 작품집 『바람난 마을』(창작문화사)을 출간함.

1978년 _ '작단(作壇)' 동인으로 활동하기 시작함.
2월, 〈침묵의 눈〉을 「한국문학」에 발표함.
6월, 〈고려장〉을 「현대문학」에, 〈안개의 눈〉을 「문예중앙」에 발표함.
12월, 중편 〈하늘 아래 그 자리〉를 「문학과지성」에 발표함.

1979년 _ 〈아베의 가족〉으로 한국문학작가상을 수상함.
작품집 『하늘 아래 그 자리』(문학과지성사)를 출간함.
10월, 중편 〈아베의 가족〉을 「한국문학」에 발표함.
12월, 〈외등〉을 「문예중앙」에 발표함.

1980년 _ 〈우리들의 날개〉로 동인문학상을 수상함.
〈아베의 가족〉으로 대한민국문학상을 수상함.
장편 『늪에서 바람이』(문장사), 작품집 『아베의 가족』(은애), 『외등』(고려원), 『우상의 눈물』(민음사)을 출간함.
3월, 〈우상의 눈물〉을 「세계의 문학」에 발표함.
9월, 〈여름의 껍질〉을 「문예중앙」에 발표함.

1981년 _ 작품집 『우리들의 날개』(동서문화사)를 출간함.

5월, 〈외딴 길〉을 「문학사상」에 발표함.

1982년 _ 경희대학교 대학원 국어국문학과에 입학함.

3월, 〈술래 눈 뜨다〉를 「현대문학」에 발표함.

10월, 〈좁은 길〉을 「문학사상」에 발표함.

1984년 _ 장편 『불타는 산』(고려원)을 출간함.

12월, 〈관심〉을 「한국문학」에 발표함.

1985년 _ 강원대학교 국어국문학과 조교수로 부임함.

장편 『길』(정음사)을 출간함.

9월, 〈그늘무늬〉를 「문학사상」에 발표함.

10월, 〈왜〉를 「현대문학」에 발표함.

1986년 _ 4월, 중편 〈음지의 눈〉을 「소설문학」에 발표함.

8월, 〈먹이그물〉을 「현대문학」에 발표함.

1987년 _ 2월, 〈썩지 아니할 씨〉를 「문학사상」에 발표함.

1988년 _ 윤동주문학상을 수상함.

11월, 〈투석〉을 「현대문학」에 발표함.

1989년 _ 작품집 『지빠귀 둥지 속의 뻐꾸기』(세계사)를 출간함.

11월, 중편 〈사이코〉를 「동서문학」에 발표함.

1990년 _ 제1회 김유정문학상을 수상함. 강원도문화상을 수상함.

1992년 _ 9월, 중편 〈거울의 알리바이〉를 「문학사상」에 발표함.

12월, 장편 〈유정의 사랑〉을 이듬해(1993년) 6월까지 「소설과 사상」에 연재함.

1996년 _ 한국문학상을 수상함.

작품집 『사이코』(세계사)를 출간함.

2000년 _ 후광문학상을 수상함.

2002년 _ 춘천시 신동면 실레마을에 김유정 문학촌을 열고, 문학촌 촌장 겸 김유정 기념 사업회 이사장으로 활동하기 시작함.

2003년 _ 이상문학상 특별상을 수상함.
2004년 _ 현대불교문학상을 수상함.
2005년 _ 작품집 『온 생애의 한순간』(문학과지성사)을 출간함.
2011년 _ 작품집 『남이섬』(민음사)을 출간함.